她科幻
SHE!SF

中国女性科幻作家优秀作品精选集

陈楸帆 主编 彭柳蓉 等 著

EYES OF STARS

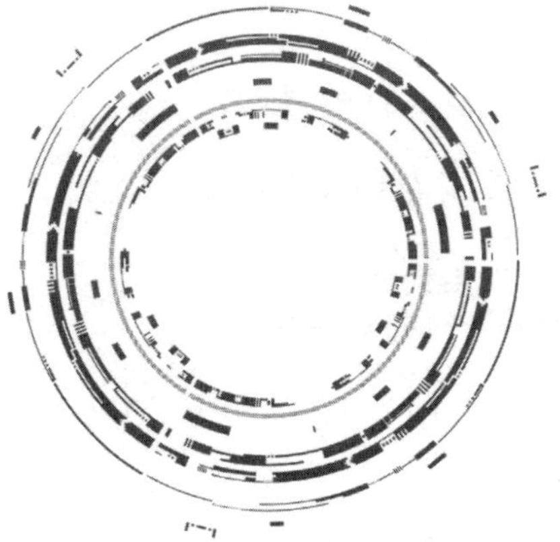

星辰的眼睛

航空工业出版社

北 京

内 容 提 要

“她科幻”系列轻小说全系共分为四册，是中国女性科幻作家优秀作品精选集。《星辰的眼睛》包含14篇作品，以对太空探索、文明传承的探讨为视角，讲述人类对浩瀚宇宙和无尽星空的亘古追问，展现人类对浩瀚宇宙的无尽向往及对“明月”的千古追寻。以迟卉的《星路》为代表，文章讲述以姐弟俩为主角的人类怀以敬畏之情将文明星火继续传承的故事。

图书在版编目（CIP）数据

星辰的眼睛 / 彭柳蓉等著. — 北京 : 航空工业出版社, 2021.8
（“她科幻”系列轻小说）
ISBN 978-7-5165-2696-5

Ⅰ. ①星… Ⅱ. ①彭… Ⅲ. ①幻想小说－小说集－中国－当代 Ⅳ. ① I247.7

中国版本图书馆CIP数据核字（2021）第145522号

星辰的眼睛
Xingchen de Yanjing

航空工业出版社出版发行
（北京市朝阳区京顺路5号曙光大厦C座四层　100028）
发行部电话：010-85672688　010-85672689

北京欣睿虹彩印刷有限公司印刷　　全国各地新华书店经售
2021年8月第1版　　2021年8月第1次印刷
开本：880×1230　1/32　　字数：252千字
印张：10.5　　定价：48.00元

序

未来属于她们

人们大概已经忘了，公认的第一篇现代科幻小说出自一位女性之手——玛丽·雪莱。那年，她才 18 岁。

近 200 年来，作家们一直有意识地使用科幻小说来戏剧化当代女性所面临的复杂问题。比如，早在一个世纪以前，美国作家夏洛蒂·吉尔曼的科幻小说《她乡》便通过塑造单性繁殖的女性乌托邦来深入探讨人类社会存在的各种议题：社会结构、经济、教育、宗教、生育，甚至环保。

然而长久以来，科幻都被视为“大男孩”的逃避主义文学，甚至许多读者会对科幻产生性别的刻板印象。20 世纪的欧美科幻文坛长期因为“老”（老年）“白”（白人）“男”（男性）作者占据主导地位饱受诟病，科幻杂志及出版社甚至一度拒绝女性作者，女性作者需要化名男性才能得到发表作品的机会。直到近 50 年，女性主义运动与平权运动的不断兴起，这种情况才有所改变。

“二战”以后，越来越多的女性作者转向科幻小说创作，因为这种兼具“颠覆性”与“思想扩展性”的类型文学为她们提供了更多的社会参与和美学创新的机会。她们的主要关切之一是将女性纳入科幻小说的未来，创造出活跃的、真实可信的女性角色，而不是过去的科幻小说中经常出现的那些可有可无的女性角色。

正如厄休拉·勒古恩在《American SF and the Other》（1975年11月）中所指出的那样：

> “妇女运动使我们大多数人意识到，科幻要么完全无视女性，要么把她们当成是受到怪物强暴的尖叫娃娃……最好的情况，也不过是才华横溢的主人公身边忠诚的妻子或情妇”。

而这种女性思潮所带来的，是科幻领域中对于社会学想象力的解放。

“银河郊区”这个词是女性主义科幻小说家乔安娜·罗斯（Joanna Russ）创造的，许多科幻故事在想象狂野的未来新科技方面做得非常出色，但却完全无法展现新科技如何改变社会结构。因此，能在太空定居的未来世界，拥有各种新奇科技元素和上层建筑，但每个人仍然生活在异性恋家庭中，每家都有两三个孩子，看起来就像是1950年代的美国郊区，而且性别和性别关系一点也没变……这是不合理的。因为每当科学技术发生变化，社会必然会随之改变。

厄休拉·勒古恩、奥克塔维娅·E. 巴特勒、查理简·安德斯、N.K. 杰米辛……这一系列不同时代的杰出女性作家通过自己的想象性叙事，不断探索性别与权力的边界，以此反思现实世界中的女性权利与地位，从观念与行动上去推动社会性别平等与尊重的变革。

而这其中怎么能少得了中国女性科幻作者的声音?

新中国成立以来，妇女解放运动的伟大进步和成就举世瞩目，但到了 21 世纪的今天，无论在现实层面还是文本层面，仍然存在着诸多不尽如人意之处：制度性的性别歧视与不平等、大众文化中的男性凝视与刻板印象，甚至是物化符号化女性的媒介消费主义……都让我们觉得，这一切还都任重道远。

回顾过去的一百年中，科幻小说和女性主义科幻小说的作者采取了不同的方法来批评性别和性别社会，成为西方女性主义运动的重要力量。科幻小说为作者与读者提供了想象世界和未来的机会，在这些或然世界和未来中，女性不受现实中存在的标准、规则和角色的束缚。相反，这种体裁创造了一个空间，在该空间中性别二元论可能会受到质疑，读者得以探索完全不同的性认知、性别定义与性权力运作的方式，并得到鼓舞与力量。

中国科幻的这一波浪潮兴起也不过短短 20 年，我们需要听到更多女性的声音，需要看到更多关于性别议题的书写以及从想象性叙事映射到现实生活的文化影响。

因此，有了这样一套丛书，记住这 24 个名字（按首字母排列顺序）：程婧波、迟卉、陈虹羽、陈茜、曹曙婷、段子期、顾适、郝景芳、凌晨、靓灵、廖舒波、孟槿、念语、彭柳蓉、彭思萌、苏民、王侃瑜、王诺诺、吴霜、夏笳、修新羽、亦落笭、赵海虹、昼温等，以及她们所带来的 48 篇精彩杰作。

在我看来，她们的作品并不需要我这样一位男性以所谓的“主编”之名，去挑选和评判，她们的文字与想象自足完满，如一颗颗生机盎然的星球兀自旋转，折射出宇宙至真、至善、至美的光彩。

之所以勉力草就此文，只因为其中有许多与我相识超过 10 年以上的老朋友，当然也有素未谋面的新星，以此表达敬意。挂一漏万，她们肯定不是中国女性科幻作者群体的全部，但希望借由她们的声音，传递出一种信号：我们的未来需要更多女性的力量。无论是在想象中还是现实里，这样的力量能够互相激发，联结成更强大的整体，引领我们上升。

未来属于她们，她们也属于未来。

是以为序。

陈楸帆

2020-10-31 晨

北京首钢产业园 · 2020 中国科幻大会

目录

Contents

星路

SHE·迟卉

当我们望向天空，我们看到的正如同在大地上所见那样。群星璀璨，而文明的火光在黑暗中摇曳。

一

她偷到“低语号”的时候，警笛长鸣，整个月城都像是发了疯一样，所有的太空港都已封闭，警察们荷枪实弹，扛着火箭筒在他们觉得她能起飞的地方转悠。

一秒钟也没浪费，她发动引擎，打开智能控制面板，飞船从环形山底部一跃而起，张漩当初看上它就是为了这极佳的机动性能。“低语号”如同银梭子鱼一般滑溜地穿过防空火网，直奔群星深处。主控屏幕上闪烁不停——全是对她的通缉令，沿着亚空间通信网数据流，一路从水星散播到奥尔特云殖民地。

“你这是打算去哪儿啊。”主控智能问。

她打开星图，输入路径。那是一条很长很长的星路，跨越两条旋臂，一路直奔银河系那光芒璀璨的核心。

“去找我弟弟。”她说。

二

她和弟弟出生在地球上。

他们是异卵双胞胎。父母早就起好了名字，张凯和张漩，取“凯旋”之意。但她硬是抢了个先，用了后面的字，当了姐姐。

据父亲说，他们俩还在老妈肚子里的时候就开始打架；出生之后还没学会爬就先学会了互相抓；在学会说话之前学会了连打带咬；在上学之前，这俩孩子没有一天不掐架的；上学之后，在学校里表现得很乖，然而回到家后就接着打。

其实在学校里他们也打架，不过不是互相打，而是一致对外。

直到现在，父母提起往事，还是会说起他们俩打得鸡飞狗跳的那些时候，但在张漩的记忆里，更多的是学校操场上那个小沙坑，里面的沙子很柔软，她经常和弟弟并肩躺在里面，看天上的星星。

那时候的他们俩想当探险家、当船长。他们知道地球之外还有很多很多的星星，人类目前拥有其中的几颗，比如火星，比如戈里泽，比如天琴座。但在那之外，是广袤无垠的星海，等待着人们去发现，去探寻。

“姐，如果你当了船长，你想要做什么？”

“我要去探索所有的星星，然后给它们都取名字。”

“切，一听就是文科生。”

“文科生怎么啦？”

“文科生弱呗！”张凯不屑地说，熟练地躲过姐姐突然揍过来的一拳，“你就算用掉所有的名字，也没法命名所有的星星。”

“我不信。”

“我证明给你看。”男孩拿出便携终端，按了起来，“老师教过我们，两个字的排列组合是平方，三个字的是三次方。就算你把四个字的名字也用上。汉字大约有一万五千个，按照任意地排列组合产生的名字，我们一共可以得到……5 的后面加 16 个零那么多的名字。”

她“哼”了一声：“然后呢？”

“然后，宇宙中的星星是 5 的后面加 23 个零那么多。这还只是恒星。所以我们要用科学命名法——数字和编号。”男孩一挥手，“因为你得把所有的汉字用上一百万次，才能命名宇宙中所有的太阳。”

张漩沉默了一会儿。然后她笑了。

“所以理科生更厉害？”

“当然。”

“但是，按照你那套什么命名法，等你的孩子的孩子的孩子出生的时候，他就得这样对别人说，‘我出生在 0005765ZDX’或者‘balblalbalba7z’。”她大笑起来，“而我可以告诉我的孩子的孩子的孩子，她出生在阿弗洛狄忒。你看，五个字的名字。”

张凯翻了个白眼。

她知道自己赢了这一局，于是抓起弟弟的手，指点着天空中的星星，唱歌一样念出一长串一长串的名字，“我们可以把星星叫作阿弗洛狄忒、阿波罗、贝瑟芬妮、伊利亚特……这些是希腊神话里的名字；我们还可以把星星命名为‘甲虫’‘柳树’‘猫咪’；找个黑洞，把它命名为‘班主任’；然后我要找一对很亮很亮的双星，把它们命名为‘凯、旋’，一颗是你，一颗是我。如果所有的名字都要用上一百万次，那就有一百万对双星和我们有同样的名字……哇！”

他们一起安静了一会儿。

然后傻笑起来。

三

要想前往银河尽头，得先跌向太阳。

舷窗关闭，几万公里高的日珥投影在主控屏幕上，火焰的弧形拱门之下是翻涌不休的炽热恒星表面。“低语号”紧贴日面掠过，银白色的螺旋星门深陷在烈焰之中，只有在折叠空间投影里才显现出它通向宇宙另一端的路径。张漩暗自庆幸这一路没有遇到警方或者雇用兵队伍的截击——先前布下的疑阵起了作用。他们都以为她在逃往小行星带，那里是走私犯的大本营。

跃入，跃出。

几乎所有的螺旋星门都必须非常接近恒星，这和重力井有关，人类从火星文明遗迹里拿来这个技术已经多年，背后的技术原理还没有完全参透。但通过这种从一颗恒星到另一颗恒星的跳跃，人类已经可以在银河系中通行无阻。基于同一原理，有些科学家正在研究如何跨越银河系与其他星系之间的广袤虚空。据说已经有了些头绪。

张漩站在屏幕前，看着飞船的航线串起点点星光。

就在这时，飞船的主控智能开口了。

“我说，美女，你居然是个走私犯？”

她瞪着控制面板。

所有的AI都很无聊，进化算法赋予了它们强大的思维能力和运算能力，但它们大部分时间无所事事，除非人类找事给它们做。因此，所有的 AI 都是天生的八卦大师。就在他们交谈的时候，这家伙应该在星际网上搜索过所有关于她的事情了。

“你知道我是谁。”

“他们管你叫‘影子船长’，还说你几乎去过所有的非法勘探点，挖过几十种外星人的骨头。”AI 发出一阵令她很不舒服的“咯咯”笑声，“但我想听你说。”

她叹口气，坐下来。

长路漫漫，眼下除了跟这个讨嫌的主控智能聊天，也没别的事情好做。

“我是个非法的遗迹挖掘者。”她说，“但以前不是。”

四

十九岁，她和弟弟同时考上了宇航学院。他们一起受训，六年后一起毕业。同一批成为开拓船的船长。

又过了两年，姐弟俩分道扬镳。

这之前张漩早有预感，只是没想到来得如此之快。和过去一样，他们总是争吵，甚至有时候会发生肢体冲突。从很小的事到原则问题，姐弟俩处理事情的风格相似，但选择结果总是截然不同。

最终导致两人形同陌路的，是一条新颁布的法律。它规定：所有对异星文明废墟的发掘及对其科学技术的研究，都只能由星盟的法定机构进行，除此之外的一切探索活动——无论私人或者商业，都将被禁止。

这条法律看似无理，但事出有因。

自火星废墟起，人类已经先后发掘了数十个异星文明的不同遗迹，而这些旧时代文明留下的技术也使得人类文明突飞猛进，一路奔向群星时代。

但这些文明如今都已消亡。

每一处遗迹都大同小异，不同的文明或兴起于数千万年前，或繁盛在第一代恒星初放光芒的时代。但智慧盛开的时间极短，从技术和科学的诞生到整个文明消失于时间长河深处，至多不过万年。很多文明在兴盛几千年后便已消亡。有些毁于战火，有些毁于生态灾难，有些就只是神秘地消失。

虽然银河系中生命的痕迹处处可见，但人类从未遇到过和我们同存于世的智慧生物。文明就像是暗夜中的萤火，短暂地亮起，旋即归于沉寂。

“……我们的整个文明，只有二十一秒。”张漩说，“把宇宙的寿命浓缩到一年，那么人类文明的时间只是这一年中的二十一秒。其他的文明也差不多。二十一秒，然后就消失了。几乎所有的废墟都是同样的年代长度。不管诞生在几亿年前还是几千万年前，现代文明加速崛起的特性注定了它无法持续一万年以上。”

“所以呢？”她的弟弟懒洋洋地问。

这一次是她在罗列数字，而不是他。他们总是这样，互换角色，却从来不会停止争辩。

“所以我们不太可能遇到别的星际文明。”她说，“宇宙太大，时间太漫长。虽然说有一千万颗能够孕育生命的行星，但文明本身是随机诞生的，可能在这一刻，也可能在一亿年后。根据概率计算下来，在任一时刻，银河系里很可能只有一个文明，甚至一个文明都没有。我们是孤独的，不是在空间上，而是在时间上。”

张凯眯着眼睛，和过去一样孩子气地笑着，“曾经有个人被雷劈过七次。我相信小概率事件会发生的。”

“所以你要去犯蠢。”

“所以我要去寻找生命的信号。而你，老姐，你就钻在那些坟墓和墓碑中间去挖掘古代文明吧！我更喜欢展望未来。”

“那些古代文明是把我们带往未来的钥匙！”

“是把我们带往毁灭的钥匙！”她的弟弟寸步不让，“你还不明白吗？一个文明崛起了，然后他们第一件事就是去发现古代的文明，学习他们的技术，也学习他们的错误。第一个文明夭折是因为愚蠢，而后面每一个文明都亦步亦趋地跟上！这才是那些文明短命的原因，不是因为他们发现了什么技术奇点，或者飞跃到了我们无法理解的层面，或者超新星大爆发……而是因为他们模仿前人太多最后埋葬了自己！星盟禁止发掘那些古代废墟是有原因的！”

“原因就是官员们目光短浅！如果我们没发掘火星废墟，你和我现在还在地球上种地呢！”

“哦，你不会去种地的，姐姐，你太聪明了。你会去盗墓。”

交流到此结束，剩下的就只是高声争辩，声嘶力竭的叫喊，挥舞的手臂以及涨红的脸，她不记得自己和弟弟都吵了些什么，只记得第二天早上他们各自离去。

她从开拓舰队辞职，投入一个私人公司麾下，以合法的名义非法地偷偷挖掘那些古代废墟。渐渐在走私者和非法勘探者中间闯出了属于她的一片天地。

姐弟俩之间整整六年没说过一句话。直到某天，她出航归来，发现弟弟在港口等她。

“姐，我要你帮忙。”他说。

她看了弟弟一眼。张凯看起来憔悴不堪，她从未见过他这般狼狈。

“怎么了？”她问。

五

在张漩挖掘了十一个不同的异星文明废墟之后，她的弟弟发现了星路。

他们整整六年没说过话，但总是赌气地将彼此的发掘内容 / 研究成果发往对方的邮箱。在整理张漩发来的那些异星文明数据、并和公开勘探的遗迹记录对比时，张凯找到了一个几乎所有的文明都曾经拜访过的星域。

就在某片暗星云深处。

“我有证据。”他说，“我有证据证明，那儿有一个异星文明，不是曾经存在，他们现在还在。”

后来，张漩总是想起那天，她和弟弟坐在空港的咖啡馆里，谈及那片星云以及里面孕育着的群星。

“他们在这里播种恒星。”张凯说，“看到这张星图了吗？流浪者文明，五十亿年前，那时这个星域的气体云密度很低。而这一张——”他拿出另一幅星图，来自张漩发掘的一个遗址，“星云密度已经很高了，而且里面有了星胚。然后是这一张……”第三张图落在桌面上，“看看这些曲线，是不是很熟悉？”

她认得这个螺旋形的结构，就像是将飞船送往星空彼方的那些银白色的螺旋星门，只不过这座星门比螺旋星门大得多，而且大得难以想象。不是用小小的重力翘曲装置建造的，而是用恒星本身。

在星团内部，一颗大质量恒星和周围四颗年轻的小质量恒星以非常特殊的轨道相互绕转。而被恒星引力搅动的星云构成了通常情况下以高强度纤维搭设的牵引轨道。正渐渐将重力井扭曲成一个复杂的分形螺旋——空间折叠式星门的基本构架。

“这个东西不可能是自然形成的，只可能是文明的建造物——它还没完成，但是快了，再过一亿年就差不多了。一亿年，对宇宙和真正的文明而言是很短的一段时间。”张凯的目光闪烁着狂喜，“想想看，它会通往什么地方？”

银河系之外。她明白，也许是本星系团之外，通往可见宇宙的边缘——和人类使用的那些小型星门相比，这座星门的规模是它们的一千亿倍，当它完成之后，整个宇宙——甚至是可见范围之外的宇宙——都伸手可及。

她试图想象，想象那些外星人，在岁月长河里播种恒星，扭曲引力，散布气体云团，缓慢而极富耐心地修筑这样一座巨型星门。任何有这种耐心的文明都将远远超过人类的文明尺度。

“我陪你一起去。”她说。

但她终未能成行。张凯的研究被视为旁门左道，无人相信。由于他提供的研究证据来自禁止勘探的外星废墟，警方盯上了他。张漩不得不为弟弟引开警察，让张凯开着她的飞船“长弓号”去寻找那条星路。

一去不归。

六

“目的地已到达，切换为人工控制模式。”

张漩揉着眼睛站起身来，伸了个懒腰。

这一趟深空飞行的距离远超过她意料之外，幸好弟弟在穿过这些恒星的时候，一路有放下星门和道标。给她节省了不少时间。眼下，这个有五颗恒星的聚星系就在舷窗外，淡蓝色巨大恒星光芒下，那几颗红色的太阳居然显得异常孱弱。被包裹在美丽的气体螺旋之中。

“本地有已经架设的星门吗？”她问 AI。

“有一座。”

那应该是弟弟放下的。她想。

所有的星门都是单向的——从星门所在的恒星出发，可以抵达任意一个在三十光年半径内的恒星重力井。但想要返回出发地，或者继续出发，就必须再放下一个星门才行。她原以为弟弟是用光了飞船上的资源才无法返回，看起来并非如此。但是在重力如此复杂的地方，小型星门也有可能被干扰……

“再放下两座。”她说，“以防万一。”

“好的。”

很快，两团纤细的银色网状物先后脱离飞船，飘往其中一颗比较稳定的恒星。上面搭载的预设程序会让它们在合适的地方展开网格，制造出合适的螺旋重力井，打开通往其他恒星的道路。

“搜索到一个飞船信号。”主控智能说，“应该是长弓号。呼叫无应答。长弓号附近还有一颗小行星。更正，是若干颗小行星。”

“靠过去。”她说。

飞船对接顺利完成。张漩大步流星冲进长弓号，一路奔向主控室。

“小凯！”

她停在了门口。

张凯就坐在主控室中央，不是在椅子上，而是在地板上。围绕着他的是成千上万张快照投影。

弟弟坐在那儿，像个孩子一样发呆。手边是一盘三明治，面包已经干得开始翘起来了。

“小凯！”

她提高声调又吼了一嗓子，张凯才转过头来。

“姐？”

他的声音很轻很轻，像是被吓坏了，或者发生了什么很糟糕的事情。张漩记起来了，很多年前，当那个信使把他们父母在探索中飞船失事的消息送抵家门的时候，弟弟就是那样的神情。

放慢脚步，她走过去，在弟弟身边坐下来，“你一直没联系我。小混蛋。”

张凯揉揉脸颊，像是如梦初醒，“我……我忘了，我一直在看这些。”

“这是什么？”

“这些……很难解释。”

“讲给我听，慢慢讲，别太抽象。记得吗，我是文科生。”

弟弟被她逗笑了一瞬间，很短暂，嘴角微微一翘，“这些你也能看懂，就只是些壁画。”

她看向那些投影。

这些图案是刻在那些“小行星”上的。在星云里有成千上万颗这样的小行星，它们被放置在特定的轨道上、甚至切割成特定的形状——正方体、正八面体、正六面体，这些小行星的重力非常微弱，但巨大的数量使得它们能够稳定重力井的细微结构。

除此之外，它们每一颗都是一部史书。

在这些巨岩光滑的切割面上，刻满了密密麻麻的图案，有些图案很大，有些图案很小。她辨认出一些熟悉的图案，她曾在异星遗迹中见过。

利用船上的遥控勘探设备，张凯把这些图案都拍摄了下来。制作成全息投影，让飞船循环播放。

在张漩听来，弟弟的声音如同梦呓。“这儿有很多东西，我都扫描下来了，几个基地，一些我根本不懂的设备。但是最重要的是这些壁画，这些记录。”

他伸出手，滑过那些照片，一路指向最初的第一张。上面描绘了一些奇怪的生物，它们的肢体并不对称，但看上去强大而智慧。壁画中的信息很容易解读，没有复杂的语言文字，就只是图画、示意和线条简单的写实画面。

“这是最初建设星门的那个种族，我把他们叫先行者。他们来到这里，决定制造一座足够大的星门，用很长很长的时间来计划这件事。他们在这里种下了星胚。但两万年之后，他们就灭绝了。我不知道是为什么，这上面描述了，但是我没看懂，可能是战争，也可能是别的。”

张漩扬起眉：“那是谁在这儿工作了五十亿年？”

“不是‘谁’。”他伸手指了指后面的那些扫描图片，“是‘谁们’。在先行者之后过了大概五十万年，另一个文明，我把它们叫作继承者。他们找到了这里，发现了先行者的遗迹，并继续先行者的工作，他们稳定了整个星云系统，星胚开始成形了。大概三千年后，一颗超新星突然爆发，他们也灭亡了。其中一些继承者留下了一颗小行星，上面刻了他们的故事。”

张漩看着那成千上万张刻在不同小行星上的壁画，觉得胸口发闷，试图调整呼吸，“这些都是……”

她的弟弟点点头，面无表情地说下去。

“这个是嗜焰者文明，在继承者之后来到，我不知道是什么时候，他们增加了两个星胚来加热气体云。他们工作了六千年。然后消亡。”

“然后是聆听者，他们来的时候，事情已经容易多了。恒星已经诞生，从远处就能看到这个星门的初级结构。对于任何能够理解螺旋星门结构的文明，它本身就是一个信标。我们没有发现是因为暗星云挡住了它。总之，他们工作了三万四千年，是坚持得最久的一个文明。”

“……赫拉和宙斯，这两个文明是最幸运的，同时诞生在银河系的两端，被各自发掘的古代文明记录所指引，来到了这里。他们合作发明了用行星牵引恒星调整轨道的办法，进一步稳定了这个引力井结构。但这两个文明只并存了一千四百年，赫拉先灭亡，宙斯随之而去。”

“然后是夜影——这个文明是一个气态生命文明。他们似乎在微调星云本身，我没看懂……”

“再然后是高天原之歌，他们建设了这些引力站。在他们之后还有很多很多个文明，我给它们都起了名字……巴比伦、米拉、卡提和鸣唱者、莫狄娜、阿贡和沉默者，还有蝴蝶、闪烁之子、贝瑟芬妮和阿弗洛狄忒……没有哪个文明的寿命超过四万年，但也没有哪个文明放弃过。他们就这样一点一点地，继续把这座星门建设下去。”

投影一幕幕掠过，每一张壁画上都是一个辉煌的文明。这些智慧生命被星光和历史所吸引，抵达这里，为了一个渺远的目标而努力着。

在人类发现的远古文明废墟中，即使是最大型的星门，也只能跨越一百光年远的距离。为了穿过星系之间十几万光年远的黑暗与真空，为了有朝一日能够穿过时空的门扉，离开银河系、前往无垠的宇宙深处，在长达数十亿年的时间里，这些短暂的文明之火，一代接一代地将这座超级星门建设下去。在他们之前有几千个文明曾经这样做过，在他们之后还将有几千个文明接过他们的嘱托。

这些智慧生命被时间和概率分割开来，在岁月长河中孤独地诞生，又孤独地消亡。他们建设着自己永不可能见到落成之日的星门，眺望着在自己的文明灭绝之后很久很久才会亮起的曙光。

或许，人类也将加入这个行列，而在人类之后，也还会有更多的文明抵达这里。到这座星门落成、宇宙的门扉向着银河系打开的那个时刻，这里将会有一万个文明陨落，不可计数的智慧生命尸骨成灰。

张漩靠过去，抱住自己的弟弟。就像他们还是孩子的时候那样。

“姐。”张凯轻声说，“我用光了所有的名字。”

结尾

“我们得走了。”在整理了勘探记录后，张漩拽起不是很情愿的弟弟。让主控智能将在这里收集到的所有数据都打成包，只等他们抵达走私者巢穴就公布到星际网上。

她很清楚，那些古代文明留下的可不只是壁画。还有技术、数据、信息……只要这个消息公布出去，几天之内，这里就会塞满了警察、科学家、投机者和政客。而在那之前，他们走得越远越好。

张凯有些茫然地看着她忙碌。突然冒出一句话：“我同情他们。”

“他们？”

“第一个文明。”他说，“先行者。”

“为什么？”

“因为他们不是银河系诞生的文明，你明白吗？他们是从更古老的星系跃迁来的。但星门是单向的。所以，他们只有建造一座同等规模的星门，才有可能回家。他们知道自己注定消亡，没法完成这座星门，于是就在银河系里播撒生命，让之后的一代一代——”

张漩叹口气，轻轻拍了拍弟弟的肩膀：“我不这么想。”

“你怎么想？”

“想象一下，你是先行者中的一员。”张漩轻声说，惊讶于弟弟为什么没想到这一点，“你诞生于一个古老的星系，你的文明幸运地成了最后一代星门的建设者。如今，从故乡出发，整个宇宙都任你拜访，却不能回头。你清楚地知道，自己的文明只有几万年的寿命可以挥霍。那么，你是把自己囚居在某个星系里慢慢建筑回家的星门呢。还是像撒播种子一样，尽可能多地把文明和生命播散到所有你能触及的星系里呢？”

张凯看着她，瞪大了眼睛。

“如果他们是从某个古老星系跳跃来的，那么他们想的绝对不是回家。我敢跟你打赌——”张漩扬起手臂，向着舷窗外画了个半圆，“仙女座、麦哲伦，还有所有那些有名字的和没有名字的星系里，都有文明在追随先行者的脚步，都有星门正在建设，都有文明正在等待。再过几亿年，宇宙中的每一座孤岛都将变成通途。到那时候，我们才会真的用光所有的名字。而且还要把它们再用上一百万次、一千万次，因为那里有无穷无尽的星星。”

边界

SHE·陈虹羽

观测终于再一次被证实——我们的宇宙，半径只有五光年。

内部时间：虚元 1802 年

“我看到了……很快，我看到它的同时，它也正在接近我……它是……它是虚无，黑暗，丢失一切细节的。我的天啊，这和我们观测到的一样，但又不一样。我无法用语言来描述它。我要进去了……”

重复键。

“我看到了……很快，我看到它的同时，它也正在接近我……它是……它是虚无，黑暗，丢失一切细节的。我的天啊，这和我们观测到的一样，但又不一样。我无法用语言来描述它。我要进去了……”

重复键。重复键。重复键。

埃布尔是第一个走出奥尔特星云的人类，也是最后一个。他与地球失去联系前的最后时刻曾启动飞行器上的黑匣子录音，虚元 1795 年，即埃布尔出发后的第十年又四个月，这段音频传回地球。同时观测到的，是埃布尔的飞行器一头扎入虚空，越过那个边界后消失了。当然，飞行器以光速移动，所以在观测者们看来，它是瞬间凭空蒸发的。但如果用量子播放器将这段影像以原始速度的亿分之一播放，便会看到宇宙如同被一张无形的隔膜分成两部分，一部分充满星际尘埃，虽然空旷却又显得充实；另一部分则是无穷尽的黑，当然用“黑”来形容它也不对，那里什么都没有，没有可见光，甚至没有万有引力，没有射线。宇宙的一切物质在穿过那层无形隔膜进入虚空部分后就统统没了，埃布尔的光速飞船也是这样，船体逐渐没入了永恒的空洞。

观测终于再一次被证实——我们的宇宙，半径只有五光年。

姜然是前天接到地外星系研究所面试通知的，今天顺利的话，他就能正式成为一名助理研究员了。这是他梦寐以求的工作，但研究所的状况令他大跌眼镜。

“我是卡尔教授，也是这个研究所的负责人。我有必要跟你说清楚，除我之外，这里只有另外一名研究员路德维希，和一个助理研究员蕾切尔——加上你的话是两个。”卡尔教授像是想起了什么，冲着不远处一个三十出头的女子喊道，“蕾切尔，泡两杯咖啡端过来！”然后回过头向姜然耸耸肩，“人手不够，像打扫卫生什么的杂务，都要研究员自己做。”

“教授，我很愿意在这里工作。”

卡尔教授把老花眼镜往下移了移，视线从镜片上方投过来，像打量怪物一样打量姜然，“现在的年轻人很少有像你这样想的。地外星系研究所，名字真滑稽。你难道没听说传言，我们的宇宙半径小得可怜，根本不够看的吗？”

“是听说了，我本科时很多同学都转了专业。但我——我不是很相信。”

“不相信和不愿意相信是两回事。”卡尔教授掏出一只录音笔，摁下播放键。埃布尔最后的那段话在宇宙背景噪声中响起。仅十秒。卡尔教授把这段录音连续播了五遍。

这是姜然第一次听到这段录音。

“录音是真实的。民间传言有夸张的成分，但基本属实。”卡尔教授把录音笔放到一边。

“所以说，埃布尔并没有一直走下去……”姜然一时还沉浸在那段话里没回过神。

“当然没有。光速探测器的事你应该知道吧？”

姜然点点头。三十多年前，科学家发现正反物质湮灭释放出的能量能制造空间旋涡。以此作为航天推进方式，能将航行速度由之前光速的千分之三提高到无限接近光速。该技术渐趋成熟后，有三个国家及地区分别制造了各自的探测器，朝三个不同的方向发射往太空。它们穿过柯伊伯带后启动湮灭推进装置，随即便以光速逃逸出人们视线。但大约十年后，三方的监测系统不约而同发现，它们消失了。不管哪个方向，它们越过五光年的界线后便无影无踪。这其实只是印证了人们从望远镜里看到的——在人类能达到光速之前，遥望宇宙的研究者早就发现五光年之外什么也没有。但没有人愿意相信这个事实。又过了几年，小型飞行器内的生态循环系统得到完善，埃布尔肩负起探索五光年之外宇宙的使命出发了。

“如果是真的，你们为什么没有公布这段最后的录音？”

“有百分之九十九的人一生都不会走出太阳系。对于他们来说，宇宙只有五光年或者宇宙无限大，有什么区别？当时听到录音的人很多，消息并没有完全封禁，只是官方未出面证实罢了。总要给那些愿意向往星空的人留些想象的空间。”

“那……我们要研究的地外星系只是……五光年以内的吗？”姜然失落地问。

“如果你能找到五光年之外的世界。欢迎你。”卡尔教授站起身伸出手。

姜然赶紧伸手握住。

“很好。你被录用了。”

外部时间：地球年 913 年

“他们实在是很有意思的物种。”诺雅翻看着手上公元时期留下的文献，“把一切都神化。统治者宣称自己是太阳神之子，或其他什么。日月星辰都是神明。”

“是这样吗？”朱耶举了举手里正在制作的一顶头冠。不知用了什么技术，日月星辰的徽饰果然悬浮其间，他的手工向来是好的。

“可惜模拟的这次文明，他们完全没有‘神’这个概念……”诺雅放下书，揉着额角站起身，艰难地移步到朱耶身边，拿起那顶头冠戴到自己头上。然后学着文献配图里统治者肖像的模样，面无表情、下颌微扬地迈步于复杂的模拟器之间。

“倒像那么回事儿。”朱耶说。

“说起来，我们的确也可以算是……”

“当然是。”

“就是……走路太累。”她回到座位上，由于母星重力只有这里的三分之一，他们腿部非常细长，要靠双腿行走的话十分费劲。她取下头冠交回朱耶手中，“我很喜欢这个玩意儿。可以送我吗？”

“没问题。”朱耶给诺雅看头冠的两侧，刚好有卡口可以固定在面罩上。

“谢谢！以后它就当我的工作装吧！”诺雅重新将头冠固定到面罩上去。沉重的行走让她想起母星，“要是在母星就好了。”她不经意说出口。

其实他们都没在母星上生活过，对母星的印象来自分裂体的记忆。母星体积很大、资源丰富，人口趋于饱和。宇宙中体积达到母星级别且适宜生存的星球并不多，中心恒星膨胀为红巨星后，他们不得不成为一个四散的种族。为了保证种族的火种，所有人口被分流为五十四个编队，朝不同方向开始了大迁徙，在宇宙中不停跋涉寻找新的栖身之所。九百多年前，第十三编队找到了这里。诺雅和朱耶就是十三编队成员的后裔。

“现在，我们的母星是这儿。”朱耶提醒道。

分裂体的记忆历历在目。大迁徙启动仪式上，族人在大平原上会集，仰望太空轨道上第一编队的九千四百五十七艘母舰依次等待启航。族长的影像投影犹如一座山般大小，每个迁徙者都能透过舷窗或大屏幕看到他最后的演讲：

“走吧！不要再挂念一个回不来的地方！”

只有不到百分之十的族人没有走。他们有的是因为身体状况太差，无法承受加速带来的超重；有的则是希望能目睹母星的变迁直至最后一秒。

内部时间：虚元 1802—1803 年

“现在，所有人都相信宇宙只有五光年，这是件很糟糕的事。”蕾切尔一边说一边磨咖啡豆。研究所里真正的工作很少。

“那你信吗？”

“我们这个研究所只有四个人，很可能是知道一切真相后还仍然不愿意相信的最后四个人。如果我相信了，那就只剩三个人了。”

“你怎么确定我不信？”

“你要相信的话，上个月面试时怎么不转身就走？你留下来了。”

姜然一时语塞。

“不过，理想这玩意儿太脆弱了。埃布尔最后那段录音没打碎你理想吧？”

“不瞒你说。我小时候——直到现在，埃布尔都是我最崇拜的人。我想走得比他更远。”

“我有个感觉。”蕾切尔把磨好的咖啡豆装进壶里，“那张无形的隔膜，和死很像。穿过那道界线就像一个人死了，死后究竟是什么感觉？当然，这么说也不是很恰当，人死后所有器官都停止活动了，不会有什么感觉。你可以想象心脏停止跳动后但大脑仍在工作的那段时间。死后的感觉只有死过的人才知道，但他却再也没办法活过来告诉我们。穿过界线也是一样，很可能存在另一个世界，但对于我们来说，那个世界是单向的，所有人都有去无回。只有去了的人知道那个世界是什么样子。”

“所以，我还是想亲自去那里……”姜然说得有些底气不足，他以为这句话会换来蕾切尔的嘲笑。

“所里这几个人谁不想呢？”这是蕾切尔的回答。

所里有一个月的新年长假，半年来，这是姜然第一次回家。

父亲的腿还是老样子，高位截肢后只剩下两个肉红色凸起的断面。很多年过去了，姜然一直不敢直视父亲的双腿。此刻，父亲正盖着褥子坐在床上。他看到姜然回来，放下手中的书，费劲地把身体撑到面对姜然的方向，招呼姜然自己去冰箱拿水果，说那些水果都是纯天然种植的，想着他要回来，母亲大清早专门去市场买，花了不少钱。

“爸，你也吃吧！”

“我不用，我不用。”父亲连连摆手。

冰箱里的水果是梨，只有拳头大小，两个。他拿出其中一个，用水冲了冲，一口咬下去就是一半。一股酸劲从鼻腔往外冒，他感到自己仰望的星空是那样远，陷入的现实生活却是这样重。他又想起七年前的傍晚。

家里座机电话铃声大作，母亲接起来刚听对方说了一句，脸色立刻就青下来。她急匆匆地对他说，“你爸出事了，快去医院！”

那时他心里在想另一件事。他十七岁，刚结束高中的课程，想要去上大学，可是家里没有钱供自己继续念书。母亲叫他的时候，他正在偷偷看报纸上的高校招生信息。他想学天文专业。

“哦！”他应了一声，甩开报纸，跟母亲一起赶去医院。他们在手术室外等了两个小时，之后医生走出来说，病人的腿没有保住，在紧急情况下，只好先做了截肢处理。“以后可以装仿生义肢，使用起来不会有什么不便。”

他知道，医院不会眼睁睁地看着病人死去，但在预缴费用不足的情况下，他们当然会选用最经济省事的法子。“那……装义肢要多少钱呢？”

“二十万。”

父亲是为了救一个差点被车撞飞的中学生，可那个被救的中学生始终未露面。有报纸报道了父亲的事迹，后来家里收到一笔捐款。按父亲的性情，他是绝不可能收下这种不劳而获的钱财的，出乎意料的是，这一次他并未拒绝。可父亲执意不治腿，而是用这笔钱支付了姜然四年大学的学费。他说自己就是没文化，所以一生都只能在废品收购站工作。他希望姜然以后能成为一个体面的人，去做有意义的大事。

“在研究所的工作怎么样？”父亲捧着之前在看的书，头也不抬似是不经意地问。不过姜然知道，父亲为找到与自己可聊的话题思虑了有一段时间。

“挺好的。”他应该再多回答一些，不要让父亲的期待落空，可除了这三个字，他想不到还可以说什么。

“能像那个埃什么布一样开光速飞机吗？”父亲比了个驾驶战斗机的动作。

“现在还不行。”姜然想了想，“以后，应该有机会吧！”

父亲笑了：“你小时候一直吵着要开光速飞机。等以后你要是真的……”

门“吱呀”一声被打开，是母亲回来了，也正好打断了这个尴尬的话题。父亲出事后，她一直在外面做钟点工贴补家用。姜然本以为自己工作后母亲就不必再这么辛苦，但研究所的工资实在太低，仅勉强够维持自己度日，没有半分多余的钱给家里。他很愧疚。但父亲喜欢他的工作。

“你应该做自己想做的事。何况，这是一件好事。”

外部时间：地球年 915 年

“一号模拟器，正常。”

“二号模拟器，正常。”

……

“大气压读数：1013.2 帕。标准值。”

“大气成分：氮 75.084%，氧 23.946%，水汽 0.25%，二氧化碳 0.058%。氮气和氧气的比值能看出人工改造痕迹。”

“影响值：1.21。”

“文明级别：A。”

诺雅在文明模型基地工作。模拟器是一堆形态各异、大小不一的电子设备，她每天需要做的，就是巡视每一台模拟器中新产生的数据，报出读数让朱耶记录下来，俩人再整理出值得注意的部分，递送给这个项目真正核心的那些人研究。

回到座位，才看见显示屏右下方出现新邮件提醒。诺雅忐忑地点开它，不出所料，“驳回”两个醒目的大字出现在她递交的申请邮件中。

心有不甘，她想了想，转身问朱耶，“你知道组长什么时候来吗？”

朱耶打开一堆表格查了查：“他后天会过来。你要找他？”

“嗯。”诺雅点点头。

“你找他做什么？他甚至都不认识我们。”坐在滑轮椅子上的朱耶迅速滑动到诺雅身后，诺雅来不及关掉邮件。他一眼看到标题栏里的文字:《关于拓展系统中宇宙细节的申请与设想》。“你要找他谈这个？”

“对。”诺雅不打算再瞒下去，干脆点头阐述，“难道你没有产生过这样的想法吗？给一个能够达到光速的物种那样狭窄的空间，太残酷了。”

“妇人之见。”朱耶摇摇头，“如果觉得残酷，一开始就不该移民——我想，用殖民这个词可能要合适些。怜悯是他们才有的情绪，你看太多原生人的书了。”

“我一直以为你是站在我这边的。”

“我当然站在你这边。无论怎样，你看，我们两个共同从事这个基地里最无趣的工作，私底下也是不错的朋友。但这和我认同你的想法是两回事。”

“你不用管了。我去找组长谈谈。”

组长是建模项目组的负责人。他每周来基地巡查一到三次，了解项目进度。该项目目前已进入常规期，一般不会出什么意外。

模拟器簇建在地下。由于要承担大量运算、描绘大量细节，这里的空间被最大化利用，地面、墙面完全由光电感应器铺成。如此一来，数台单个模拟器被串联为整体，数据信号像光河般流淌在四壁。诺雅和朱耶每天都待在这儿，看守这一堆奇形怪状的机器。

一道自然光从入口处透进来，是组长开门过来了。他看了看，“嗡嗡”的细微轰鸣声显示机器们运作正常，他满意地露出微笑，关上门要走。

“组长，请等一等！”诺雅急速滑行到门口。

“你是……”组长皱起眉头。

“我是这里的数据整理员。”

“出什么问题了吗？”

“没有……可是，他们就要进行载人试验了，我想……”诺雅在思考措辞。

组长接过话茬：“噢，我记起来了，你前段时间提交过申请。”

“是的……您看过了？”

“没有，只是听其他人向我提起——作为一个笑料讲给我听的。”

诺雅剩下的话全都被噎了回去，之前准备了很多条理由来说服组长，现在也只能焦急地请求：“组长，请您考虑一下吧！这样下去，如果他们发现真相，他们会停步不前，那我们的实验目的……”

“五光年已经很大了。”组长打断她，“但愿你能意识到自己的想法有多天真。你看过公元时代的原生人留下的资料，他们建造动物园，为了让动物们感到仍处身于野生环境，会制造逼真的石山、池塘。可他们不会为动物建造一整座真正的森林。”

“但他们并不是动物！制造出光速推进器，那就达到A级文明的标准了。他们有资格去更远的地方啊！”

“对，他们不是动物。”组长离开这儿，又转身补充道，“他们只是模拟器里的一堆数据。”

内部时间：虚元1805年

姜然忘不了父亲的背影。

父亲双腿报废以前曾在废品收购站工作，通俗地说，就是个捡破烂的。姜然不觉得捡破烂有什么不好，可是其他人称呼父亲的时候，都会仰着他们高傲的头颅，眼珠子向下歪斜从而露出大面积的眼白，最后不情愿地张张嘴，好像说出这句话要花掉他们最后的力气：“喂，那个捡破烂的，过来。”父亲用双腿走过去，背影在白花花的阳光中却有山冈一般的力量。那些人把自己不想要的东西扔到地上——父亲离他们那么近，他们难道都不愿意递给他吗？父亲弯腰捡起那些玩意儿，什么都有。很多次，很多很多次，他看到父亲艰难地弯腰，几乎能听到父亲疲惫的脊柱正发出“嘎吱”的响声。

如果能一直这样下去，也还算好。

“几十年前，‘观察者’号射电望远镜曾扫描最外一层的恒星坐标——我是指，如果把宇宙看作一个封闭球体的话，它的最外一层。当时得到的数据并未引起足够的重视。你们把那个数据找出来，再整理一遍，可能会发现些规律。”卡尔教授盯着计算机屏幕，头也不回地对姜然和蕾切尔说。

两人相视撇嘴，无奈地耸了耸肩。商量分工后就各自忙开了。要整理的都是些繁琐数据，稍不注意就会出错。姜然的手机响了，他没有去接。但手机响个不停。

是家里的电话。他有些恼，不耐烦地摁了接听键，“喂？”

“喂。”那头应了一声。是父亲。

一般家里有什么事，都是母亲跟自己联系。姜然有些意外，“爸，我现在在忙。”

“哦。那……那我晚点给你打。你先忙。”

“爸，什么事儿啊？”

“没什么。你忙吧！”话音刚落，电话就被迫不及待地挂断了。姜然有些疑惑，但也没放在心上，很快重新投入到数据整理工作中。一直忙到晚上九点过才告一段落，他回宿舍后想起父亲来电话的事，回拨过去。

还是父亲接的，沉默了有几秒钟，父亲问道：“最近工作怎么样？”一个问过不知多少次的问题。

“挺好的。”姜然一如既往地回答。

“你一个人住，别太省，想吃什么尽管买，不用考虑你妈和我。”

“爸，研究所管饭。”他提醒道。父亲想说的当然不会是这件事。

“大锅饭能有什么好菜？你下班自己买些肉烧来吃，别苦了自己。”

“嗨，我一个大男人烧什么菜呀，凑合吃吃得了。下班谁还愿意再去做饭。”姜然本想说一句“倒是你和妈应该多吃些好的”，但话到嘴边又没说出口。一来对家人说不出关怀的话，二来，家里的经济情况他不是不知道。

“以前一直是你妈做饭，也没让你学着。会炒菜吗？你读书读得呆头呆脑的……”

“爸，你今天怎么说这么多有的没的？”

“姜然。”父亲郑重又哽咽地叫他名字。他提心吊胆地听到下面一句——“你妈她……生病了。”

机械地问：“什么病？”

“治不好的。”

在姜然的脑海中，这个宇宙的边界和父亲截肢的断面渐渐重合在一起。还有母亲疲倦、失神的双眼。

外部时间：地球年 926 年

本次文明建模应该说是成功的。和公元时代比较，社会形态的发展差异不大，但科技进步速度则比之前几乎要领先五百个地球年。分析其原因，我们发现一个很有意思的现象——虚元时代的人没有神的概念，从一开始就没有。他们解决了很多难题，甚至包括一些连我们也不能解决的。这个文明模型基本上能表现碳基生命的一般发展轨迹，而这个过程中衍生出的科技，甚至能够反哺我们的社会。

虚元1760年（地球年903年），他们就在实验室里达到了光速。又过了十年，他们向地外发出了光速探测器。结果令他们大惑不解。之后进行了一次载人实验，他们似乎逼近了真相——宇宙是个半径为五光年的球体。在发现这一事实后，整个人类社会出现第一次大崩溃。身陷囹圄的确使他们裹足不前，五光年的狭小空间像是一把枷锁。我们本以为五光年以内的细节已足够他们研究上好一阵子，但现在看来不然。

远方有必要存在，即使无法抵达。

文件是朱耶搞来的。诺雅浏览后无力地靠在椅背："我十年前曾向他们提出相同的设想，那时他们却当笑话。"

"你知道，我们的社会这些年也很迷惑。这才想到或许可以借助模型来帮我们了解自己。"

"别忘了，模拟器里时间流速是自然的两倍，系统里已经过去二十年了！我每天都关注着他们，现在那里没几个人愿意继续探索。这个时候来扩展有什么意义？"

朱耶沉默了半晌："不管怎样，拓展系统环境总算立项了，我以为你会高兴。"

诺雅苦笑一下："这样做也是为了我们自己。从来没有人真正考虑过他们。”

“当然要为了我们自己。你没忘记我们在宇宙中有多艰辛才总算找到这儿吧？”

是没有忘。十三编队预定的目标恒星有三颗，但全都登陆失败，编队的母舰损失过半。族人已不抱任何希望，打算在太空中做永恒的流浪者。眼看即将离开银河系，却没想到在荒凉的猎户座旋臂上发现了一个不起眼的小恒星系。于是，大伙儿就朝着这里进发了。

“我们太自私了！”原生人最后那熄灭了希望之光的眼神，在来自分裂体的记忆深处盯着诺雅。那是一双少女的眼睛，她面黄肌瘦，躺倒在一堆垃圾中，斜着眼注视经过身边的殖民者。族人改造了环境，原生人无法适应，他们一批批相继死去。“由于我们需要土地，所以对他们赶尽杀绝；又说由于要建立什么文明模型进行研究，所以要提取他们的基因数据上传进虚拟环境……”

“这要看你从什么角度去想了。”朱耶指了指模拟器簇，“对于我们来说，那是一堆机器；但对于他们，那就是整个世界。生活在其中的人并不会意识到自己是活在数据里。系统内地球环境的还原度高达99.8%，太阳系、五光年之内的宇宙细节也做得一丝不苟，他们和真实生活着没什么两样。现在我们还打算把这个环境扩大，软件开发组已经开始写入数据了。你知道，对于我们来说要花费不少精力，半径每增加一光年，所需添加的细节以指数级增长。而我们决定给他们的环境，是整个银河系。”

“亡羊补牢吗？”诺雅讥讽道。

朱耶不明白这个词，没做出任何回应。

滴滴的提示音响起，这表示特别监测的数据有变化。朱耶想去查看变化源，便起身要去检查。

“我去看。”诺雅抢先一步。

朱耶明白过来：“是你自己设置的特别监测内容？”

诺雅点头默认。虽然之前自己提出的设想未得到响应，但她从未放弃这方面的努力。她把虚拟环境中进行相关研究的机构设为特别监测，随时关注着他们的动向。

她调出数据，发现本来就只剩四个人的地外星系研究所又走掉一个助理研究员。这实在很糟糕，如果他们自己都不愿意探索更大的宇宙，那现在再来拓展宇宙细节无疑非常讽刺。她继续查询了这个助理研究员的相关信息，原来是他双亲患病，他不得不另谋更赚钱的职业。

不能让他走，研究所的人不能再少了！

一个大胆的想法在诺雅脑海中产生。

内部时间：虚元 1806 年

母亲体内多个器官出现衰竭症状，干不了活，只能整日在家里躺着。若做手术移植人工培养的器官，就可恢复正常——有钱的话。现在她的病情只能靠药物控制着，情况并不理想。

姜然向研究所递交了辞职报告。卡尔教授表示惋惜，但在知道姜然的情况后，也不再说什么。所里连研究经费都成问题，姜然无论重新找个什么工作，都不会挣得比现在少。他需要钱。

“年轻人，所里随时欢迎你回来。”

姜然点点头，连说再见的力气也没有。

其实所里正在策划新的研究方式。之前统计了所有外侧恒星的数据，后来发现它们并无规律可循。那个隔膜像是凭空突然出现的。假想五光年宇宙隔膜真的存在，那人类需要做的，不是遥望它，也不是穿过它。最好是到它附近去，对它进行近距离观测。研究所目前正在设计具体的观测手段，若政府认为可行，或许会拨下来一笔经费。

眼看有新的转机，姜然却不得不和抬头仰望的日子告别。他默默打包好宿舍里的生活用品，搭上回家的班车。

他有很多次梦想自己去了遥远的太空，五光年拦不住他。而现在，他要变成“宇宙只有五光年或者宇宙无限大，对他们来说没有任何区别”的那类人。

姜然回家的第一晚，躺在床上翻来覆去无法入睡。天色既白时，他听到母亲在叫自己。他立刻翻身而起，冲进父母卧室。

“怎么了……”

首先映入眼帘的，是父亲的腿。被子掀开了，父亲的两条腿好端端地搁在床上，看起来那么自然。姜然一时没看明白哪儿不对。

“你爸的腿……”母亲呆滞地坐在床边。

父亲动了动，把腿抬起又放下，蜷起又伸展开。姜然大惊失色，凑近了仔细观察父亲双腿从前的截肢处，却连半点伤痕也看不见。

“我们去医院检查。”

经过检查，医生信誓旦旦地保证，父亲的腿从未断过，这绝不是仿生腿或别的什么。没有接口，浑然天成。这就是他自己的腿，而且是从来没受过伤的腿。这一茬忙过，母亲才突然意识道：“我好像也好多了……”

今早之前，她还只能躺在床上靠人喂食，连翻个身都很费力。而这半天以来在医院忙里忙外，竟也只感到有一点累。姜然察觉到不对劲，执意让母亲去复查。检查结果显示，母亲的所有器官从未出现衰竭状况，目前只是正常的衰老而已。

三人拿着报告单站在医院走廊发呆，心里却说不上是高兴，他们不知下一步该干什么。

正午，太阳像一只注视他们的眼睛。

外部时间：地球年 936 年

十年来，在虚拟环境塑造员孜孜不倦的努力下，银河系绝大部分细节终于转化为数据。就在今天，这些数据会被输入模拟器中，成为虚拟环境的一部分。

而模拟器中的人类，暂时还不会意识到自己的世界发生了什么——只是暂时。他们很快会发现，枷锁解除了，然后像以前那样，整个社会开足了马力前进。

系统更新完成的绿灯亮起，基地里响起此起彼伏的庆贺声。为这如造物主般丰伟的功绩，为实验光明的应用前景。此刻的诺雅却惴惴不安地在一群欢欣的族人中缄默，和她一样阴沉着脸的，还有朱耶。

“他们肯定会彻底检查一次数据，瞒不下去了。”朱耶提醒道。

诺言脸色惨白地点头，不用他说诺雅也明白。十年前她为了让姜然重返研究所，越权进入主控制系统，调出并修改了姜然双亲的参数，使他们恢复健康。却没想到这一行为让人类察觉到外力的存在，结合五光年宇宙的事，竟出现不少类似公元时代上帝创世、盘古开天地的传说，继而是对自身处境的失望。不再有人仰望星空。好像生怕一抬头，就会被什么看见，地外星系研究所则彻底解散。人类社会开始第二次大崩溃。虽然诺雅后来又数次进入控制系统，企图抹去自己的存在痕迹，却欲盖弥彰。

好在记录模拟器中的数据一直是她和朱耶的工作，之前基地里其他族人一门心思赴在系统拓展上面，也不会有谁注意到人类社会心理的这种细微变化。她和朱耶一直没有把实情写进报告。

“越权进入主控制系统是重罪。”沉默了很久，诺雅缓缓开口，似乎下定了决心，“其他人迟早会发现我做过的事。不如你去举报我，至少你不用受到牵连。”那顶有日月星辰徽饰的头冠已经有些旧了。诺雅取下它，将它锁进柜子。

朱耶没有反驳她的话，半晌后只问道：“你真的把自己当作……他们的神吗？”

诺雅叹了口气，“是我毁了他们。我愿意承担后果。”

审判比诺雅想象的来得还快。不出所料，她被发配往海卫从事戴森球体工程中的苦力劳动。运输船起航那天，朱耶来送她走。她不确定是不是朱耶举报的自己，不过这已经不重要了。重要的是朱耶说：“基地找到了补救的办法。银河系并未白做，一切还可以重来！”

“怎么重来？”诺雅心灰意冷地问。

“我们在公元人遗留的文献资料中，发现一件有趣的事。当时他们制作了很多电子游戏，玩家在玩耍时可随时存档，若是游戏失败，还可以重新读取进度，抹掉失败的一段经历，再次挑战……”

诺雅本来漫不经心，听着听着却张大了嘴巴：“你的意思是……”

“是的。”朱耶脸上闪着兴奋的光，对于冷静的族人来说，这实在太喜怒形于色了。可朱耶兴奋地接着说，“有一天我们突发奇想，将这两件事联系在了一起。虽然我们没有刻意保存过进度。但只要把人类活动数据和环境变迁值提取出来，删去不满意的一段，再重新将数据放进带有银河系的虚拟环境中……”

“这样做没问题吗？”诺雅有些不敢相信，也懊恼这么简单的原理自己当时竟没想到。

“当然没问题。已经在做了！”

文明模型基地内。

“报告组长，数据已全部提取出来。”

虽然白费了一段实验时间，但这也是不得已而为之的事。当然，对于这个即将上千年的大工程来说，让几十年重新来过只是微不足道的一段。

“立刻准备删档！”组长下了命令。

“请确认删除节点。”

“就到他们进行载人实验前吧。”

“是。”

数据操作员忙开了，他在中枢模拟器中精确定位时间后，选中其后产生的一切数据细节，三道确认，摁下“Delete”键。

“系统重启。”

模拟器簇发出轰鸣，这轰鸣声戛然而止，复又响起。整个重启耗时两小时十七分，在虚拟世界中，一个和以前一样却又不一样的世界在又一次发生着发生过的故事。

尾声：内部时间：虚元 1785 年

今天是埃布尔起航的日子。发射基地像旷野中的一座孤塔，这也是人类要向宇宙迈出第一步的地方。

“我和女朋友已经分手了。”起航前两小时，埃布尔接受记者采访。

“我不打算返航，我会竭尽我的一生，能走多远算多远。

“有人觉得我是疯子。我抛下现在生活中一切，去进行一次没有归途的航行……”

记者打断他的话：“之前无人探测器曾在五光年处失踪，有传言说我们的宇宙只有五光年，你确定自己不会返航吗？”

“我相信只是监测设备失灵。我会去证实。无论结果怎样，我并不后悔自己今天的选择，向往星空和远方是人类前进的动力。我很荣幸接受这个任务。

“请代我向我的父母、亲人，所有关爱我的人，致以歉意，和永恒的道别。”

八岁的姜然守在电视机前，目不转睛地看直播。

记者介绍着相关情况：“常规推进器会让飞行器的速度达到光速的千分之三，埃布尔会以这个速度航行四个月，直至穿过柯伊伯带。这是为了防止湮灭式推进制造的空间旋涡对我们的生存空间造成不利影响。当然，不利影响是否存在尚不明确，大家可以放心。之后，湮灭推进器启动，空间旋涡会在十五至六十八小时内形成，届时，飞行器将瞬间达到光速。在我们地球上的观测者看来，它会霎时从视线中消失。每经过一光年的距离，埃布尔都会给地球发回他的录音，地球上则会每两年接收到一次埃布尔传回的消息。现在还有不到一小时飞行器就要升空了。让我们祝他一帆风顺！”

“一帆风顺。”姜然在心底默默地说。

1787 年，埃布尔的录音第一次传回地球：

“我已经走出一光年了。我很好，飞行器的状况一切良好，生态舱运作正常。恒星与恒星之间的距离非常遥远，更多的时候，我看到的是一些星际尘埃……”

父亲正在院子里把收来的废品分门别类。姜然兴冲冲地冲到父亲面前：“爸爸，爸爸！我听到埃布尔说话了！”

1789 年，埃布尔的录音第二次传回地球：

“我已经走出两光年了，但从来没遇到过文明的造物。当然，相比我们伟大的宇宙来说，我走过的路线实在有限……”

“爸爸，要是我以后也能像他这样到宇宙中去就好了。”

“嗯，是啊。”爸爸抚摸着姜然的脑袋，姜然明显感觉到这只手上布满了茧。

1795 年，埃布尔的录音第五次传回地球：

“我已经走出五光年了。要告诉大家一个好消息，所谓的边界并不存在。我看不出这一处和前面的几光年有什么直观的区别。宇宙还在延伸下去。”

1805 年，埃布尔的录音第十次传回地球：

“这是十光年处，我在十光年之外给大家发回这段录音。宇宙很大……我想，短时间内，我不会抵达尽头。”

新生之门

SHE·念　语

所有的无限都只是幻象，服务器里总是挤满了数据和意识。旧世界也一样，有无限的宇宙，人类能触摸到的却只有那么一点。

大鹏

大鹏的妈妈给他起名的时候也许没有想到，这个名字在二十年之后会变得那么恰如其分。年轻的大鹏不看书不做作业，逃掉了所有义务教育课程，然后完美地保留下 2.5 的视力，当上了民航飞行员。

不过那都是过去的事情了，现在的大鹏不会开飞机，只能天天绕着房间走二百个圈练习走路，然后和我们吹吹牛，讲过去的故事。

“那时候啊，整架飞机上的人都吓傻了，失重是一种，嗯，绝对让人窒息的感觉……”

“……然后，因为晴空湍流，你们急坠了两千七百米，对吧？后来飞机自动恢复了平稳飞行，你干的唯一一件有创造性的事情就是稳住手里的热咖啡没让它泼到机长头上——你讲了十七遍了吧？”瘸子嬉笑着摘下耳机。

我点点头：“差不多。”

“你的记忆力还没他好啊，大鹏！”瘸子拍了拍我的肩，朝着大鹏挤了个眼神。

大鹏的脸憋成了酱猪肝色，不过很快，他耸了耸肩，继续开始讲下一个故事。

我能理解大鹏。

我们的起居由专人和机械护理，于是日常生活变得散漫而穷极无聊。

这里是意识上传后中枢神经系统损伤患者康复中心，聚集着一群意识上传手术留下后遗症的患者，简称康复中心。

顾名思义，在这里的家伙……脑袋都有点问题。

意识的解析与上传将人类带入了全新的纪元，人类世代梦寐以求的永生不再是无稽之谈，在数据的海洋中人们能够抛却身体的束缚，拥抱无限的可能性，新世界也是真正的乐园。

但是意识只能复刻而无法转移，微小的纳米机器人复制意识传入新世界，在七十七台服务器的联网中汇聚成全新的意识体，然而精确到量子层面的复制过程做不到无损，原本的意识将或多或少受到损害。

于是，每一个新世界的人口都会对应一具本来的身体，有一份意识将留在身体中。没有死在意识上传手术中又没有伤到根本醒不来的家伙，就是我们这一类人，我们被称为“骨架”——新人类脱离肉体时丢下的骨架。

少部分骨骼精奇且运气上佳的家伙走下手术台就能够通过大脑功能评估测试直接回归社会，而像我，瘸子和大鹏这类人则会被关进康复中心，经历或长或短的等待。也许很快就会好，也许永远好不了。

大鹏的平衡能力和视力受损，瘸子的运动神经坏得七七八八的，两个人算是同病相怜，他们俩摔过的跤加起来足够绕着康复中心摔个三圈。

精神与情绪方面的问题更加常见。大鹏的情绪倒很稳定，瘸子则显得神经质且愤世嫉俗，他简直是意识上传手术后常见情绪问题的集大成者。

不过，这个房间里的所有人都还算有所指望。从测试评分上看，每个人离恢复自由身都不算太远。

“这个月的测试申请表啊，你们报不报报不报哎！”瘸子今天的心情特别好，挥舞着几张白纸，一瘸一拐地小跑进房间。

康复中心的每个人都熟悉一条常识——如果大脑功能评估测试的完整度分值超过了百分之九十九点九零零，即算作正常，可以回归社会。这间房间里的四个人距离目标值差得都不多。

大鹏还没起床，在床上翻滚了两下，又趴下去，嘴里嘟囔着：“大早上的吵吵什么。我没兴趣。”

我们的另一位室友用鼾声表示他拒绝对此发表评价。或者说，他其实没法发表评价，如果不是吃喝拉撒这四样生理需求使得他需要起床的话，每天二十四小时他能睡上二十五小时。

“哎，那你呢？”瘸子讨了个没趣，跑来问我，“我觉得啊，这里还是你最正常，八六三，分儿是低了点，但你可以试试，讲不定那次是机器抽抽了。”

“我？我这个月还是什么都没想起来，分数又不可能更高一点。”

我耸耸肩。

八六三

我叫八六三。

取自大脑功能评估测试完整度分值后三位。

在别人眼里，这个名字的含义是九十九点八六三。只有我知道，它的真实含义是九十八点八六三。

差了百分之一，看起来很少不是吗？

那么，对比一下另一个事实。

评价测试结果低于百分之九十九的人通常都醒不过来。

评价的维度包括情绪控制能力、情绪感知能力、逻辑思考能力、运动能力，等等。

低分值代表较重的中枢神经系统损伤，或者……精神状态极度危险。

我醒来的时候，面前的医生支起眼镜看我，他拥有完美的真实质感，他手里的记录板符合透视，且有足够自然的瑕疵，环绕着的白墙和检测仪器无一指向着现实这两个字。

沮丧像海潮一样涌了上来。我不是走进新世界的那个意识——虚拟空间当然不可用该死的医生来迎接来客，至少也是双马尾美少女之类的形象。

医生简单地寒暄了几句之后就拉我去做测试。

但那时候我其实很不清醒。因为当医生例行问出“你是谁？”这个问题的时候——我不知道怎么回答。

我不记得了，什么都不记得。

“失忆。”我告诉医生，“我的记忆几乎全没了。”

“不奇怪。”他低着头写了点什么，一边说，“你的精神状况挺好的，分低不了，至于记忆嘛……可以慢慢找，不着急。”

测试很快结束了，我面对着一堵墙，脑袋上密密麻麻贴满了电极，墙顶投影出一个鲜红色的读数。

我忐忑地走出房间，医生正漫不经心地敲着数据，他看到我，转过头来说：“你顺着指示牌走吧，八五到九〇那一路。”

——没有问题吗？

我随即注意到他面前的显示屏。在那时候我才知道为什么医生没有对我的数据表示出任何反应，惊讶或者惶恐，完全没有。

因为他没有记录下正确的数据。

通常来说，小数点前的那个数字总归是九十九，所以机器的显示数据隐去了小数点前的数值。于是他想当然地认为……那是九十九点八六三——一个相当不错的数值。

他拍了拍我的肩膀：“像你们这样的很容易出去的，过几个月就都想起来了……”

“谢谢。”我故作轻松地道了个别。

我听见他还在嘀咕，不应该啊，失忆应该都出得去。

如果那时候他仔细看一看就会发现，我正抖得像筛子一样，连站直都勉强，刚转过墙角，整个人就瘫倒了下来，衣服上浸满冷汗。

真正测试值是百分之九十八点八六三，红色的数字投影在墙顶上。

低分值代表较重的损伤或者较危险的精神状况，失忆并不算很重的损伤，我猜，我的情况是后者……

被判定为危险的个体会被长期限制人身自由。实际上，直接处死也是可以的。杀死思维完整度百分之九十九以下的个体合乎法律。毕竟他们通常一辈子都醒不来，或者……极度危险。

但我不知道为什么……

我很危险吗？

我不知道。

我是谁？我为什么来到这里？以及……为什么我被评价为危险？

我不知道。

我什么都不知道。

没有一点记忆——即使是残破的碎片。

什么都没有。

就像一张白纸。

我抵着背后的白墙，脑海里一片空白，无论如何，有一个念头告诉我，这回算是侥幸逃过一劫。

大鹏

大鹏是个狂热的信息收集爱好者。

彼时我刚刚加入大鹏和瘸子的房间，大鹏和我谈起刚刚离开康复中心回到社会的两个室友，从年龄、爱好、学校、职业，到性格、祖籍、住址、单位乃至情感经历都了解得事无巨细，就好像每座小区的门卫大爷，拥有着堪比 CIA 的侦查能力，以及全小区所有人的详细数据库。

因而，当大鹏发现新来的两位室友一个嗜睡一个失忆时，他的表情相当沮丧。

瘸子说，他当飞行员实在是屈才了，情报间谍私人侦探哪个都适合他。大鹏说他也是做完手术之后才变成这样的，以前脾气暴躁得很。

“那你还算因祸得福了？”瘸子笑他。大鹏就不理他

大鹏无聊了几天，很快找到了排解寂寞的办法。大鹏开始像模像样地帮我研究我的过去，给我催眠，给我提供心理暗示，每天喋喋不休地问我各种问题，无所不用其极。他甚至掰着我的手找茧的痕迹，得出的结论是我平时不太写字，倒是左手拇指上有个茧，像是打游戏推摇杆推出来的。

大鹏顺带指出，我的生命线特别短。

“你肯定是个人生很失败的家伙。”大鹏看着我的手说。

我心一惊，他看起来又要向我推广那些唯心主义的玄学手相规律了。

“啥，为什么？”我问他。

要是他回答我事业线太短，我也不会奇怪。

“很容易看出来嘛——这儿是最低标准的房间，如果你交的钱够多的话，就算没通过测试也会有个更体面的双人间。中国人最讲究后事啦祭祖啦这一套了，死也要死得体面一点……”

我盯着大鹏，啼笑皆非——他倒是大大咧咧地给自己判了个死刑。

不过，的确，大鹏和瘸子积蓄都少得可怜。另一位不愿醒来的室友大概也是。

大鹏的人生算是低开高走，可惜刚走到三十出头就陡然滑落。大鹏人生的前十八年碌碌无为，义务教育对他而言是痛苦的煎熬，在十二年的学习生涯中大鹏学到的唯一技能是打架。然后大鹏迎来了人生的第一次转机。

在满大街的近视患者中，大鹏以 2.5 的优秀视力脱颖而出，而在一次次实战中锤炼出的结实身板又帮助他通过了之后的身体测试。就这样，大鹏误打误撞地进入了飞行学校，在模拟舱里，大鹏找到了长

久以来未曾得到过的成就感，欣然放弃了过去的不良爱好，也很快走上了真正的飞行岗位。

然而好景不长。航天器的全自动化驾驶开始推广。大鹏进入飞行学校的时候，航天器起降早已实现全自动。来自新世界的科技推动了现实世界的进步，那些以三重乃至四重备份来保障安全的巨大器械已经完全不需要驾驶员。飞行员存在的唯一意义就是给乘客提供安全感，而当人们能够接受自动驾驶的概念时，也是飞机驾驶员这个职位被淘汰的时候。

按瘸子的评价，大鹏就像工业革命时候的手工业者。在机械面前，人工一点优势都没有。手纺纱线再快快不过蒸汽机械，割麦人再勤劳也比不过联合收割机，天下大势浩浩荡荡，顺之者昌，逆之者亡。

大鹏，三十四岁，当年五月，最后一批飞行驾驶员退役，调至机场前台，两个月后，由于多次“令人无法容忍”的工作失误被裁退。失业。

大鹏的职业就此消失在历史长河中，同时被夺走的还有他的理想和骄傲。毫不意外地，他的女友离他而去，而大鹏的母亲开始喋喋不休地催促他成家的事情。

“你那点老观念早就过时了！”大鹏总这么说。可他何尝不想拥有自己的家庭呢？但他也只敢想想，没有工作，女孩看不起他，他也配不上人家，事实就是这么简单。

大鹏失去了收入，却仍旧过着过去一样声色犬马的生活，大手大脚地花钱。大鹏的母亲本就上了年纪，一气之下生了场大病，身体更是大不如前，于是她递交了申请进入虚拟世界。

紧接着大鹏也递交了申请。

他的积蓄快要用完了，再这么下去，他就养不活自己了。

大鹏做手术之前，他的母亲完成了手术，评分百分之九十九点零七，她应当会躺在康复中心的机械自动护理病房里，永远不会醒来。从某种意义上来说，康复中心也算是个人道主义的机构，当然，对于植物人状态的意识上传者，这份人道主义只会维持三年。

我问大鹏，你母亲变成那样了，你有没有犹豫过。大鹏点点头。接着他又顿了顿，说：“还是没有吧，现实生活那么糟糕，我也过不下去了。”

“所以你会选择把意识上传到新世界。”我说。

“对。”他回答。

“仅仅是为了逃避而已。”他又说。

有时候我也在想，我所失去的那些记忆到底是什么。

是怎么样的过去才会使得我的评分跌到九十九之下？我开始担心那些记忆，也许它们就像潘多拉的盒子一样，不要去打开最好。

不过，我还是没有拒绝大鹏的好意。一方面，他很热心；另一方面，他似乎也没能给我找回多少记忆。

他讲了很多故事，又问了我很多问题，可是，看起来，大鹏的所有行动对我的帮助还不如饭卡上那个名字来得大。

徐钦。

我至少知道，我叫徐钦。

我翻过饭卡，盯着自己的脸——标准证件照，普通三十岁男性，表情平静、安宁，甚至有些温柔的微笑。

仍旧毫无头绪。

然后我在饭卡塑料封套的反光里看见了大鹏的圆脑袋。

“记忆总不会平白无故地消失的，受了刺激是有可能失忆，但记忆还在。”大鹏信誓旦旦地说，“从潜意识里把它唤醒，就行了。”

“大哥，我们是因为意识上传才出了问题的好吗，有些数据丢掉了就是真的丢掉了，物理抹除。”我苦笑着跟大鹏说。

“那也不可能坏成你这样。来，跟我一起想象一棵银杏树……它的枝干伸展开来，你拥抱着那棵银杏……”

“谁跟你一起啊！”

“我是认真的，八六三。”大鹏一脸诚恳，“你看，你对现实世界的常识都没有丢。你记得康复中心是什么，评估测试是什么，清楚得不得了，说明你的记忆都还在……”

大鹏的话像一道闪电划过我的脑海。

康复中心，对，康复中心。关于康复中心，一个正常人不应该知道得那么多，正常人根本不会去关注意识上传后遗症的评分体系如何划分……还有意识上传。关于意识上传……我知道的内容似乎比大鹏和瘸子多得多……

记忆中有一个声音轰然炸响——

跑出去！

即使……付出不可挽回的代价……也要出去！

瘸子

我连着好几个月的晚上都没能睡好，即使睡着，也只是浅浅地闭上眼睛。

我想找一个人。

记忆在这里戛然而止。

那份记忆带着些温度，让人觉得暖暖的，我猜，也许是亲人。

秋千、枫叶，零零星星还有许多记忆，大多是些让人平静的东西。

也许我应该先出去，再慢慢想。康复中心太单调了，对于失忆的我而言，恐怕不是件好事。

对瘸子倒是很合适。

意识上传手术完成后，瘸子变得神经质且愤世嫉俗。大鹏说，没想到你们文人也这样。瘸子不服，说他以前可文雅了，大鹏爆发出一阵肆无忌惮的大笑。

不过我猜，任何一个人如果一下变成瘸腿，都会变得神经兮兮；而本来，康复中心最不缺的情绪就是愤世嫉俗。

瘸子也想出去，不过他不用逃，而是通过正当的测试方式。

康复中心毕竟没有全部的自由。

白色衣服的工作人员有权力阻止你干任何事情，不许你提早起床，不许你长时间听音乐，反正不允许一切有害身心健康的行为。

这一次瘸子被收走了正在看的《动物庄园》。康复中心的图书馆继承了某座拆迁的市图书馆的遗产，随着接纳人数的增加，图书也经历了一次次清洗。

“我脑袋有毛病关这书什么事！看一眼最后结局都不让？是不是人了？再说我真没病啊！”瘸子一脸郁闷，冲着管理员大吼。白大褂倒是见惯不怪，大步流星地走了。

“冷静，冷静。”我安慰他，“管理员大概还奇怪怎么又是你呢，你挑起书来怎么那么准。”

瘸子似乎每一次都能准确击中最新一批筛选目录上的要求；也可能由于他先前的敏锐嗅觉，他已经被盯上了。

“文人的直觉。”瘸子翻了翻白眼，“都疯了，都疯了吧！”

“要是这里还是按照传统的方法，用询问问题的方法来衡量精神状况，你肯定会被打个最低分。”

“迂腐！老子哪里不正常了！”

我差点顺接了句哪里都不正常。看瘸子心情很糟糕，到口边的话又缩了回去。

大部分骨架的精神状况堪忧，但像我，大鹏和瘸子一样的骨架也并不少见，也许性情变了，到底还是正常人。瘸子挺烦人，却也不算讨厌，性情还有些可爱。

可社会上的多数人会为我们作出评价。在自动扫描量表认为我们恢复到足够“正常”之前，我们没法离开康复中心。

同理，我们该看什么该怎么做，也由不得我们自己。

算起来，好像正因为严格的娱乐用品审查，瘸子在康复中心的病人中很受欢迎。

瘸子看过很多书和影片，并且能够牢牢地记住所有情节，而这其中又有很多是已经被筛选走或者将要被筛选走的作品。康复中心提供的“健康”影像文件就更少了，而电影恰恰是群众最为喜闻乐见的娱乐形式，这也使得抱怨的焦点常会落到电影上，这时候，瘸子的发挥时间就到了。在瘸子的说法里，《教父》或者《肖申克的救赎》这样的经典片被禁简直是天大的耻辱，而撤走《千与千寻》的举动更是实属有病。

瘸子凭借他的好记性和煽动性语句赢得了全中心病人的拥戴。

有一天，大鹏忽然问瘸子：“你莫非也是因为过不下去才跑去新世界的？”

“去去去，胡说八道什么。”瘸子很生气。

“那你哪来那么多时间看书啊。”大鹏嘟囔。

瘸子不会说谎，哼哼唧唧不说话了。

瘸子不会大谈自己的过去，但他会说理想。于是，七拼八凑，我们也很快知道了瘸子的想法。

他的生活水平线其实比大鹏还低，可清贫的生活从来不是他的困扰，乏味才是。

按照马斯洛需求层次的理论，瘸子跳过了情感归属和尊重的需求，直接追求起了自我价值实现。

瘸子热爱诗歌、哲学和戏剧，他把所有的灵感和情感都倾倒在纸笔上，可是直到他选择上传意识，都没有人愿意为他的观点花哪怕一点时间。

也难怪，现实世界剩下的一点七亿人口，多多少少依恋现实一些，而瘸子热爱的哲学和精神层面论题在这里完全被冷落了。

按理来说，瘸子早就该进到新世界去了，但他还是拖了很久。瘸子说，他怕死。社会主流认为，意识上传就等同于永生，可瘸子不这么觉得。

“复制和真正的存在能一样吗？手术后那些残破的意识……才是真正的自己，进到新世界的不过是一个和你拥有同样观念、同样记忆、同样思想的复制品。我想，等我老到走不动再考虑吧！”

“那你怎么还特地跑这儿来了？”大鹏嚼着泡泡糖，饶有兴趣地对着瘸子吹了个泡泡。

“忍不住啊，新世界实在是太……神奇了。就算只有我的复制品才能看到那样的场景……我也想去看一看。”

“到新世界就有人愿意听你说话了？”大鹏嬉皮笑脸地贴上去。

瘸子把手里的书砸到大鹏脸上，大鹏一脸茫然地捡起那本书，却写着个《呐喊》。

“破诗人。又看什么鬼书。”大鹏揉了揉脸。

大鹏看看我，我就摇头，对大鹏说:“他那伤了自尊呢，你可别再惹他了。还有，你手里那本，是本好书，抓紧看了，过几天说不定就不在了。”

新世界和现实世界的联系甚少，亲缘关系的纽带倒是其次，作为存在于网络中的虚拟生命，存在、交流，乃至空间、时间，所有构成世界的基础概念都已截然不同，也成为两个世界间无法跨越的鸿沟。

瘸子也许永远都会是个蹩脚诗人，但新世界带给了他希望，他会为那些可能发生的事情奋斗一把，那至少足够给他带去许多充实而满含希望的难忘时光。

况且，像瘸子这样带着理想走进新世界的家伙，这些年已经不多见了。

而我呢——我是为什么?

八六三 / 徐钦 / 身体贩子

意识上传能实现真正的永生吗?

如果能的话，就不会有那么多人向我购买身体了吧!

就像瘸子那一天说的，上传的意识仅仅是一个完美的复制品。而我的客户就是那些不认同意识上传又渴望永生的野心家们。

徐钦，衣冠楚楚的身体贩子。

我为客户物色合适的人选，成为他们的朋友或者恋人，然后说服他们接受意识上传手术。

但他们不会出现在新世界了。将意识塞进另一具身体可比上传来得简单得多，但原有的意识会被彻底摧毁。他们的身体会成为另一具灵魂的容器，至于他们自己呢……很不幸，死了。

有时候我也会有些愧疚，但我似乎天生缺乏羞耻感——对一个骗子来说不是坏事。

我的父母在我十岁的时候抛下了我，进入新世界。

那时候，每隔几天都会有追债人跑来，把门板敲得震天响，从移动穿戴的投影仪一直到铁锅，搜刮走家里所有值钱的东西，而我的父母从不工作，只是用一笔借款去填另一笔。然后在某一天早上不辞而别。

我没能从他们那里得到知识或者教育，却继承了一笔可怕的债务。本来他们就没有打算认真地抚养我长大，进入新世界甚至都没带上我。

可惜我那个时候还不是个身体贩子，不然我一定会带他们去我的雇主那里上传意识。

十四岁时，我在本地的年轻人里声望不高，人缘却很好，为雇主带去了一具具年轻健壮的身体。作为报酬，我得到了钱，我又花了八年时间才把身后追债的打手全部打发走。

随着年龄增长，说服同龄男性改变主意变得越来越难，有一年我一反常态，连着失败了好几次。于是我开始试着给雇主寻找女性的身体。我去找了三个年轻女孩：一个流浪汉，一个本地学生，一个待业的女孩。

我和她们谈着她们自以为的恋爱，约定好一同前往新世界，然后把她们送去雇主那里。她们会接受所谓的意识上传手术，然后永远沉睡下去。她们的躯体会被另一个灵魂占据，成为灵巧得天衣无缝的傀儡。

秦羽是我的第四个目标。

她有些特殊，她也是学生，但并不是我找到的，而是雇主指定的。

我和秦羽相遇的那一天，秋日正好。梧桐树的金色叶子打着旋儿落下，我告诉她，她的样子很好看。

距离我第一次和她在网上聊天已经有两个月了。

她以为我是真的爱着她的。我的言语间还有些笨拙——身体贩子就是要有这样的技巧。雇主的女儿生了重病，需要一具身体。

秦羽很爱说话，她和我谈了一个下午，从希腊神话聊到新世纪最前沿的科技。她说，你知道得很多，却不露锋芒，像你这样稳重的人，很难得。

我笑了笑。

这样的恭维我听得很少，难免有些开心。

她就坐在我对面，微笑着小口抿咖啡，碎发挂在耳边，阳光穿过微尘映在她脸上，弧光勾勒出她的侧脸，甚是好看。

那天回家之后，我总是不禁回想起她坐在落地窗前的样子。和她说话的时候，时间总是过得很快，并且洋溢着我很少能体会到的快乐。

然后，很快地，我意识到——我爱上了我的目标。

这是我有生以来第一次感到如此的恐慌。她是照进我生命里的第一缕阳光，但我无论怎么样都会失去她。

难怪雇主会选她……多么完美的女孩。

可她肯定不会爱上一个身体贩子。我的手上沾了太多人命，我把他们送上没有归路的手术台。而我也不能这样一直拖下去……我的雇主会不高兴。

但无论哪一个选择都太过痛苦，于是我继续和她谈着恋爱，假装我仍旧在完成我的工作，我陪她走遍了城市最老的街道，在百年的银杏下讲过去的故事。我甚至和她说了我的童年，仅仅隐去了身体贩子的那一部分。作为一个骗子，我是生平第一次和别人坦诚相待。

然后，我在又一次和秦羽告别后回家的小路上，忽然有三个蒙着脸的男人把我捆起来，扔进面包车里。当我躺在手术台上的时候，我脑海里一片混乱，后来我才意识到，他们想把我送进新世界……

意识上传等于把我扔进新世界，新旧世界早就失去了大部分联络，简直是最清洁廉价的灭口方式……

我的雇主只是不喜欢强迫的手段——像这样的事情，解决起来太麻烦。但不喜欢并不意味着他不会去做。

那么，同理……他当然可以对秦羽做同样的事情。

但是，我的雇主会出于怜悯让我进入新世界，可秦羽本来就是她的目标，她会成为一具提线木偶，她的思想，她的记忆，她的爱和牵挂，什么都留不下来……

在跌入昏迷之前，我发誓，如果在旧世界醒来，我会逃出康复中心，找到我的雇主，结束他的永生梦想；而如果我醒来发现自己在新世界，我会把那两个给我留下巨额欠款的该死的家伙揪出来，告诉他们，作为父母，把债务留给一个十岁孩子到底有多么残酷。

那么，既然我在旧世界……

很好，复仇格外方便。

徐钦，瘸子和大鹏

我和瘸子商量好了逃跑事宜，我告诉他怎么顺着二楼的楼梯跑下去，躲进树林，撬开那只窨井盖。我编了一整个故事，如何和人结仇，又如何被仇人绑到意识上传中心来做手术，背景部分还包括我有个女儿在等我回家，所以一定得成功。

看起来，我骗人的功力丝毫没有衰退，瘸子听得热泪盈眶，拍了拍我的肩膀，大鹏跳下来说，可以义务帮我吸引注意，反正被抓回来也不会有什么事。

我说不必了，分头行动，能跑一个是一个。后一半的事实我当然没告诉他们——我帮瘸子安排的路线就是为了给我引开注意。

然而大鹏盛情难却，我只好再帮他设计一条线路。

反正也无所谓。

如果这里的窨井盖撬得开，我就把井盖生吃了。任何管理者都应该清楚这条最传统而便捷的逃跑通路，并且事先做好防备。

康复中心的管理不算格外严苛，混进形形色色出入的车辆倒是可靠不少。我蹲在卸了货的空卡车里，生鱼的腥味从四面八方扑来。夜里很静，我听到了窸窸窣窣的脚步声，也许是瘸子和大鹏惊动了守卫。

后来卡车开走了，我猜天已经亮了，鱼的腥气极重，轿厢里引擎的轰鸣声又很吵，但这些通常意义上的噪声，今天听起来却格外悦耳。

我感觉到了……我在向自由走去，在向复仇走去。那些过去的记忆在黑暗中显得更加清晰而痛楚，所有这一切我都将加倍奉还。

然后我看见了光。

在无边的黑暗中我看见了光。不，这不对，货箱应该是封闭的……有人来了？

我回头，却发现身边的一切变成雪白。

并不是幻觉……这是……真正的幻象！

只有……只有一个地方能够模拟如此真实的幻象……

跌入白光之前，有一个念头在我脑海中大声呼喊——我在新世界！

新世界 审查者

“乔伊，你最好不要试着挑战自动评分系统。”

那个声音在无限延展的空间中汇聚，光点从四面八方向乔伊飞来，到只差一点的时候，忽然散开，变成了张扬的美少女形象。

乔伊愣了一愣。新世界的居民并不流行保留具象实体。

“你的出场有点精彩。”乔伊笑笑。

少女无视他的恭维：“你看，他过去都干了些什么？”

“我听说你们那里有一句古谚，叫‘宁可放过一千，不能错杀一个’，可你们设定的情境总是恶意满满。”

“这句话更常见的形式是宁可错杀一千不能放过一个啦。”少女甩了甩头发，“你看，每一个被打上低分的意识——都有它们的原因。作恶者必将作茧自缚。”

“我知道。但他……我是说，如果他没有那些糟糕的记忆的话，他一点也不坏……没有人天生就是坏的。”

“你又想救人啦？他本来在自动评审阶段就应该被隔离的……旧世界里他的身体早都被销毁了。新世界惯得你们都那么优柔寡断，别忘了上次那个企图复制自己建立帝国的家伙。”

“好吧，我认输。但……我很在意，那个女孩最后怎么了？”

“不知道。谁知道呢，你要帮他讨回公道吗？”少女讥笑他说。

“我又不在旧世界。”乔伊叹了口气。

“其实对他来说，不一定是个坏事。”少女眨眨眼，蜷起身子，忽然消失了。

乔伊知道她已经走了。他转过身，眼前升起一屏荧光信息。新世界的老居民还是更喜欢局部具象化的工作方式。

第 98077452 号申请，特殊审查，结果：

3 号，失败。

拒绝接入新世界。

1，2，4 号，通过。

引入清洗记忆流程，引导模组启动，准备接入新世界。

审查者 Joe Brandon

身份序号 C97-14454676302

“审核结果确认。”他说。

眼前的信息框汇聚成一个光点，向远方飞去，拒绝接入的意识将被隔离在交流区之外，他会拥有一点儿狭小的数据空间，但所有的创造都不再为人所知。

乔伊看着那个名叫徐钦的男人，觉得有些可怜。他安慰自己想，新世界其实也不过是个更大的牢笼。

所有的无限都只是幻象，服务器里总是挤满了数据和意识。

旧世界也一样，有无限的宇宙，人类能触摸到的却只有那么一点。

乔伊凝聚成一个光点，跃入数据的海洋。奔跑在线路中的并不仅仅是信号的组合，更是一条条生命的洪流，他清楚地记得当他身患重病的时候，是这个世界给了他一个活下来的可能，活下来，在虚拟的形式中拥抱新生。

生命也不过是如此的一道闪光。甚至那闪光也只不过是虚构出来的，更多人不过只是从时间长河中走过如蜉蝣般短暂平凡的一生，连一个影子都没有留下。

而新世界将可能的时间与空间拉长至无限。所有人都有那样一个机会不再为生活所迫，都可以去追逐自己的爱和梦想。

新世界　徐钦

我有一个世界，还有一座没有人的小镇。
我能用想象搭起天空、山水、花草和房子。
也许有一天，当我的技艺足够精湛之后……
还能构建出我所爱的人。

沉默的音节

SHE·昼 温

在一个隐蔽在青山绿水间的研究所里，我决心穷尽世界上所有的发音组合，找到更多对人类有益的声波。

一

十三岁那年，最爱我的小姑遭遇了一场意外。

当我从学校得知噩耗时，小姑已经住进了 ICU。

父母没有向我解释太多。他们为小姑忙前忙后，与医生商讨治疗方案，联系亲属互助献血，去警局查看办案进程。所以，没有人发现一丝变化在我的心里悄然而起。

大人们的只言片语，让巨大的恐惧随着儿童对于死亡的懵懂认知逐渐爬上我的心头。

我这才从真正意义上认识到，原来每个人最终都会在这个世界上消失掉。

人生在世，每一条路都通向死亡。

而我最喜欢的小姑就在这条路的尽头。她正在那个无知无觉、无底无光的深渊之上，随时会一跃而下，融入其中，不再回来。

现在还没有，但是随时都有可能，而且到最后一定会。

我怕极了。这些年的成长，我离不开她带给我的温暖与快乐、启发与鼓励。我无法想象没有小姑的日子。

可是，随着病危通知书一次又一次下达，小姑的离去已经变成了时间问题。

每天下午，坐在教室里的我就开始感到担忧。那份冰冷的害怕随着时间的推移愈演愈烈，在放学时达到顶峰。那时，我已经听不清老师布置作业的声音，只等下课铃响起，飞快地跑向医院。来到大门口，我的脚步又开始慢下来，一步一步挪上楼梯。移动越来越慢，心却越跳越快。我害怕听到绝望的哭泣，害怕在来来往往的亲戚口中听到不祥的字眼。只有绷着就要断掉的心弦走上那条熟悉的走廊，看见父母一如昨日疲惫却还带着一丝希望的面孔，我才能长舒一口气，暂时放下心来。

循环往复，日子像砂纸一样无情地打磨我脆弱的神经。

终于，小姑走了。

得到消息的那一天，我看到痛苦裹挟着怀念从遥远的天际线排山倒海而来，誓要吞没我的一切。我瑟瑟发抖。我怕我会哭得天昏地暗，我怕我会想得寝食不安，我怕我会从此崩溃。

突然，我的心底响起一个邪恶的小声音：忘了吧，忘了小姑，就不会痛苦了。

像抓住了救命稻草一样，我拼命点头。我臆想出一双无情的大手伸进记忆的深处，把小姑的音容笑貌、我与小姑的快乐回忆删了个干净。而锁着小姑遗物的阁楼，我也再未涉足。

一道心墙轰然而立，拦住了所有的怀念与悲伤。

后来，我开始一样一样把曾经珍爱的东西从心底里掏出来，开始拒绝一切真心的爱与被爱，开始不在乎一切。

容颜、梦想、健康、亲人。如我所料，在这个可怕的世界上生活，有太多的失去要承受。不过，从那之后，没有任何离去可以打败我。

即使是后来在小姑的葬礼上，我也没有流一滴眼泪。

冷漠的名声渐渐传开，但我的内心静如雪原。

二

大三那年，我认识了杨渊。

依稀记得是一场跨校区的社团聚会。大家都不是很熟，不过整个气氛还是很活跃的。一个男生正侃侃而谈，娴熟地引领着饭桌上的话题，时不时抛出几句俏皮话惹得众人哈哈大笑。

我看着他，几次抬起酒杯轻抿几口，把想说的话全都压回肚子里。

几年前，我经常担任同样的角色。成为目光的焦点，在合适的场合说出合适的话，带动几十人甚至几百人的情绪。一般不易受到情绪干扰的人更容易做到这点，而我正是其中的佼佼者。只要我愿意，心里随时可以如死水般平静。

在我第六次欲言又止时，突然意识到左边有人在和我搭话。

“喂，你是不是有下颌关节紊乱综合征。”

我一愣。回过头，一个苍白的少年正冲着我笑。

“对了，我叫杨渊。”

“你怎么……”

“颧骨附近有硬币大小的淤血，应该是经常接受放血治疗；不是内向的人却拒绝开口说话，怕是在避免关节磨损。打呵欠的时候会刻意控制张口程度，避免关节弹响。我说的对不对，周可音同学？”

“你怎么知道我叫……”

“我在学工部帮老师干活的时候，曾经看过你的档案。”

看到我皱起了眉头，杨渊突然有点慌乱。

“呃，我不是故意的，只是看照片有点眼熟，所以……”

“没事。”

我恢复了淡淡的语气。

“这个病，很困扰吧！”

“还好。”

除了关节时时酸痛偶尔剧痛，不能吃稍微硬一点的食物，被迫放弃当主持人的梦想，在脸上顶着两块粉底都遮不住的淤青外，还好。

杨渊小心翼翼地看着我，好像有什么话要说。

我又抿了一口酒，给他一点措辞的时间。

“我们家是研究这个病的。”

“中医世家？”

“不是。”

三

我一直认为，社交媒体没有办法带给我们真正的交流。

我从小就知道，那一串串文字只是对话的残骸。我们的语气，我们的声调，我们发出每一个音节的方式才是最重要的。重音的选择意味着关注点，尾音的长短暗示了性格，乡音的影响将成长环境和盘托出。有的时候，我甚至可以通过聆听语言的旋律来判断谎言。

那些只知捧着手机的远距离情侣——无论是心理距离、生理距离还是地理距离——实际上爱的都不是真正的那个Ta。因为，除了一地的文字残骸，Ta的一切都是你脑补出来的。就像安德烈·纪德所说过的："我终于感到，我们之间的全部通信只是一个大大的幻影，我们每个人只是在给自己写信，我深深地爱着你，但却绝望地承认，当你远离我时，我爱你更深。"

不过，当杨渊开始频繁地在微信上找我聊天时，我还是察觉到了什么。我看着他每天对我说"早安"和"晚安"，看着他在节假日小心翼翼地问候，看着他在网上收集来各种各样的冷笑话发给我。

我有时候会想，他所爱的我，会是什么样的呢？

不过，比起这个，我对于杨渊母亲所在职的声学研究所更感兴趣。她叫孙素怀，来学校看杨渊的时候见过我几次。和名字一样，孙女士的着装一直十分素雅，说起话来平静淡然，让我都听不出一点儿波澜。这样的人我只见过几次，要不就是对一切都不在乎，看淡一切；要不就是城府极深，足以抹去除了文字之外的语言信息。

要练成这种能力极难，再加上她科学家的身份，我的大脑几乎没有经过判断便将孙女士归为了前者。

三个月后，我便以女朋友的身份跟着杨渊去孙女士那里参观了。

那栋老式的小三层建筑坐落在护城河边上，灰扑扑的，一点都不起眼。不过，令我惊讶的是，这里面竟然有世界第五所、中国第三所声学吸波暗室。

我还是在小时候从小姑送的科普杂志上第一次知道这种神秘房间的。那篇文章浅浅地介绍了美国明尼苏达Orfield（奥菲尔德）实验室里的Anechoic Chamber（消音室）。据说房间内的环境噪声可

以低至 -9 分贝，是吉尼斯认证的世界上最安静的房间，一般用来检测产品的噪声。

在我的想象中，那个房间应该是这样的：内部空无一物，四壁洁白光滑，可以阻挡外界的一切声音。

简直是我内心的写照。

据说没有人能够单独在这个房间里停留四十五分钟以上，我觉得那是他们的心里不够安静。

不过，孙素怀女士所拥有的这所房间和我的想象完全不一样。

空间很小，六个墙面都是看不出材质的棕褐色，布满了半掌宽、一臂深的纵横沟壑，样子十分古怪。为了防止被绊倒，地上铺着一层细网。

之后，孙女士邀我来到了吸波暗室旁边的监控室。在这里，我们可以通过屏幕看到吸波暗室里的景象。不过，如果不特别设定的话，声音是听不到的，只能听到窗外的护城河在缓慢翻涌。

监视器中，杨渊轻轻带上门，走向了中间的一桌一椅。椅子是那种很普通的黑漆折叠铁椅，边角磨损严重，露出了银白的金属色。单人桌也不大，上面放着一张 A4 纸。

杨渊坐下来，拿起纸，快速浏览了一遍，然后对着监控设备所在的方向比了一个 OK 的手势。同在监控室的孙素怀按下了一个按钮，吸波暗室的一角亮起了一盏红灯。

杨渊朝那个方向看了一眼，随即又把目光投向了手中的纸张，开始念上面的文字。

他念得很慢，而且每念一个字都要停顿几秒，闭上眼睛思索一番。

然后，他会点点头或者摇摇头，再念下一个字。

这时孙女士就会根据他的反应在计算机上做一个标记。

杨渊曾经告诉过我，这是一项为预防下颌关节紊乱综合征而进行的新型实验。

这是一个不致命，但是很麻烦的病。

很多活泼开朗的青年人和我一样深受困扰，不过得病最多、最严重的还是老年人。他们关节处剧烈疼痛，张嘴受限甚至无法进食。

现代文明把人类的寿命越拉越长，可是我们还是拖着一副原始人的身体，不少器官的出厂设置里都没有写好足够长的使用年限。于是，以癌症为代表，很多寿命有限的古代人都无缘一见的疾病在漫长的岁月里纷纷登场，成了人类健康的终点杀手。

下颌关节也是这样。长年累月的磨损令它们早已失去了先前的灵活，开始用疼痛抗议超负荷运转。

磨损的过程是不可逆的，所以这也是一种只可缓解而无法根治的“绝症”。

四

在孙女士的介绍下，我认识到口腔系统的复杂程度简直超乎想象。

吞咽，咀嚼，呼吸，讲话，接吻；黏膜，关节，血管，唾液，神经；最灵活的肌肉，最坚硬的骨头。

当人们进行交谈这一高级的功能时，精密的血肉机器就开始以极其复杂的方式转动起来。

舌位分高、中、低，口腔位置分前、中、后。清音，浊音，软腭音；齿音，鼻音，声门音。

一声又一声，伴随着牵拉、共振、磨损。

每一个发音组合的运转方式都是不一样的，所以每说一个字、一个词、一个句子对关节的磨损程度也是不一样的。

孙女士就致力于找到最容易磨损下颌关节的发音，从而提醒相关人群少说这样的字句，甚至把这些加快关节老化的“恶魔”字眼从语言中删去，达到全民口腔保健的效果。

杨渊在吸波暗室所做的工作，就是这个计划的一部分。杨渊的耳朵极其敏感。在布满吸声材料的房间，他甚至可以分辨出自己说话时关节的摩擦声，进而判断该发音对关节的磨损力度。

这个计划听起来又原始又麻烦，但却是机器没有办法替代的。计算机可以模拟发声的物理过程，却没办法重现人类语音中的抽象特征和心理特征。汉语拼音和英语音标的音位是有限的，但是随着临音的不同，同一个音位可能有无数个变体。

在英语里，/p/ 在 pair 和 span 中的发音就是不一样的，前者带有轻微的吐气，后者则不送气。

汉语里也有类似的例子。同样是简简单单的“一”，在“一律”“一块”中的“一”全部由本调阴平变为阳平调，而“一番”“一端”中的“一”则遵循着“阴平字前变去声”的规律。

还有些差别极其细微，比如同样是 /i:/ 音，在 lead 和 leave 中的音长也会有厘秒级的差异。所以，目前还没有任何机器或是模型可以代替人类对自然语言进行精确判定。

不过，字词句的组合几乎是无穷无尽的，为了提高效率、减轻杨渊的工作量，孙女士他们想出了另一个办法。

她和她的同事招募了一些下颌关节紊乱综合征的青年患者，在征得同意后，为他们提供随身携带的录音设备。这些小玩意儿可以对患者每天的说话进行长达一个月的追踪记录。记录回收之后，超级计算机将提取发音单位的出现频率，并与未患病的人进行对比。这样，孙女士的团队就可以提取出患者的语言中平时比常人更频繁出现的发音组合，从而有针对性地进行下颌关节磨损测试。

这项工作从立项到实施，已经进行了很多年。

“期间因为发生了一场事故，停了一段时间，”杨渊说，“不过现在一切都很顺利。”

“你当时找我，也是希望收集我的日常讲话编入数据库吗？”

“不不不，收集工作很早就结束了。我只是觉得你……比较……嗯……眼熟。”

我淡淡地笑了一下，没有再问下去，恐怕再牵扯出一个和我长相相近的前女友。

杨渊好像有点失望。他和我说话的时候，我能感受到他的声音里与心跳频率相当的小小颤抖。他一定是很爱我，也一定希望我能够关心他。

但是，关于他的事，我很少过问。这其实让杨渊的哥们儿都很羡慕。他们的女友要不就像没骨头一样黏着人不放，要不就是天天翻手机。

“出去吃个饭都能接到五个查岗电话，这还是人过的日子吗？”

而我呢，我估计一年也不会给杨渊打超过五个电话，也很少主动联系他。

不过，我会尽女友的一切责任——打扮得漂漂亮亮地和他一起出席饭局，情人节共进晚餐，生病时嘘寒问暖。

不撒娇。不作死。不索要礼物。无可挑剔的模范女友。

但是我能够理解那些女孩儿。因为在乎，所以太容易被男孩子不经意的一句话或是简简单单的举动伤害到。

那句话怎么说的来着？谈恋爱就像有了软肋，也有了铠甲。

而我，有铠甲就好了。

在杨渊的心里，我肯定是很没有人情味儿。

不过，我只是想在失去杨渊的时候，心痛的姿势不要太难看罢了。

五

“可音，你养过猫吗？”

我摇了摇头。

“这样……我以为对人冷淡的人，大多数会养个猫什么的……”

我莞尔。杨渊还是不够了解我。我不会让任何东西走进我的心里，又怎么会对宠物倾注爱意？

“其实猫挺好的，我家养过好几只。”

“哦。”

“你知道吗，很多猫会打呼噜的。而且很多猫科动物都会发出一个频率的呼噜声，二十五赫兹。”

“嗯。”

“据说这个频率的声音可以帮助它们愈合伤口、缓解全力追捕猎物导致的肌肉拉伤和肌腱过度拉伸。母猫的呼噜声还能帮助恢复分娩疼痛，帮助小猫骨骼的生长。还有人专门录下这种声音来做理疗呢。”

我只是看着他微笑，他知道我在听。

“所以，有时候我感觉声音是一种很神奇的东西。”

突然，我的沉静已久的心轻微而快速地颤动了一下。

杨渊竟然连这个都注意到了。

“可音，怎么了？”

“没事，我只是……只是好像在谁那里听过类似的话。”

“谁呀？”

小姑模糊的面容在我的脑海中浮出水面，又沉了去。

“没谁。”

“到底是谁呀？”

杨渊用双手扶住了我的肩膀，侧着头看我低下去的脸庞，声音里充满了关切。

我像往常一样，任性地不再回他的话。抬起头，正好对上杨渊的双眸。

因为我的冷淡和疏离，这还是我们第一次离得这么近。我的心跳加快了。

杨渊动了动，好像要靠过来。不过，他最终只是抬起了一只手，轻轻触碰我颧骨旁的淤血部位。

感受到他手指温度的一瞬间，一股暖流从内心闪电般划过，我不禁一阵战栗。

我挡开了他的手。

“抱歉……”

“没事。”

他放下手，转向了监控室的屏幕。此时，孙女士正收拾吸波暗室里的 A4 纸。

“什么感受？”

“嗯？”

我很少主动挑起话题，这让杨渊有点惊讶。不过他很快反应了过来。

“哦，你说在实验室里啊。很安静，真的很安静。据说如果待的时间足够长，就能够听到心里的声音。”

我望向他，他立刻读懂了我的眼神。

“你问我啊？我没试过。说实话挺害怕的，万一心里的小恶魔跑出来了呢。”

我又转向监控屏幕，看着孙女士走出了房间。

“你想进去试一试？”

“嗯。”

六

走进吸波暗室，就好像走进了另一个世界。

平常萦绕在耳边的各类杂音全部消失了。

遥远的蝉叫声，笔记本电脑的“嗡嗡”声，护城河舒缓的流动声，都不见了。

我的心跳加快了。原始人的大脑失去了判断安危的依据，自动开始紧张起来。

我走到房间中心，脚步声大得像惊雷。老旧的金属单人椅还在原处，但是我没有坐上去。

我停下了脚步，细细聆听。

安静渐渐褪去了，另一簇声音席卷而来——那是来自我身体内部的声音。

心脏跳动，血液流淌，肠胃蠕动，内脏摩擦，每一个细小的声音都被无限放大。

与这具躯体共事二十多年，我还是第一次如此真切地聆听它运转的声音。

我试着张了张口，下颌关节处发出一阵不祥的吱啦声，好像一堆碎骨头在搅动。

赶紧闭上嘴，牙齿的碰撞在脑内回响了整整五秒钟。看来自己之前对它真是太粗暴了。

接着，我想起了杨渊的话。

“据说如果待的时间足够长，就能够听到心里的声音。”

说实话，自从把心掏空后，我不觉得自己的心里还会传出什么声响。不过，我还是闭上了眼睛。

身体里器官的运转声更大了，一会儿耳鸣也加入了进来。

“扑通，扑通”“吱呀，吱呀”“咕嘟，咕嘟”“嗡，嗡，嗡”。

并没有什么奇怪的声音传出来。看来我的心和预想的一样，一片荒芜。

我很满意，我还是这样坚不可摧。

突然，我意识到有什么不对。

越来越大的耳鸣声中，多了一个细小的人声。

我没有杨渊那么敏感，此时需要调动起全身的注意力去分辨。

“嗡，嗡，嗡”。

不对，不是那个。

“可音，可音，可音”。

我听到了，是有人在呼唤我的名字。可是，是谁呢?

渐渐地，同样的声音从我沉重的呼吸声中传来，从我胃部的蠕动声中传来，从我的心跳声中传来。

“可音，可音，可音。”

“可音，可音，可音！”

那是在我牙牙学语时，要为我轻声朗读原版《小王子》时的呼唤；那是在我关节剧痛时，替我温柔敷上热毛巾时的呼唤；那是我在葬礼上摆出一个冷漠的面孔时，在天堂里伴着圣乐的呼唤。

“可音！可音！可音！”

是小姑。

我一直以为，只要捂住耳朵不去听那个骇人的死讯，只要远远逃走不去管后事的处理，只要把往事一件一件从心里掏出来，把她的音容笑貌一点一点删个干净，我就不用承受那份名叫“永远失去”的痛苦。

可是我错了，小姑还在那里，一声一声，没有停止对我的呼唤。

“可音。可音。可音。”

“可音！！！”

七

杨渊真真切切的喊声瞬间把我拉回了现实。

我这才意识到，自己不知道什么时候已经瘫软在地，像婴儿一样蜷缩着，瑟瑟发抖。

杨渊冲了进来，把我抱在了怀中。

我也紧紧抱着他，几年来积攒下的眼泪在此时汹涌而出。

苦苦阻挡的悲伤终于冲破了心墙，狠狠地啃食着我每一寸肌肤。不过，远没有想象中那么痛苦。我埋在杨渊的怀里大哭着，好像终于卸下了什么重担。

杨渊把我抱了出来。我的脸贴在他炙热的胸膛上，感到无比安慰。

他应该也挺惊讶吧！毕竟认识他这么久以来，我还是第一次卸下了冷冷的微笑，展现出真实的情绪。

不过，他并没有追问原因，只是抱着我，等我慢慢平静下来。

“没事，可音，有我呢。”

回家之后，我做了一个决定。

“妈妈，能不能告诉我，小姑到底是怎么去世的。”

母亲的惊讶全都写在了脸上。

我们两个都记得很清楚，几年前，她吞吞吐吐告诉我这个消息的时候，我只回了一个“哦”。

什么也没问，什么也没说，默默回到了房间里。第二天我就返校了，整整两个月没有回家，只在小姑的葬礼上露了一面，摆着一张冷漠的死人脸。

母亲为此十分担心。他们都知道一直没有嫁人的小姑最宠我，害怕我经受不住打击，心理出了问题。不过，我在学校一切正常，甚至模考成绩都没有受到影响，她也就没再当着我的面提这事。

所以，这次我主动问起小姑的情况，母亲其实是有些欣慰的。这说明我身上除了那股冷淡之外，多少还有残留了点人情味儿。

“当时觉得你还小，没和你多说，其实当时有很多奇怪的地方。”

我这才知道，小姑是被烧死的。

现场很是诡异，烧焦的尸体倒在客厅，可是旁边的纸张、沙发和电器都没有灼烧的痕迹。警察也来过，把现场勘察一番，没有找到任何入侵的迹象。后来又调查了那段时间与小姑来往密切的人，也没有什么收获。最后，只能把死因归结为“人体自燃”。

“人体自燃？”

母亲点点头。

这个词我只是小时候在《飞碟探索》之类的杂志上见过，说的就是人在毫无预兆的情况下突然自燃身亡，还煞有介事地列举了好些有名有姓的案例。不过，在我看来这就是和尼斯湖怪差不多的传说，怎么可能真的就在我的身边发生呢？

“妈妈，小姑那段时间在做什么？和什么人来往？”

“我想想……那个时候你不是总说下巴疼吗，你小姑加入了一个治疗下颌关节的学会，那几年一直在搞研究。”

听闻小姑对我的小毛病这么上心，我心一热，眼泪又想往出涌。

“可音，其实……唉，算了没事。”

母亲的欲言又止在我听来十分刺耳。

“有什么话您就说吧，我都这么大了，没关系。”

“其实——我也不是嫌你小姑啊，但是有件事，我确实不太……”

“您说。”

“巧曼她啊，花那么大精力去搞下颌关节的研究，其实……其实很大程度上是因为愧疚。”

“对谁？”

“对你。”

原来，在母亲看来，我会得下颌关节紊乱综合征都是小姑害的。从某种意义上来讲，这确实是真的。在我还不会说出清晰的“爸爸”时，精通语言学的小姑就已经开始对我进行发声训练了。她并没有拘泥于寥寥几个普通话音节，而是尽力拓展我的音域，同时加强对口腔里每一块肌肉的控制。

为了不错过最佳时期，小姑的训练强度很高。也正是这种练习加速了关节磨损，使得我年纪轻轻就患上了关节病，让母亲很是心疼。

不过，我一点都不后悔。

在小姑的指导下，我几乎可以准确发出这个世界上任何一个语言中的任何一个音。从英语中需咬舌的 /th/ 和日语中轻柔的つ，到有大舌音的 churrería 和有小舌音的 Bonjour，还有各种各样冷门的发音方式。在别的孩子还在利用汉字谐音去标注英文单词时，我已经可以照着国际音标念出这个世界上任何一种语言。

小姑曾经告诉我，这是很难得的。在一定语言环境成长起来的孩子会有一个深嵌在肌肉记忆里的固定发音模式，后天很难更改。此外，还需要一点点语言天赋。所以才会有各种各样的口音，才会在推广普通话时流传着“下着下着哈（下）大了”的段子，才会有连自己的母语也发不准的人存在。

而通过聆听语言的旋律来找出讲话人没有说出来的内容，也是这项能力的延伸之一。

小姑管有这种能力的人叫“千语者”。

八

当汹涌的怀念渐渐流淌成一片平静的汪洋后，我开始着手调查小姑之死。

上网一查，有关人体自燃的假说竟然如此之多。我把它们分门别类建成了一个小小的资料库，打算按照可能性顺序一个一个排查。

看起来最靠谱的是烛芯效应。就是说把一个穿着衣服的人设想为里外反转的蜡烛，衣服是烛芯，人体脂肪是蜡。在这种情况下，就算是一个很小的火苗也可能会穿透皮肤将脂肪点燃，然后像蜡烛一样缓慢而持续地燃烧。

我想象小姑从里到外燃起火焰，就如一根人体蜡烛的样子，不由一阵战栗。

不过网上也提到有人用猪肉做过相关实验，并没有成功。而且小姑那么瘦，怎么想也不可能有足够的脂肪。

另外就是球状闪电假说。这个我之前也读到过，是在一本科幻小说里。那里面描述的球状闪电来去无踪，犹如致命的鬼魅，一触碰就能把人烧成灰烬。在球状闪电假说里，只有人体会燃烧，而其他物品不会受到影响，这也与小姑当时情况相符。

我想了想，又去找了母亲。

“当天的天气状况？我记不太清了。”

“嗯，是不是雷雨天？您还记得吗？”

“那应该不是。那天巧曼还有客人呢。她不是一直自己一个人住吗，要不是她的同事来找她，还不知道什么时候才能发现……”

“同事？”

“对，那人还来参加小姑的葬礼了，我给你找找照片……”

当听说小姑从事下颌关节紊乱相关研究时，我就在想她会不会和孙素怀女士认识。不过这几年研究这个病的组织还挺多的，我也觉得会没有这么巧。

直到我拿到了那张照片。

看到它，我仿佛又回到了那个恍恍惚惚的下午。照片上的人都是一袭黑衣，低头垂泪，只有我仰着脸，一副神游天外的样子。

不去看那个幼稚的自己，我仔细端详其他人的面孔。在照片的另一端，一个正在擦眼泪的女人与孙女士的身形有些相像，而站在她身边的高个子男孩，我绝对不会认错，就是杨渊。

九

“你就是巧曼挂在嘴边的千千？”

说起昔日的同事，孙女士的眼圈一下子红了。

“这个项目能开展起来，巧曼真的是功不可没啊。我是搞大数据的，做梦也没想过会从事口腔医学方面的研究。是她找到了我，提出可以利用超级计算机统计高频率音节……我说她怎么会那么执着，还从就职的高校拉了那么多资源来……原来是因为你……你知道吗，当时吸波暗室还没建好，她就自己先拿着筛选出的音节组合，关上房门一遍一遍阅读、揣摩，连电话都不接，就是为了早点儿找到对关节磨损最厉害的发音……谁想到……”

我低下了头，心里充满了悔恨。因为自己幼稚的坚持、对失去的恐惧，这些年来从未给小姑扫过一次墓。小姑的在天之灵如有知觉，该多么伤心啊！

“怪不得，我就说好像在哪里见过你。”

杨渊牵住了我的手，我没有拒绝。

“可音啊……”

“阿姨，您说。”

“阿姨之前听巧曼说过，你也是千语者？”

我点了点头。

“您也知道这个？”

“当然。实验之所以停滞，就是因为巧曼的去世。你也知道，这所吸波暗室的建造离不开 Orfield 实验室的支持。而他们愿意提供帮助的原因，就是希望我们可以把研究范围扩大到多个语种。所以我们收集的音节中极大部分都是外语，有些甚至是几个语种混合起来的。这些发音组合严格意义上来讲不属于高频音节，甚至在正常的人类交流中基本不可能出现，但是它们是计算机模拟推算出来的“绝对磨损”音节，研究它们对口腔的磨损状况从而测试磨损极限是十分必要的。而要准确地念出所有的音节，只有千语者能够做到。”

孙女士顿了顿。

“巧曼是我们当时能够找到的唯一一个千语者。巧曼去世后，我对杨渊进行了很长时间的训练，他才勉强可以胜任一般的音节诵读，实验才能重新运转起来。不过对于稍微复杂的一点的音节，他就不行了。”

“那小姑去世之后，为什么没立刻来找我？”

“我们去了。不过你的母亲和我们谈了你的心理状况，不让我们接触你。而且，就算是找到你了，你怀着对小姑之死的抗拒也没办法和我们配合。唉，可惜当时我只知道你的小名，也没见过你，不然早该认出你来了……”

孙女士的声音依然平静，不过脸上露出了悲切的表情。

我轻轻抱住了她。

“以后让我来吧，我一定努力替小姑完成她未竟的事业。”

十

在这之后，我与杨渊的关系又进了一步。我不再排斥他，也不再压抑自己。我接受了他所有的关怀，也尽自己所能回应。

我不想让小姑的遗憾在杨渊身上重演。

我和他度过了令人难忘的二人时光，也常常陪他去研究所做实验。虽说我也答应了去辅助实验并且拿到了一份音节资料，但大多数时间里还是杨渊在实践。一方面是因为难读的音节组合还是比较少的，另一方面也是因为我下颌关节上的病。这些被千挑万选出来的音节，每一个都能带给关节相当剧烈的摩擦。

每当看着杨渊在吸波暗室认真地感受关节的响动，我又会想起当时在那里听到的声声呼唤。原来就算我如何抗拒，该留在心里的人是不会离去的。我就此下定决心，要好好爱父母，好好爱杨渊，好好爱所有在乎我的人。

不过生活的旋律并未就此舒缓，一个命运的高音很快横在了我的面前。

那天，我照例来到了研究所。孙女士和杨渊正在监控室整理材料。见到我后，他们递给我一张纸。

“可音，今天这十个音节挺难的，靠你啦！”

“辛苦你了，孩子。”

我伸手接来，目光扫过纸上的内容，心却毫不在此。

不对，这声音不对。

杨渊的语调变高了，颤抖声也随之放大，这意味着他的心跳在加速。今天没有发生任何事，他在紧张什么呢？

孙女士的声音还是很淡然，或者说，比之前更淡然。如果说她平时严格控制发声系统，以至不会流露出真实情绪，那么此刻她在调动全部的精力去平复声音。她在隐瞒什么呢？

我抬起头看了二人一眼，他们都在冲我和善地微笑。

——杨渊不会是要向我求婚吧！

我脸一红，随即打消了这个不切实际的念头。

走进吸波暗室，我才开始认认真真打量这次要念的第一个音节组合。

我立刻发现了不同。之前，我要读的音节大都是小语种单词组合，例如包含着德语、法语、俄语和韩语的“ÄhnlichInéligibilitéвысший 갈”。而今天在我眼前的，只有一串串国际音标。

这套共有 107 个单独字母、56 个变音符号和超音段成分的音标系统，严格遵照着一音一符的标准，在漫长的发展和修正的过程中几乎可以标识人类所有已知语音。

之前我所读的音节组合上有时也会有一些音标辅助，而这次孙女士完全抛却了词形仅标注了发音，只能说明我即将念出的声音已经超越了所有语言中的可能组合，进入了完全陌生的语音领域。

不过，这并不会难倒我：从小我就在小姑的教导下熟识国际音标，再难的发音也能轻松应对。

我在脑子里简单过了一遍，清了清嗓子，开始读。

“/r//ɳ//œ/……”

第一个组合还没读完，我的下颌关节就开始剧烈地疼了起来。我忍不住低低地叫了一声，冲摄像头打出了暂停实验的手势。

我出来之后，母子二人虽关切地递上了热水袋供我热敷，可言语里却流露出了失望。

杨渊和孙女士一定有什么在瞒着我！一定！

十一

这件事只可能与实验相关，与我相关，而且十分重要。

我在脑海里回溯了与杨渊母子认识的这段日子，发现自己真的很难从他们话语的旋律里听出点什么来，尤其是孙女士。换句话说，和她说话，就像在和一个人远距离聊微信，除了文字残骸之外的所有内容实际上都是我自己的脑补。而杨渊呢，我对他深深的爱恋使得判断能力被大大削弱。

这是不正常的。毕竟在大多数时候，我都能够在一个人话语中轻而易举地听出真实情绪和弦外之音。

孙女士与小姑在声音方面共事多年，也是她第一个发现了小姑的死亡，后来杨渊又正好搭讪到了我。

这很可能不是巧合。

而要找到答案，我只能去炸毁心底最后一道堤坝。

最终，我下定了决心：是时候直面小姑的死亡了。

我回到家里，打开了尘封的阁楼。计算机、笔记、书籍，熟悉的种种物品都落满了厚厚的灰。阳光从身后倾泻，回忆和飞尘迷了我的眼。我默默站在中间，等着一切流尽。

整理所有的资料用了整整一个晚上，我甚至用自己的生日试出了小姑邮箱的密码。我从浩如烟海的笔记、文档、日记和邮件中还原了几年前发生的所有故事。当我从震惊中缓过神来，东方已经发白。

那时我才知道，杨渊在声音里掩不住的心跳声，不是因为喜欢，而是因为谎言。

十二

我十二岁的时候，下颌关节紊乱综合征变得非常严重。小姑怀着深深的愧疚，暂停了自己手头上的教学任务，和主攻大数据方向的孙女士取得了联系。

仔细研究了小姑带来的项目后，孙女士表示一定大力支持，甚至从任职高校调动了很多计算资源。而且两人克服重重阻力，去找到了Orfield 实验室的人合作要建立中国的第三所吸波暗室。

小姑在当时的日记里表达了对孙女士的感谢，同时也提到了她淡然隐忍的性格。

“素怀真的很厉害。她所想要的东西都会深深埋在心里，然后一声不响地完成。和她合作，应该很快就能找到缓解千千病痛的方法。

不过，有的时候我真的不知道她在想什么。”

吸波暗室在建的过程中，孙女士已经通过大数据得到了一手的高频音节资料并给了小姑。如孙女士曾经告诉我的一样，小姑会在家里关上房门，对着数万个音节组合挨个朗读、细细揣摩。

也是在那个时候，小姑提出了寻找跨语言的“零频音节”，以便测试语音对关节磨损的极限。孙女士建立了一个复杂的模型，让计算机列出了一长串超越大多数人生理功能的音频组合。当然，计算机的模拟是不准确的，还需要千语者亲口诵读，在里面找出真正的“磨损音节”。

问题就出在这里。

小姑念着念着，发现其中一些音节组合会令听者产生不太舒服的生理反应。她做了一些简单的对照实验，最终从研究声波物理属性的声学语音学中找到了最可能解释这一现象的理论。

这一部分的笔记很难懂，充满了我从未见过的专有名词和长长的注解。看得出来，语言学出身的小姑在物理学这一陌生的领域下足了功夫。

“……当声波通过时，分子的内外自由度之间将发生能量的重新分配，从而导致有关的声能向无规的热能转化，即声波弛豫吸收。……”

这份摘抄里的很多话我都看不太懂，却感到莫名熟悉，好像在哪里读到过一样。不过也不一定，毕竟难懂的物理学名词堆砌带给我的感觉都是差不多的。小姑看起来一开始也不是很明白，她找了一个物理专业的同事，留下了一份录音资料。

开头是“当”的一声，听上去是有人拿食指关节敲响了一张厚木桌。接着是一个男声。

“响声通过这个桌子传播的时候，桌子的微观结构会在震动中膨胀、压缩，失去曾经的平衡状态，而要恢复平衡状态，分子们就要……”

“消耗热量？”是小姑的声音。

“不，是散发热量。”

“在生物体中也是一样的吗？”

“是的。声波在生物介质中会发生各种形式的能量衰减，尤其是弛豫过程，会引起大量的能量耗散。有些特殊的声波甚至会引起分子强烈的重组运动，从而发出大量的热，如果不能及时散热，那么将会导致物体自燃。不过这都是理论上的。”

听到这个熟悉的词语，我终于记起来了。在我草草建起的“人体自燃”资料库里，那段文字静静地躺在名叫“分子弛豫吸收假说”文件夹中。难道小姑的死真的与声波有关？这和她念过的音节有关系吗？带着疑问，我继续听了下去。

“特殊声波……会在人类的语言中出现吗？”

“哈哈哈，你在说咒语吗？”

“马教授，您说笑了。”

“其实也不是没可能。关于声音杀人的传说自古有之，各个文明都有关于咒语的神话。如果我没记错的话，两千多年前人类语音学在古印度刚起步的时候也有过这方面的记载。”

“唔……”

“而且，只要频率合适，每一类声波都可能会成为杀手，足以摧毁与它相对应的特定物体。不过……”

“怎么？”

“要找到这样的声波应该是很难的，因为能够被自然产生的声音所杀死的形体大概都已经灭绝了吧。”

“也就是说，现在存在的所有生物也都存在对应的致命声波，但是一般不会在自然界出现？”

“嗯。或者严谨一点儿说，是在地球上很难出现。说不定有一天来到其他星球，外星人的一句‘你好’就能把所有的宇航员烧成灰烬。”

“唔。其实我还有最后一个问题，这种特殊音节能够通过计算机模拟找到吗？”

“理论上是可以的。不过计算机模拟人类语音效果很差，就算找到了咒语所需的正确音节，也得人类念出来才能看到效果。还有，小周，我不知道你发现了什么，但是我实在不建议你去寻找这类隐藏的音节。声音太容易被复制、传播了，如果秘密被泄露，那么人一张嘴就能轻易杀人，后果不堪设想。还是让它们彻底沉默下去吧！”

“我知道了。谢谢您。”

十三

小姑并没有对音频里的那位物理学教授多说，也没提及自己最近做过的实验，而是把一切讲给了孙女士。然而可以从邮件里看出来，两人的观点渐渐起了分歧。

“巧曼，这是个千载难逢的好机会啊！咱俩合作，我这边可以用计算机模拟出可能性最高的音节，你来做最终鉴定，我们完全可以找到尘封在历史中的魔咒！”

不过，面对孙女士热情洋溢的提议，小姑在邮件里一再回绝。

“素怀，这个风险太大了，我告诉你就是希望可以停止寻找‘零频音节’的项目。听了马教授的‘自然声音选择学说’，我觉得致命咒语真的很可能藏在会对关节磨损极大的发音组合里。在生物体漫长的进化过程中，人体会在大脑意识不到的情况下自动趋利避害。会因为念动死亡音节而引起严重磨损的口腔结构被保留了下来，才能保证人类的各个语言中都能无意识地避免使用这样的发音组合。而我们现在在做的，就是在一步步打开潘多拉的魔盒。马教授说得对，万一真的找到了已经在历史长河中遗失了的咒语，那后果绝对是不堪设想的。”

“巧曼，你想得太多了吧！这些还全都是假说而已。而且对于这个实验，已经有那么多资金砸下去了，吸波暗室也在建，你这时候提出停止，我怎么给上面交代？”

“素怀，那我只能退出实验了。一切后果由我承担。”

“周巧曼，你承担得起吗？”

……

那段时间两人邮件往来很多，不乏一些激烈的言辞。我这才知道，看似温柔稳重的孙阿姨竟然如此强势。不过，小姑虽然语气柔和，也一直没有退让。不过最后两人都妥协了：小姑再念十组“零频音节”并记录关节磨损状况，完成一阶段报告，孙女士利用这段时间再去找其他“千语者”继续实验。

而接下来的两个事实，更令我不寒而栗。

第一，是小姑在和孙女士海量的邮件往来中多次提到过我，甚至发过不少我和小姑的合照。也就是说，孙女士和杨渊理应一早就认识我了。可是从第一次见面到现在，他俩从未显露出这一点。

第二，是在小姑出事的前一天，孙女士送去了最新的“零频音节”。

十四

我在床上躺了整整一天。

分不清是睡是醒，一切的一切在脑海里消解又重组。我像一个新生的孩子，开始一点一点认知这个陌生的世界，认知我所知道的事情背后所代表的意义。

当最终清醒过来的时候，我变回了过去那个对一切都不在乎的人：内心曾被杨渊融化的汪洋冻成了一片冰原。

最大的可能性横亘在眼前的空气中，真实得仿佛马上就要在虚空中展现出实体。只差一步，我就可以证实它。但是我不确定自己能不能承受得住如此锋利的现实。

不，我不但要证实它，承受它，我还要让他们付出代价。

稍做休整，我化了一个淡妆稍稍遮住倦容。化妆品还是小姑生前留给我的，而我当时还小，没怎么用过。我想了想，又把头发挽了起来，用一支簪子固定好。此时看着镜子里的自己，更觉和小姑有几分相像。

当夜，我回到了研究所。在吸波暗室旁的监控室里，孙女士见到我时小小愣了一下。她很快转过身，开始调试设备。杨渊正坐在一边削苹果。他修长的手指很灵活，完美地控制着同样修长的不锈钢刀在水果表面游走，不紧不慢得像在创造一件艺术品。

我曾经很爱他这一点，如今只觉可怕。

“可音，关节不疼了？”

“嗯。”

“本来以为你要多休息几天的。”

“没事。”

“你怎么了？”

杨渊放下手里的刀，贴近了我。

“簪子很好看。”

“是小姑的。”

我笑了笑，侧身躲过他，从控制台上拿过上次没读完的音节。

最终的测试要开始了。

十五

要了小姑性命的死亡音节就藏在这些之中吗？

我的目光迅速在这十个音节组合上游走，嘴巴快速一张一合，不出声地过了两遍。杨渊坐了回去，继续削苹果，而孙女士则在一边默默地看着我。整个实验室只有机器“嗡嗡”的声响，皮肉剥离的声音，还能听到窗外护城河舒缓的波涛。

我抬眼看了一下他们，又低头看了看第一行，感觉双唇有千斤重。

我知道，只要我一开口，一切就都回不去了。

白纸黑字上，小姑在向我微笑。

“/r/，/ɳ/，/œ/……”

“当啷”一声，杨渊手里的刀和苹果都掉到了地上。

“不好意思，手滑了。”杨渊趴到桌子下面去捡，而孙女士则径直走到了我面前。

“可音，这组音节对关节损害很大，留在吸波暗室读吧！”她的声音不紧不慢，不过很坚决地从我手里把那张白纸抽了出来。

我没有阻止。

我望着他们，笑了。

“/r/。/ɳ/。/œ/。/ɖ/……”

“孩子，你……”

“可音！”

“……/ɐ/、/k/、/ʈ/、/ʋ/、/r/。”

颤音的余波在空气中划过，杨渊和孙女士僵在了原地。

三个人都在静静地等待着什么，但是什么都没有发生。没有人烧起来。

我盯着这两张没有掩饰住惊恐的脸，意识到自己没有错。三天前，就是他们看着我拿着装了一颗子弹的左轮手枪走进吸波暗室，看着我把枪放在自己的头上，看着我走向自己的死亡。

七年前，他们把子弹装填好送给小姑的时候，也是这样的吗？小姑一枪一枪打在自己身上的时候，他们在想什么呢？最终的子弹要了小姑性命时，他们又是怎样的心情呢？

小姑替他们证实了理论、缩小了范围，而我，估计就是用来最终确定咒语的工具。

十组音节，一发致命。

“看来不是这一组。”

我打破了沉默。

“孩子，你在说什么呢？”孙素怀换上了一个关切的神情，过来拉住了我的胳膊。

我第一次这么近地看到这位长辈的面孔，近到可以闻得到脂粉的气息。保养很得当，眼角虽然有细细的纹路，但是配合上妆容和发型反而衬托了作为女教授端庄稳重的气质。如果小姑没有去世，那么也会像这样散发出成熟优雅的味道吧！

想到这里，我没有再犹豫。

“/a//ɵ//ɖ//ɑ//r//ʀ/……”

她一把捂住了我的嘴。

“孩子，我当时根本不知道会变成那样，”她在我耳边说，“那是个巧合，是个悲剧。我很抱歉。这里消防设施很到位，只要及时降温，你根本不会有危险。”

见我瞪着她，孙素怀又补充道，“我没告诉你，是怕你怪我。毕竟巧曼的死我有责任。对不起。”

孙素怀的眼神十分悲切，但这次没有骗过我。母亲曾经说过，孙素怀是小姑尸体的第一发现人。也许我刚刚拿着的那张纸，就是孙素怀从小姑烧焦的手上夺下来的。

我这才意识到，孙素怀有一点和我一模一样：她的心也是空的。不让任何一个人走进内心，也就不会介意伤害任何一个人。

掰开她的手，我念出了第三组音节。

“杨渊！”孙素怀迅速后退，大声喊道。

男子已经蛰伏许久，此时迅速冲了上来。我只感到重重一击，砰地摔在了窗户上，眼前金星直冒。玻璃整个碎了，一部分碎片摔进了护城河，另一部分划破了我的后脑。我踉跄地躲到一边，感到温热的血液从身体里流出。

冷风吹了进来，让我很快清醒。眼前，那个曾经领着我亦步亦趋离开冷漠世界的人，曾经给予我所有的温暖的人，曾经如此体贴与温柔的人，此刻终于露出了本性。

杨渊把我紧紧压在墙上，脸上的狰狞是我从未见过的。锋利的水果刀抵在我的喉咙，刀刃划破了皮肤的表层。

“我可是学过的，足够一刀取你声带。”

我仰着头，感到那个给过我安慰的胸膛压得我喘不过气来，拂过我泪花的右手游刃有余地操纵着利刃，寻找我发声器官的位置。

余光中，孙素怀在不远处看着这一切，脸像死人一样冷漠。

“杨渊。”

我艰难地发出声音。

“你不害怕她吗？”

“她是为了人类。进步就要有牺牲。”

我握住了他的手腕，就像藤蔓想要拉动山岩。

“你不怕她牺牲掉你吗？”

山岩有些颤动。

“我是她的儿子。”

“如果我死了，那你就是最接近千语者的人。而且你不会不知道吧，监控室一向听不见吸波暗室里的声音。”

杨渊愣了一下。趁此机会，我拉开他的手，猛地向下一蹲，勉强挣脱了出来。接着，我拔出了头上的簪子——那枚属于小姑的簪子，尖端被我磨得锋利无比——狠狠扎向了杨渊的右手。

那簪子穿透了他白皙修长的手，直直钉在了老旧的墙壁上。在杨渊痛苦的叫声中，我念动了第四组音节。

十六

“/a/，/v/，/ɐ/。”

随着声音的起伏，我的内心突然升起了巨大的恐惧感。我体内有一股极大的冲动想要停止，甚至想要用双手捂住自己的嘴。这是我的生物本能，但是我克制住了。

“/ɖ/，/ɑ/，/k/，/ʈ/。”

不知道是不是我的错觉，孙素怀和杨渊似乎也感受到了这份恐惧。他们开始向门的方向冲去。

“/ʋ/。/r/。”

最后一个音节传出之后，恐惧感达到了顶峰。浑身的细胞在一瞬间灼烧起来，我感觉坠入了烈火。不，是烈火从我的体内破壳而出，火舌舔舐着一切。

我要死了。

我听到了自己的尖叫声，也听到了杨渊和孙素怀的尖叫声。所以这个结果还不坏，是不是，小姑？

小姑在半空中微笑着望着我，指了指我的身后。

同时，一个男声在我的脑海深处响起，我认出是小姑那份录音材料中马教授的声音。

“有些特殊的声波甚至会引起分子强烈的重组运动，从而发出大量的热，如果不能及时散热，将会导致物体自燃。”

散热。

我扒着窗台艰难地站了起来，身子前倾，头一沉摔了下去。

十七

从护城河里被救上来后，我在医院躺了半年。

孙素怀和杨渊的死被定性为实验室事故，我也没有费心思和警察解释太多。

当然，咒语的事我谁都没有讲。

那个音节对关节的磨损程度超出了我的想象。勉强念出之后，我的关节几近报废，患上了严重的张口受限，连吃饭都成了问题。

不过，跟严重烧伤相比这还是小事了。

一年之后，我告别了父母，消失在了世俗之中。

在一个隐蔽的青山绿水间的研究所里，我决心穷尽世界上所有的发音组合，找到更多对人类有益的声波。

那里，我做了一面照片墙，贴满了所有能找到的旧照片。

其中就有小姑的。她在照片里永远年轻，神采奕奕，望着我微笑。

地图师

SHE·廖舒波

那是一朵木刻的潮汐花。美丽，淡淡的紫色，是思明小船的颜色。它将陪伴伊莲娜，永不会凋零。

一

伊莲娜从山崖猛地跳进海里时，一道青紫色的闪电正划破远方漆黑的夜空。

她要逃跑，逃出村子，逃到海远处的火箭基地去。每当火箭季节来临时那里会有银白色的火箭，驾驶员可能是人类，也可能是库克人或者是泰格利亚人——什么人都好，她会哀求它们带她到宇宙去，去寻找她做星际旅者的妈妈卡兰。

远远地响起一声惊雷。伊莲娜再一次潜入海中。

她没带防水灯，也没带其他照明设备，只能凭感觉往火箭基地游去。

头顶的水面在波动，下雨了。海边的雨总是这样，突如其来又声势浩大。在雨中，他们村子特有的小舢板没法航行，船长也没法再像往常一样召集整个村的人搜捕她，伊莲娜高兴极了，她决定闯进那隐秘的捷径地带，用最快的速度游到目的地去。

捷径地带是村庄东南方地区的统称，有海洞，也有幽深的水域。那里是古代沉船的遗迹，残骸遍布，暗流汹涌，经常有不知情的人被卡住或者卷走。从很久以前开始，这里就是村里的禁地。伊莲娜也曾深深相信这种传说，但现在她不，因为就在三天前，她的好朋友思明就游过了这里，他悄悄又明确地告诉过她，那里除了一些旧船的龙骨外，什么危险也没有。

事实也的确如此，很快伊莲娜就看见了沉船，她知道自己已经进入捷径地带。

不过，和思明说的不同，这里似乎和别处有些不一样——

是的，这里非常明亮，深处好像有什么在发光。

潜在黑暗水中的人和虫子一样有趋光性，这也是思明说的。伊莲娜并不懂所谓的趋光性指的是什么。她只知道，自己不知不觉地就被那束光所吸引，向着它的方向游去。

随着距离的接近，她看见了那束光的来源，一个完美的球体，被放置在一块台状的船体废墟上。球体的表面长满了银白色的潮汐花花苞，光就是由它们身上发出的。伊莲娜感觉自己被骗了，对村子里的人来说，潮汐花是再普通不过的生物。她竟然为了它们浪费了宝贵的时间！转过身，稍微辨别一下方向后，她继续向火箭基地的方向游去。

水面的波动在这时停止，看来，雨停了。伊莲娜心里暗叫不好，她使劲划水，继续向火箭基地游去。就在准备加速的过程中，她的脚似乎踢到了什么柔软的东西，接着她的手被什么东西缠住了，四周突然亮得刺眼，那是小舢板上的灯火。

船长带着村民赶到，这一次，伊莲娜的逃亡计划又失败了。

被人从海里拎出来时，她看见遥远的天空划过一道银白色的轨迹。

那是降落的火箭。虽然现在并不是火箭季节。

二

作为惩罚，船长宣布，伊莲娜将被绑在海堤上，时间是一整个恒星日。

这就意味着她必须一直待在那空无一人的地方，傻傻地盯着大海看。这个季节的大海没有什么动人的景色，有的只是尚未开放的潮汐花。它们伸出长长的触须，随着海水轻柔又无力地飘啊，飘啊……看着它们，伊莲娜觉得自己的眼皮都变得沉重起来。

不能睡。她对自己说，很快恒星光会变得烙铁般白热。在这样的情况下睡着会头痛一整个月，可她又找不到其他有趣的事情干，困意又一次涌上来，就在她要闭上眼时——

一声尖锐的鸟叫声划破天空。

“朗格？”伊莲娜猛地惊醒，“朗格！”

蓝色的昆格鸟翩翩飞来，停在她被绑住的肩膀上。跨海而来的它浑身湿透，鲜红色的鸟喙里叼着一个金属盒子，那是卡兰送来的邮件。伊莲娜看看朗格，又看看自己被死死绑住的双手，无奈地摇了摇头，又长长地叹了口气。

“我来把它放给你看吧。”一个低沉的声音从背后传来。

“思明。”伊莲娜飞快地认出了来人的声音，“捷径里面的那个……怪东西，你见过吧？”

“见是见过。”

“那你不告诉我！”伊莲娜惨叫一声。

“因为我觉得那东西太奇怪了。”思明在她身边坐下来，“你知道，潮汐花只能生存在海床上，因为空气里有它们需要的臭氧。可捷径那里是海底，潮汐花却开在那里，只有一个可能——那个球体，是个臭氧制造机……可让我奇怪的是，为什么沉船上会有臭氧制造机呢？在海面上航行，哪里会缺臭氧？还有……”

“够了！”伊莲娜尖叫，“我只想知道一件事，为什么不告诉我？”

“伊莲娜，你要知道，你妈妈卡兰是通过许多次甄选，才成为村里唯一的星际旅者，被所有人欢送到火箭基地去的。她不是逃出村子的，也不是冒险溜到火箭基地去的……”

“说重点！”伊莲娜瞪他。

他盯着她看了好久，才一字一句地说道“你不该老想着逃出村子。”

她愤怒地回盯着他：“不该？你是说我要用一辈子去等那个不知什么时候举行的甄选？”

“不是这个意思……”

“还是说让我跟你一样，一辈子崇拜卡兰，却只敢在捷径那种小地方游游泳、冒冒险？”

思明被吓得退后了两三步，脸色变得很难堪。

伊莲娜在这时才意识到最后一句话说得过了，她赶紧放轻声音：“思明，我……”

“让我先说。”他挥挥手，“也就一句老话，好奇害死猫。”

“那我可不怕。”伊莲娜仰起下巴，“我可是卡兰的女儿！”

“那么……嗯，万一你有什么事……不……”

思明像是没听见她说的话那样，一边自言自语，一边从一直静静待着的朗格嘴里取出邮件，打开开关，放在她脚边的地面上。卡兰优雅的身影出现在半空中，因为强烈恒星光，她的身影看起来并不清晰，像隔着白色的水汽，又像她原本就站在一片蓝绿色的虚幻之中。

“亲爱的女儿，伊莲娜，最近好吗？我在宇宙的航行，又遇到了非常有趣的事……”

三

卡兰的故事依旧动人非凡，这一次讲的是有生命的藻海和水母的行星，伊莲娜轻易地就听入了迷，她很快就把烦闷的生活和炎热的阳光一起抛在脑后。正当卡兰讲到她被水母围攻，只能在站半人大的礁石上躲避时，画面倾斜了，卡兰的脸瞬间变形得不成样子。

“喂！”伊莲娜喊，“思明，别乱动！”

话一喊出口她就知道错了。从海堤上伊莲娜看见了一艘紫色的小舢板，那是思明专属的颜色，看来他这一刻正在海上，挪动邮件的另有其人。会是谁呢？伊莲娜艰难地移动绑着麻绳的脖子，她看见背后有个人正拿着邮件。

那是个外来的星际旅者。头发和眼睛都是灰色的，他白皙的肤色让伊莲娜觉得分外陌生。

“……先生。”伊莲娜喊他。

没有回应，他用迷茫的眼神注视着空中的卡兰，像是想什么想得出神。

“先生！”伊莲娜不得不加大音量，“请您别动我的邮件！”

陌生人愣了愣，慢慢张开干涩的嘴唇：“卡兰，她，不是五年前就……死了吗？”

“啊？”伊莲娜有片刻的迟疑，她以为自己听错了。

陌生人低头问她：“这是什么时候的邮件？五年前？六年前？”

“是今天才发来的。”伊莲娜回答。看来，自己刚才没有听错，她的确遇到了一个莫名其妙的疯子。长吸一口气，她大声地吼了出来：“是今天的邮件！”

“今天？”陌生人翻看手中的金属盒子，“日期还真是今天。”

“你为什么要咒别人死！”伊莲娜挣扎着大骂，“你是哪里来的疯子！神经病！”

陌生人好像这时才发现她的存在，他低下头，露出觉得饶有兴趣的神情：“看你的表情，你刚才说的，应该是这个星球的骂人话吧？”

“是又怎么样？”伊莲娜真想吐一口唾沫。

“我还是第一次被一个五花大绑的人骂。”陌生人笑了，“你是在受罚吧？”

“是又怎么样？”伊莲娜重复了一遍。

“我一点都不想打扰你，真的。”陌生人耸耸肩，“不过，既然遇上了，我就问一问吧。小姐，这附近有没有地图师，我想请他做一些计算。火箭基地那边的计算机实在是太贵了！”

“真是对不起了。”伊莲娜冷笑，“我就是你找的地图师。”

“哦？”陌生人有片刻的惊异，随即恢复正常，“那还真是幸会。那么，请问一下我们的地图师，您做一次计算的收费标准是多少？”

伊莲娜盯着他看，他大概三十多四十岁的样子，说话的语调很少起伏，看起来沉稳又可靠的样子。她低头想了一会儿，然后轻声说道：“我不收你钱。”

然后她不顾陌生人的惊讶，抬起头，坚定地说道：“但是，你走的时候，要带我一起走。”

四

她对那陌生人提出了要求，条件苛刻和让她自己都紧张得心“怦怦”直跳。要知道，之前还从来没有星际旅者帮助村民“偷渡”的先例，伊莲娜觉得，自己一定会遭到拒绝。可让她没有想到的是，陌生人竟然答应了下来，只不过他也提出了条件。

“我要先给你做个测试。”他说。

他让她吹口哨，重新唤来朗格。他掏出纸笔写了一个公式，让朗格送伊莲娜回到家里去。

“听好，地图师。”陌生人说，“这是潮汐公式，如果你能在明天中午之前算出结果……”

“就能带我走？”伊莲娜双眼放光。

“……我们就能合作一笔生意。”陌生人接着说，“当然当然，生意做好后，我就会遵守约定，带你到火箭基地去，然后带你去宇宙的一个地方，这样可以了吗？”

“你说话可要算话！”伊莲娜说，“我马上就能把公式算出来！”

那时她嘴上是这么说的，心里却一点底儿都没有。要知道，卡兰离去的时候她只有十岁，她只从母亲那里学会一些最基本的绘制地图技巧。好在村子里远航的人对海洋地图要求不高，她才得以靠这种用几个碎片推算数据的小把戏混口饭吃。

陌生人给她留下的公式会不会很难？说不定是根本算不出来的大难题呢？伊莲娜想，可是话已经出口，她必须这么做。所以，当半夜渔船回港，船长把她从海堤上放下来时，她急匆匆地拖着脱水和疲惫的身躯，回到了自己家的小泥屋里，那时朗格已经在窗上睡着了。

她粗暴地从它嘴里扯出公式，倒在床沿上，准备休息一下就计算。

“……是需要迭代的公式啊。”她迷迷糊糊地说，“坑人，那一晚上怎么够啊。”

她感到无尽疲累，遥远而舒服的睡眠在轻声召唤她。她的意识在抵抗，可是那没有用。伊莲娜知道，自己马上就要睡过去了。黑暗慢慢占据她的视野，可是就在半梦半醒间的黑洞中，一个数字突然跳了出来——仿佛有个声音在说，这就是结果。

她猛地从床上坐起来，像是做了个无法挣脱的噩梦。

不可能，这简直是开玩笑。没有列式也没有计算，只凭直觉找出答案？那应该是技术极高深的地图师才能做出的事。伊莲娜很清楚，自己对公式都还只到一知半解的程度，那样的好运绝对不会发生在自己身上。“再睡会吧！”她对自己说，“等头脑清醒了就算。”

她躺下，闭上眼睛，可那个数字像是魔咒，一直在她脑海里盘旋、盘旋。

半个小时后，伊莲娜再也忍不住，她从床上跳起来，倒了杯水，跑到桌子前，开始验算。整整一夜，她用了她所知道的所有验算方法，一切的一切，仿佛都指向了一个事实。

她的的确确，只用五分钟，就算出了潮汐公式的答案。

五

第二天清晨，伊莲娜是被“咚咚”的敲门声唤醒的。

“谁？”她晃晃悠悠地去开门，发现门外站着的是思明，“找我玩吗？不去……”

她很快清醒过来，不是这样。火箭季节马上就要到来，思明要忙着和船长出海，绝对不会有时间来找她玩。更何况现在的思明脸色铁青，怎么看都不像心情很好的样子。

“你昨天和一个星际旅者说了很长时间的话吧？”他怒气冲冲地说。

“嗯。”伊莲娜恍惚地点点头，接着她突然提高了声调，“我跟谁说话关你什么事！”

“你……你最好不要在他身上打什么逃跑的主义。”思明也提高了声音，“那个星际旅者……是我爸，不，船长要求别人特别观察的，你最好不要离他太近，也不要拿他写的什么东西！”

“思明。”伊莲娜觉得自己声音都变得很冰冷，“你在监视我。”

“没有。”他的声音很无力。

“你以前不会答应的。”伊莲娜说道，“船长他从不会逼你做任何事。”

思明没有像往常一样，马上就否认，这更证明了伊莲娜的猜测是对的。两个人就隔着泥屋薄薄的门板站着，像以前闹别扭那样，谁都不愿意先说话。不过伊莲娜很清楚，这件事已经不是小时候那么简单了，有些东西在不知不觉间发生变化了。

“他们说那个陌生人很危险。”思明终于说话，“我害怕你出事，非常怕，我必须看着你。”

“这么简单？”伊莲娜觉得好笑。

“真的。”思明声音也变冷了，“随你怎么想。”

“哦，那我要关起门来好好想一想。”伊莲娜拉上门，“慢走不送。”

“你今天最好乖乖在家待着。”思明说，“我的船会一直在内海，你一出门我会看得见。”

“那你最好把防潮板装上，三个小时十分钟后，会有一次大潮。

祝你被撞到海堤上去。”

“你还真把自己当成地图师了？”思明说，“别以为我不懂，潮汐公式是高级地图师才能算出来的，在这之前，还是先算算你自己的水平吧！”

这是他第一次用嘲笑的语气说话。伊莲娜觉得很受伤，她咬咬牙，在心里骂了几句狠话，眼泪却不争气地流了下来。她强迫自己冷静下来，现在思明守在外面，她一时半会儿还不能去找陌生人，现在要做的，应该是再睡一觉，让脑子更清醒些。

就这么想着，她躺回床上，又一次睡着了。

不知过了多久，她再次被声音吵醒，和刚才不同，这一次是宏大的哗哗声，像是有无数传说中的象群向海堤撞击，巨大的能量像是能毁灭一切。是大潮！伊莲娜这才反应过来，她匆匆忙忙地看表，这才发现，离刚才的时间确实过了三小时十分钟，一分不差。

不用验算了。现实证明，她算得没错。

几乎是同一时间，她担心起来，思明有没有把防潮板装上呢？

要是没有的话……

他那样的小舢板，大潮来临，根本连跑都来不及。

六

伊莲娜冲出房子，又冲上村后的山坡。

在那里她尽力远眺，思明在哪里？他紫色的小舢板在哪里？可是只能看见一片浑浊的巨浪，夹杂着各种杂物，撞到海堤上，飞散开来，而下一波巨浪又在这时冲上来……

伊莲娜觉得自己又快要哭了，她后悔说过“祝你被撞到海堤上去”

这样的话了。她现在愿意用一切去换思明回来，这一刻她才明白，就算跟以前不一样，他对她来说还是很重要。

时间在焦躁和担忧中飞速流逝，大概半小时后，大潮退去，海面又像什么都没发生过那样风平浪静了。伊莲娜还在拼命地望着，在浮满杂物和泡沫的水面上，一艘紫色的小舢板缓缓地出现，船的帆高高鼓起，两翼装上了宽大的防潮板，它正向海堤边驶来。

他平安无事！伊莲娜高兴起来，她飞奔下山坡，飞奔到海堤，然后从高大的海堤上跳了下去——她几乎是扑到那艘紫色的小船上的。在那里思明的双手还紧紧握着船舵，即使脸上还有惊恐，他还是努力向伊莲娜挤出一个微笑。她听不清他的声音，但从他的嘴形，伊莲娜可以看出，那是一句“对不起”。她向他摇摇头，告诉他都过去了。

“干得不错啊！”一声赞扬透过风声传到伊莲娜耳边，她抬起头，看见高高的海堤上，那个灰发的陌生人正拍掌祝贺。“先生……”伊莲娜大声喊，想告诉他刚才的事情。陌生人却摆了摆手，示意他们把船停到港口边。

到了港口，伊莲娜先跳下船，她简直迫不及待了：“先生！你看我算出来了！你给我的公式！它救了我朋友的命！”

“很好。”陌生人笑着说，“你合格了，地图师，还有……”

他把目光移向正往船上绑缆绳的思明，对着他笑了笑：“你是这位地图师的朋友吧！”

思明回给他一个警戒的眼神：“嗯。”

“你愿不愿意和她一起来工作？”陌生人诚恳地说，“我要做些故事烟花，在火箭季节之前卖。地图师负责计算，我这边还缺一个组装的人，我觉得你非常合适。”

“我要跟我爸打鱼。”思明含糊不清地说。

“我会给出和你这几天打鱼同等的报酬。而且船长，不，你父亲已经同意了我卖烟花的事情，这方面你不用担心。”

看着他们说话，伊莲娜的心又提了起来。危险过去，她必须重新面对那个问题，思明不会让她轻易离开的，她宁愿悄悄地走掉，也不愿意跟他像敌人那样相处。可现在也没法阻止陌生人邀请他了，还是走一步算一步吧！

她回过神来，正好听见陌生人在向思明做自我介绍：“我叫盖修，以后不必叫我先生了。”

“还要最后叫一次。”思明退后一步，鞠躬，“先生，谢谢你的潮汐公式，它救了我的命。”

“还是谢我们的地图师吧！”盖修指着伊莲娜，伊莲娜却在看着思明发呆。她在想之前自己是不是误会了些什么，思明还是那样，固执，拘礼，知道太多也想得太多。他没有变。

“我会谢她的。”思明低声说。伊莲娜看得出来，他在计划些什么。

七

“那是在宇宙的另一端，一个叫撷英的星球。”

这是故事烟花剧本的第一句，坐在桌前漫长的时间里，伊莲娜一直在看着这句话发呆。她的思绪还停留在昨天深夜，关于一个神秘客人对她破旧小泥屋的来访。

“怎么了，地图师？”盖修走过来，“看起来好像不太高兴。”

“没有！”伊莲娜跳起来，“什么都没有！”

“嗯……这样啊……”盖修用手指抚着下巴，“那好吧，你先把剧本给我。”

盖修转身离开，伊莲娜看着他干瘦的背影，又一次想起了昨晚来找她的人。

那时伊莲娜正缩在被子里睡得正香。雷霆般的敲门声把她从美梦中惊醒，睁开眼的瞬间，她几乎以为传说中巨大的海怪找上门来。就在她缩进墙角不敢出声时，一个巨大而强壮的身躯硬是推开紧锁的木门挤了进来。即使现在想到这里，伊莲娜还是忍不住想要发抖。

“换这个给你吧，地图师。”盖修平和的声音很好地缓解了她的恐惧，他拿来了另一本剧本，是陈旧的牛皮纸封面。伊莲娜翻开来看，发现里面没有文字，都是复杂的符号和公式。她感到头一下子昏了：“我都看不懂……”

“不要担心，地图师。”盖修把热气腾腾的青草茶倒入她前面的杯子里，“我会给你几个起始数字。要知道，公式都是有生命的。你要学会在计算时想象出画面，这样才会有趣。”

“可是……”伊莲娜翻着密密麻麻的公式，“火箭季节就在今晚，来得及吗？”

“当然。”盖修拿起茶杯，优哉地呷了一口，“你忘了潮汐公式的事？”

“好。我试试。”伊莲娜低下头，几乎把脸埋到公式里。盖修似乎没有发现她心里有事，或者发现了没说出来，总之，他拿起茶杯，重新走到了房间的另一端，不会打扰到伊莲娜的地方。伊莲娜这才松了口气，她得以继续去想访客的事情。

那个人不是别人，正是那个她最讨厌，或者也是最讨厌她的人——船长。

和平时宏大的声势不同，他是独自一个人来的。他就在门口居高临下地注视着墙角的伊莲娜，虽然他在微笑，可黑暗中他那乖戾的气息让伊莲娜感到了本能的害怕。两人僵持了漫长的时间，最后，还是船长先说了话：“听说那个星际旅者雇了你？”

“嗯。”伊莲娜拼命挤出一个字。

“不错嘛。”他笑得脸上伤疤都在抖动，“那我们也来做一笔生意吧！”

“啊——”一声惨叫，把伊莲娜从想象世界里吓出来。她赶紧看向声音的方向，发现盖修手拿一把刀，竖着流血的大拇指发呆。看见伊莲娜询问的眼光，他抱歉地笑笑：“我没想到这把刀还那么锋利！给，思明，你小心点儿用。”

“思明？”伊莲娜呆呆地看向他，“组装烟花要用到刀吗？”

“你算你的！”不知为什么思明他满脸通红，“不用管我们这边！”

发生了什么事？伊莲娜感到莫名其妙，她看向盖修，后者却只是看着他们两人微笑，笑容里带着怀念的味道。看到这样，伊莲娜有点不忍心问他了，所以她逼迫自己赶快拿起笔，翻开那个新剧本，开始计算公式。

可即使这样，船长说的话还在她脑中回响——

“听着，这笔生意，如果你干得好的话，下一次逃跑，我会放你走，让你去找你那一样不安分的妈。”船长说，“盯着那个星际旅者，如果他鼓捣什么路塔公式，你马上告诉我——干吗这么看我？你不会真的笨到相信一个外地人吧？你们才见过几面？”

现在应该答应他吗？伊莲娜想，还是坚决不答应呢？

八

“伊莲娜，嘿，伊莲娜！”

伊莲娜终于听见思明在轻声喊她的名字时，她才发现房间里另外两个人都已经凑到她面前。她抬起头，正好对上思明皱起的眉头："怎么了？很难么？脸色都变了……"

"……还好。"他的关心让她更是难受，"我继续算。"

"你确定没有问题？"思明的声音充满紧张，"要不要我留下来陪你？"

"陪？"伊莲娜满脸惊讶，"你们要去哪儿？"

"我们……这个……"

"我们要出去准备一些东西。"盖修在旁边补充，"一些烟花需要的东西。"

"那你们去吧！"伊莲娜低下头，"我没事，我会算的。"

"真的没事吗？"思明又一次问道。

"真的没事。"伊莲娜瞪起眼睛，"少啰唆了！刚才不是让我别管你吗？"

"好了好了。"盖修走出来，轻轻推开还打算说什么的思明，"她还有力气骂你，说明她已经恢复了，就让她自己一个人待会儿。——啊，思明，我们先走吧！"

门"砰"的一声关上，又突然被打开，盖修从门缝里露出半边脸来，留给伊莲娜一个意味深长的微笑："对了，地图师，我就不留数字了，你按刚才想出的第一个数字算好了"

伊莲娜强迫自己把思绪重新拉回公式本上，她知道，盖修很有可能已经觉察到她有些不对劲了。现在她必须尽快把剧本弄出来，反正里面也不一定有什么。

于是她低下头，回想刚才的数字，让画面重新在脑海中浮现——

那是在宇宙的另一端，一个叫撷英的星球。

那里有个出色的数学家，他有工作，有妻子，有可爱的女儿。他研究出许多函数公式，这些公式能完美地描述世界。可路塔并不满足，他还想用公式预测世界……他的名字叫路塔。

——路塔！伊莲娜觉得心里重重地被撞了一下，船长说的名字！

她的心“怦怦”跳起来，不仅是因为她发现了证据，还是因为好奇心被勾起来了。路塔，路塔，他的公式到底是什么？为什么会让船长那么关心、那么害怕呢？思明的话在耳边响起，好奇害死猫，伊莲娜，好奇会让你受伤的。可是他的声音显然不能阻止她手臂的颤抖，她深吸一口气，翻开了下一页。

路塔算出了那个预测公式。

它能通过几个数据预测一个人的人生。但是，它也需要复杂的迭代。

路塔召集了所有的人和计算机，他们从 0 开始，一个一个地实验每个微妙的数据。

为此他们整整工作了二十个标准年。

在某个清晨，路塔终于遇到了那个最确切无误的数值，它和每一个子公式都契合得完美无缺。路塔兴奋极了，他以它为自变量，求出所有的函数值，想看看自己的人生到底如何……

——看不见公式？伊莲娜觉得奇怪极了，她又翻到前面几页，重新算了一遍。这一次由公式推导出的画面异常清晰，就连许多刚才模糊的细节都看清楚了，可是每个画面都被遮挡得严严实实的，伊莲娜找不到船长所说的那个路塔公式。还是接着算完吧，她想，她简直迫不及待地想知道路塔的结局了。

函数值显示出路塔的人生，他二十年后会失去妻子，孩子，孤身一人，最后疯掉。

啊，伊莲娜记得，他计算公式的起始，正好是二十年前。

在他迭代数据的二十年间，妻子离他而去，孩子因无人照顾染病死亡，身边的伙伴不再相信公式纷纷放弃，计算机升级换代。一切都被预测了，但是一切都没有了意义。

路塔在公式前大声地笑着，他真的疯了。

伊莲娜也愣住了，她不知道该怎么办，从头到尾，她都没有看见所谓的路塔公式。

但是这一刻，她非常，非常地想看那个公式。

不是因为想向船长邀功，也不是为了想去往宇宙，盖修说的没错，一切公式都是有生命的，她就是被那个公式的魅力吸引了。

她想要知道它，更要计算它——伊莲娜很清楚这意味着什么，她又要跟船长作对了。

……或许，还有思明。

九

过了很长时间，盖修和思明才回来，那时海边已经传来吵闹的声音，集市快要开始了，火箭季节也是。他们三人匆匆忙忙地组装好了剩下的故事烟花，然后又满头大汗地搬到了集市去，好在时间掐得不错，他们刚刚摆好摊位，火箭季节就开始了。

无数火箭拖着银色的彗尾降落到火箭基地。集市的街道上，星际旅者们的数量以肉眼可见的速度增加。他们像潮水一样涌进集市，购买各种各样的东西。站在摊位前的盖修几乎被奇形怪状的人包围起来，他不得不拿出平时少有的大嗓门，吆喝伊莲娜帮他切一些引线。

“刀子就在那里。”他大喊，“刚才思明用过的那把！”

他这么一说，伊莲娜才想起从摊位开张开始，就没见过思明的踪影。这让她有了种不好的预感，盖修的秘密，路塔的公式还有她伊莲娜的想法，思明了解多少，她一点也不知道。不过在工作繁忙的时刻，她强迫自己相信思明只是被滚滚的人潮隔到了一个角落里，而不是偷偷溜走去向船长通风报信。

刀的确很锋利，她刷刷地切着引线，组装，卖出去，直到筋疲力尽为止。

等她终于能喘口气时，伊莲娜才发现时间已经接近深夜了。还有一个小时，潮汐花就要开放。她抬头看看盖修，他独自一人站在那里，也是一副累得半死的样子，不过他还是强撑地对她露出个微笑。伊莲娜把刀收进衣服里，这时才终于敢提出自己的要求："我想去找……"

盖修还没来得及回答，伊莲娜的声音就被沉闷的水泡声打断。一个泰格利亚人站在空荡荡的摊位前，被水膜包裹的身体和眼睛都贪婪地看着最后一个故事烟花。他似乎想要杀价，伊莲娜一点跟他纠缠的心思都没有了："这个……送你了。"

"咦？"泰格利亚人的水膜吱吱作响，"真的？"

"真的。"伊莲娜满脸疲惫地看向盖修，"从我报酬里扣吧！"

后者点点头，伊莲娜转向她的顾客："就当我送您一个礼物吧！"

"啊！"泰格利亚人拿到故事烟花仍旧喋喋不休，"这份人情我以后再还你。"

伊莲娜没心情再理他，只是走到盖修的身边。她从来没有那么迫切地想要找到思明，她感到自己现在是那么疲劳、那么软弱，迫切地需要一个对象来倾诉并且帮她做决定。她需要和思明说说心里话，哪怕他以后会告诉船长都没关系，他是她现在唯一可以求助的人。

她轻轻张开嘴，盖修却挥挥手制止了她。他说："那我也给你一个礼物吧！”

他把手背到身后，两秒钟后，他不知从哪里取出了一朵潮汐花。它有拳头那么大，是火箭轨迹般的银色，最不可思议的是，它在盛开。

“呀！”就连伊莲娜也要发出惊叹，“潮汐花不是午夜才能开放吗？”

“我用了一些星际旅者的技术。能让它们提早一小时开，可惜的是，没法延长它们开放的时间。午夜过后，它还会凋谢的。”盖修的微笑里有种奇怪的味道，“不过我想足够了。”

他弯下腰把潮汐花插在她的鬓边。它细微的触须很快吸附在她的鬓角，看起来就像是漂亮的发卡。盖修接着说：“我觉得你应该有很多话要跟思明说。”

“嗯。”伊莲娜点点头，不知为什么她紧张得脸有些发热。

“你快去吧。”盖修拍拍伊莲娜的肩膀和腰，“他在山崖那里。”

“好的。”伊莲娜跑起来，“我很快就会回来。”

直到跑出很远，她才模模糊糊地意识到，盖修最后的动作，好像除了鼓励，还是在确认什么，对了，好像他想确认的是那把刀在不在她腰间的衣兜里。

这让伊莲娜感到非常奇怪。

十

山崖是伊莲娜熟悉的地方，就在昨天，她还从这里跳下捷径，要逃到火箭基地去。

“思明！”她低声喊，“思明你在这里吗？”

没有回答，但她很快看见了一束光。这束光跟她昨天在海里看见的很类似，明亮，澄澈，又带有各种色彩。伊莲娜不自觉地停下了脚步："潮汐花？"

"嗯，潮汐花，它们开起来很漂亮，不是吗？"

带着很突然的一句话，思明从山崖后的树丛里走出来。他手里捧着一大捧潮汐花，铜黄色、银白色、浅紫色还有天空蓝。除了在大海里，伊莲娜还从没见过那么齐的潮汐花。它们和伊莲娜戴着的那一朵互相辉映，仿佛在散发着光芒的信号。

"真的很漂亮呢！"伊莲娜由衷地发出一声赞叹。

"是……是给你的。"思明的语调轻快起来，"给你的。"他强调，然后几乎是把一束花硬塞到伊莲娜的怀里。伊莲娜不得不伸出双手抱着，这才没让一大束花掉下去。等她回过神来时，她才发觉气氛有些不对，空气里多了一丝甜蜜的味道，这显然不是潮汐花的花香。

伊莲娜觉得自己都变得有些迟钝起来了，她小声试探："这是……潮汐公式的谢礼吗？"

"不是。"思明回答得很快，"是……"

他半天也没说出那个"是"后面的内容来。潮汐花的光芒中伊莲娜看清他的脸，那种没有勇气的表情又证明了她的判断。几乎是瞬间，她把打算问的、打算说的事情全部忘记了，她只能盯着他，拼命拼命地想着该说些什么好。

终于她问出了一句话："你会跟我一起走吗？"

这句话连她自己都吓了一跳，更不用说思明，他的反应是："去哪儿？"

伊莲娜调整呼吸，尽量使自己声音不要发抖："和盖修一起，到宇宙去，我们可以做星际旅者，可以去找我妈妈……找卡兰，你不是最崇拜她的吗？我们可以……"

"可是伊莲娜，我想和你在村子里一起生活啊！"

伊莲娜觉得自己僵住了。刚才所有的热情、激动以及甜蜜全都变得冰冷下来。她知道思明没有错，她也很清楚这是他的肺腑之言。可她还真的是无法接受。思明也很快发现了自己的失误，他徒劳地弥补着："你可以跟卡兰一样，参加甄选，还有……"

"就算有甄选，一次只能去一个人。"伊莲娜冷冷地看着他，"你不会让我走的。"

思明的脸色在花朵的光芒下变得苍白，看来伊莲娜说中了，他的心事一览无遗——他确实崇拜卡兰，没错，可是要他离开村子成为一个星际旅者，那他也是不愿意的。

伊莲娜感到整个心脏疼痛起来，就像昨天的潮汐那样，很多事情都让伊莲娜很清楚自己的感情，是的，她喜欢他，她一直喜欢着思明的。她想把这样的心情述说出来，可是没有用，她发不出任何声音，最终她只能伸出双手，把捧在手里的大束花推回给思明……

思明开始还不明白发生了什么，他还在等着。漫长而无果的等待后，他的脸上终于流露出受伤的表情。他愤愤地瞪着她，眼神里又有哀伤的神情。

"怎么了？"他在努力维持语调的柔和，"你不喜欢？"

伊莲娜摇摇头："喜欢。很喜欢。"

"那……"思明几乎是瞬间明白了她的意思，"就算是这样，也留不住你吗？"

伊莲娜用最小的幅度点了点头："我……还想……要走的……离开这里。"

就在她说完这句话的同时，远远地传来了吹哨子般的呼啸声。在海底，潮汐花同时开放，天蓝、银白、暗红以及金色，整个海洋色彩斑斓。无数金黄色的潮汐鱼从花苞里孵化出来，跳上天空又跃入海里，光芒犹如流星。整个海洋色彩斑斓，星际旅者们边发出欢呼边冲向海中，无数烟花和故事烟花在空中炸开。全世界都是热闹和开心的，伊莲娜想，只有她和他所在的这个漆黑山崖，充满了别离和决裂的气息，让人感到分外悲伤。

十一

整齐划一的欢呼已经被乱成一团的喧闹取代，伊莲娜知道，午夜已经过去了。这个时候，潮汐花就会开始凋零，整个花瓣曲卷成一团，发出腐烂肉类的气息。伊莲娜很想赶快摘掉头上那朵，可是它的触须把她的皮肤吸得紧紧的，无论怎么用力她都弄不下来。

深受打击的思明已经跑回村子里去了，她没法像往常那样让他帮忙，她也不想一身臭味地回到集市里去。思来想去，伊莲娜决定在山崖附近的小路走走，等潮汐花完全凋零后才离开。

就在她满腹心事，随意地到处乱走时，她听见背后的草丛里传来粗重的脚步声。

“谁？”她努力恢复平日里的警惕。

“我啊！”和脚步声同样粗重的声音，“船长。”

不知是周围太暗，还是伊莲娜自己的心情忧郁，这时看到的船长没有了平时的威武和暴戾，他似乎只是个普通的中年人而已。他用低沉而带着酒气的声音问道：“今天怎么样？”

伊莲娜不得不装傻：“什么怎么样？”

“那个星际旅者啊！”船长说，“他没教你什么乱七八糟的公式吧？”

伊莲娜顿了顿：“没……就是按着文字做的烟花。”

“嗯，那你明天继续盯着。”出乎意料的是，船长并没有追问，而是在伊莲娜的对面坐了下来。他看了她很久，突然提出疑问："干吗你老是要跑呢？"

"我……我……"伊莲娜想起刚才，"我想去找我妈！"

"她有什么好找啊，那个不安分的货，该死的疯婆！"船长唾了一口，但是随即马上改变了态度，"啊，啊，不过也是啊，卡兰她……是你妈妈嘛。"

"不许你骂她！"伊莲娜义正词严地说道，"我是她女儿啊！"

"这口气……跟思明一模一样呢。"船长好像看着好笑的事物那样看着伊莲娜，"总之，你听好了，要是那个星际旅者给你提供什么路塔公式啊、预测未来的公式啊，你绝对不要碰，也不要跟他学，知道吗？——不只是这个，以后的都不可以！"

伊莲娜想问"为什么"，不过觉得问也没用，于是只默默地点了点头。

"现在你想逃出去，村子里的人还会当作是小孩子气，只是抓你回来而已。"船长一本正经地说，"要是你学会了公式，那就不一样了，我们不仅是抓，还要把你'咔嚓'杀掉的！"

这回伊莲娜终于忍不住了："为什么？"

"因为你能预测别人的人生，那也就能摧毁别人的人生了，这样难道不该杀吗？力量太大了。"船长抬起头，"喂，丫头，头上，头上。"

"头上怎么了？"

"那花快谢掉了，拿下来，难看死了。"船长说，"等等，看看，里面好像有什么东西。"

花瓣里有东西？伊莲娜觉得不对劲，之前盖修就做过解说，星际旅者的技术需要把花中未孵化的潮汐鱼取出来，现在潮汐花的花心中应该是空无一物。经船长这么一说，她也好奇起来。她取下花朵，从花瓣的下方取出一张揉成团的纸来。展开一看，是个从未见过的公式。

看到它的瞬间，伊莲娜就紧张起来，她不想让船长发现，只想尽快记下来后丢掉。

船长却没给她这个机会，他边“嘿嘿”地笑着：“什么好玩意儿？”边从她手里把那张纸抢了过来。不出伊莲娜的意料，他的眼神扫过公式，整个脸色就突然变了。

“我知道了。”他铁塔般的身躯笨重地站起来，“你被那个星际旅者收买了啊！”

“我没有！”伊莲娜想跑，但她发现自己的肩膀被按住了。船长稍微在手上用力，就把她拎了起来。他凶狠地盯着她：“你和你那个巫婆老妈一样，该死，都该死！”

伊莲娜想喊救命，可船长已经卡住了她的脖子，她没法出声。船长的手在用力，和他铁钳般的手比起来，伊莲娜觉得自己的脖子是那么纤细，跟他刚才说的那样，“咔嚓”一声就会被杀死。船长倒是很明白这点，所以他丝毫不理会她的挣扎，只是自顾自地嘀咕：“当年我也是这么干掉卡兰的。”

干掉？难道卡兰真的……已经死了吗？来不及思考这个问题了，呼吸变得困难起来，意识也变得模糊了，伊莲娜觉得自己就要死了。而在意识的最深处，一个数字渐渐地浮现出来——就和上次计算潮汐公式时一样。顾不上那么多了，几乎是本能般，伊莲娜把这个数字带入了纸条上写下的公式。瞬间无数的画面冲进她的脑子里。

她看见了自己在逃跑，看见了自己在死去，看见了盖修在感叹，也看见了思明在痛哭，无数未来同时展开在她脑子里，而她选择了其中唯一可以逃过死亡的那一个——

她用最后的意识摸索到腰间的衣兜，从那里抽出刀，又拼命按着脑海里画面的角度，向船长刺过去。她已经没什么力气，船长的身躯又如此巨大。可就像公式展现的那样，锋利的刀恰到好处贯穿了船长的心脏，他发出杀猪般的尖叫，手开始放松。

然后，他和伊莲娜同时倒在了地上。

血在地上晕开，船长的喉咙里发出难听的咕噜声，他呼出了在这世界上最后一口气……

十二

伊莲娜拖着沾了血的身子，从山崖走到海堤之上。此时那里是整个村庄最热闹的地方，星际旅者们追逐落入海中的潮汐鱼，据说这种小小的生物在宇宙间有极高的经济价值。时间宝贵，它们连抬头看一眼的时间都没有，更不要说注意一个正在走过的小女孩了。

这种忽视让伊莲娜更加胆战心惊。她双脚开始颤抖，她跑起来。夜色从四面八方涌过来，一点一点地渗入她的身体，啃噬着仅剩下的力气。终于跑到集市门口，她感到脚下一软，整个人向前倒去，几乎就要跪在地上。

好在，在她膝盖着地之前，一个人扶住了她。

“盖修。”伊莲娜艰难地叫出熟悉的名字，“我杀了人。”

“嗯。”他轻声回答，用双臂紧紧把她环住。恐惧在这时达到了极点，伊莲娜拉住他的衣角，浑身止不住的颤抖，就连说话的声音也带上了颤音：“快带我走……离开这里……”她开始哽咽，“再也没法在这里待了……我杀了人，还是船长……你不知道这有多可怕……”

“我知道。”盖修的声音不带一丝波澜，“我都知道。”

“那样……你……我……”

伊莲娜一时不知该说什么好，在这些不成句的语言碎片之间，她终于找到了门把手，拧开了意识的大门，理性夺门而出，暂时地压制住了恐惧。伊莲娜发现了一件事情，这件事情比杀人更让她害怕，她甚至清晰地感觉到顺着脊椎骨缓慢传播的凉意。

“盖修。”她努力控制自己的声音，不让它像刚才那样发颤。

“怎么了？”依旧平静地回答。

“那把刀，是你给我的。”伊莲娜咽下一口唾沫，“那朵潮汐花，也是你给我戴的。”

“是啊。”盖修眨眨眼睛。

“那张纸条！那张差点让我死掉的纸条！”伊莲娜喊起来，“也是你留的！是你留下来的对不对！整件事都是你做的——你让我杀了人！都是你！”

盖修松开环抱的双手，轻轻把伊莲娜推开，又把双手按在伊莲娜的肩膀上。几乎是本能地，伊莲娜全身都紧绷起来。她几乎是瞬间意识到，这个看似和蔼的星际旅者，背后有着不可告人的目的。伊莲娜感到自己受骗了，要知道，她曾经一直把他当师长来尊重。

“我会带你走。”盖修说，“不，应该说，必须带你走。”

“去哪儿？”伊莲娜隐隐觉得，他不会带她到她想去的地方。

“到空城去。”一向平静的盖修此刻眼里闪烁着狂热的光芒，“你听好，那是你这样的人，我这样的人应该去的地方，在那里所有的人都在演算路塔老师的公式，没有人敢伤害我们，甚至没有人能发现我们，那简直是个天堂！计算的天堂！”

伊莲娜盯了他一会儿，突然觉得心灰意冷，她低声说道：“我不想去。”

“空城是一颗在阴影背面的小行星。”盖修说道，“和你当初的目的地是一样的。”

可我想做的不是闷头计算的人。伊莲娜想，我想做的是星际旅者，和卡兰一样，走过许多地方，看过许多东西，这才是我的目的地。

失望的感觉像潮水那样袭来，伊莲娜想推开盖修，马上逃到一个谁也找不到她的地方去。但这几乎是个不可能的幻想，盖修的双手瘦削却有力，他始终紧紧抓着她的肩膀，不让她有行动的机会。深吸一口气，伊莲娜本能地想在脑海里浮现数字，她要计算公式，她要找出一个逃脱的方法，可她很快想起来，那个预测公式，就是眼前的盖修教给她的。

盖修显然也预料到了这一点，他的语气里多了一丝威胁的味道：“怎么，地图师，想跟我比比看吗？”他的语调猛地压低了，“预测公式的话，我比你熟悉多了。”

伊莲娜彻底地僵在了原地。她看着盖修，目光都有些呆滞。

“你已经别无选择。”盖修重复一遍，“别无选择了。”

伊莲娜这才发现自己错了，或许从海堤上见到她的那一刻开始，盖修就已经在等这一刻——她陷入了他巨大的陷阱，像蝴蝶被蜘蛛网黏住，动弹不得。

“走吧，我们收摊了。”盖修紧紧拉住她的手臂，“还能走吧？”

伊莲娜被他拖着，不可避免地像木偶那样迈开了僵硬的脚步。

现在她后悔了，思明说得没错，“好奇害死猫”。如果不是对卡兰的一时好奇，她就走不到这一步。现在的她，甚至宁愿被船长掐死，也不愿意被绑架到那个叫空城的地方去。

就这样被半拖半架着，她被盖修带上了一艘船。

十三

这艘船很大，有独立的铁栅栏围成的驾驶室，还有一个很深的船舱。

伊莲娜轻声打破沉默："要我来开船吗？"

盖修没有回应。从上船开始，他就没有说话。伊莲娜不得不又一次解释道："我看这艘船很眼熟，我能把它开走吧……应该。"

他还是没有回答她，只是站在甲板上，解缆，起锚。然后又转身进了驾驶室，升起船帆，转动船舵，让船驶出港口。一套动作熟练至极，甚至让伊莲娜忘记了自己的处境。她脱口而出："你挺厉害的啊！"

手握船舵的盖修这时才抬起头来，终于说出了上船后的第一句话。

他低声说："是卡兰教的。"

卡兰。母亲的名字让伊莲娜的心抖了一下。她的心跳又一次加速了，但她很清楚，现在是难得的确定机会，她必须鼓起勇气，接近真相。

她整整衣服，低声问盖修："我妈妈她……真的死了？"

他转动船舵的手有片刻的停顿，许久，他回答了一个字："是。"

像溺水的人抓住最后一根稻草，伊莲娜问了一句："真的吗？"

"真的。"盖修点头，"五年前，就在这艘船上。"

伊莲娜不知该怎么接下去了。她茫然地把眼神投向驾驶舱之外，那里不是潮汐鱼捕猎区，海面漆黑一片，空无一物，脑海里隐约浮现出女人可怜的求救和歇斯底里的尖叫。她觉得喉咙好像被什么扼住了，可她必须说话，必须说些什么。

"跟我……跟我说说她的事情好吗？"她的话听起来更像是哀求，"没事，我可以听的……"

“我不想说。”盖修连头都不回，“该死……”

这是伊莲娜第一次从盖修嘴里听见这样情感强烈的词汇，一时竟不知道该怎么接下去。她只能垂手站在他的身边，默默地不说话。她觉得提到母亲时，盖修就和思明一样，完全变了一个人。难道盖修也崇拜过卡兰吗？她的母亲，那个永远坚强、快乐的星际旅者。

“拿着这个。”盖修突然说，“卡兰留给你的。”

伊莲娜回过神来，看见他不知从何处拿出一个密封得严严实实的木质箱子，递到她面前来。箱子上有个张牙舞爪的潦草签名，正是卡兰的笔迹。

“你有她的东西！”伊莲娜简直要跳起来抗议，“你为什么不早点给我！”

“你没给我机会。”盖修说，“你一直不相信她死了……别打开，等到了那边你再慢慢看吧。现在……现在我们还是……来聊点别的吧！”

“别的？”伊莲娜抬头，“指什么？”

“空城。还有路塔老师的预测公式，懂得公式的人，或者……他们的敌人。”

“嗯，你说吧，我听着。”伊莲娜把盒子紧紧抱在怀里，她向四周张望了一下。

此刻，眼熟的感觉已经完全变成了确定，她发现自己到底身处何处了。这是船长的船，在童年还不能出海的时候，这里曾是她和思明的秘密游乐场。她熟悉它，知道它每一处的秘密，包括船舱底的机关，一块可以开合的木板。

她在心里默默地策划怎么做，把盖修骗到海中央，然后借口下去打开木板，这样水会进到船舱里，让船沉没。她就可以借机跳到海里，像过去那样，一口气溜到火箭基地去。

不过，盖修是否已经经过计算，是否已经知道了她的计划呢？

伊莲娜不知道。她看向盖修，他对她投来意味深长的一瞟。

这眼神是饶有深意的警告，还是她自己多想了？

不管怎么样，盖修平静地开始了他的讲述。

十四

“随便是谁，看了我写的故事烟花后，都会觉得路塔的预测公式是没有用的，是吧？”

“嗯。”伊莲娜老老实实地回答，“我也这么认为……曾经。”

“可就像有些人对音乐艺术有天赋一样，有些人对迭代也是有天赋的。别的人，甚至计算机，要迭代无数数字才能接近正确结果，可有天赋的人只要看一眼，就会凭直觉知道正确的数字。”盖修说，“这种人搭配路塔老师的公式，才真正地有了预测未来的能力。”

“我……”伊莲娜疑惑地问，“我是这种人吗？”

“你说呢？”盖修反问，“潮汐公式是迭代的基础，所有画地图的公式里，只有它与时间有关。然后别忘了，在计算剧本的时候，我根本没有给你初始数字，还有……”

“我绝对是。”伊莲娜想，“一个出色的预言家，船长厌恶的对象。”

不，或许就像她以前想过那样，还不只是船长。

“他们也会杀了我吗？”伊莲娜轻声打断盖修，“我是说，其他人，村里的其他人。”

“……会的。”盖修回答，“从路塔老师的时代开始，这个村子，这个星球，就集体杀害过无数知道公式的人，和你们村的船长一样，他们把封锁知识和猎杀我们当作一种信仰。”

“信仰？”伊莲娜问道，“那为什么我从来不知道？”

“有人对你隐瞒了这一切。”盖修的眼神又飘向远方，“虽然初衷未必是为了保护你。”

“有人？那又是谁？”伊莲娜有些生气，“你总是这样，说话只说一半……”

“这回我可不是故意的。”盖修举起双手，以示清白，不过在他终于出现的微笑里掩饰不住悲伤，“时间不够，你往后看，他们来了。”

伊莲娜从驾驶舱里回头看过去，映入她眼中的是灯火通明的港口。不，那些不是灯，而是火，一丛一丛熊熊燃烧的火焰。几秒钟后，她听见了号角声。刚才还是一个大火堆的港口迸溅出无数明亮的火星，那是全村的船。它们几乎是同时从港口驶出，像是事先约好那样，它们摆出了整齐的阵形。张满的帆和拼命转动的划桨器给了他们飞快的速度。不一会儿，伊莲娜已经可以看清先遣的小船，每一艘的船头，都站了一个人。

他们手持火把，高喊狂热的口号。

“不！”伊莲娜尖叫，“他们打算烧死我们！你快开，你快开啊！”

“没有用的。”盖修的声音冷漠而平静。

“什么意思！”伊莲娜大喊，“你难道打算在这里等死？”

她顾不上那么多，由甲板冲进驾驶舱。她用力推开站在前面的盖修，用自己最大的力气转动船舵和旁边的划桨器。盖修并没有阻止，可就像他说的那样，她很快发现了前往火箭基地并不是最好的途径。因为在浓密的夜色中，一对船队幽灵般地出现，挡在了他们的前方。

而为首的一艘，正是伊莲娜最熟悉的，思明的紫色小舢板。

她一时不知道该怎么办了，她的手松开了船舵，船漫无目的地漂浮起来。两边的船队显然不愿意放弃这样好的机会，就像有人一声令下那样，前后船头的船员同时掷出了火把。它们落到船顶，落到甲板上，小船的木制部分发出噼里啪啦的声音。

伊莲娜感到慌张，而更让她痛苦的是——

有那么一瞬间，思明看见了驾驶室里的她，可他和其他人一样，还是掷出了火把。

而就在两个小时前，他交给她的，还是一大束美丽的潮汐花。

十五

火势，在迅速地蔓延。

过去是用来保护驾驶舱的铁制栅栏，现在却成了火焰的帮凶。它们在熊熊燃烧的大火中发红、扭曲。伊莲娜有好几次想闯出去，最后都被滚烫的钢铁逼了回来。火星开始乱跳，她不得不狼狈地保护自己的长发和手中的盒子，她已经扑灭了几处衣服上的小火焰了，她觉得，再这样下去，自己很快会被烧成一具焦黑的枯木。

“盖修。”她发出绝望的求救，“想想办法。”

可后者却站在驾驶室的一角，脸色凝重，像是没有感觉那样动也不动。他的衣服也有几处被烧着了，灼热的火焰和浓烟围着他，可他依旧好像是在不紧不慢地思考什么。

“我不想死啊。”伊莲娜觉得自己的尖叫里带上了哭腔，“我还没到宇宙去，还没看到卡兰邮件里那些东西，我……我……”

“呼——”盖修长长地舒了一口气，他脸上淡漠的笑容被火光映亮了。他的语调轻松得有些不可思议，看得出来，他似乎做出了一个决定，“不想死，那就不要死啊。”

“你有办法了！”伊莲娜高兴地喊起来。

“不能说有办法。”盖修耸耸肩，“但是我计算出未来的画面了。”

“这样啊……”伊莲娜眼神有片刻的黯淡，“那我们该怎么做？”

“你自己应该很清楚吧！”盖修说，“下到船舱里，打开底下那块活动的木板，然后，扑通，跳到水里去——刚才你不是这么计划的吗？没错，你一个人就能完美地逃掉的。”

“等一下。”伊莲娜敏感地意识到了，“你刚才说，一个人？”

“对，一个人。”盖修说，“我计算过我们一起跳下水逃命的未来，那会引起他们的注意，然后派人下水，把我们两个一起抓住。当然咯，被抓住之后免不了一场麻烦的审判，最后我们还是会被烧死，不过是在腐烂的潮汐花堆上——并不比现在好多少。”

在盖修故作轻松的语调里，伊莲娜的直觉复苏了，她的脑海中浮现出数字，这个数字飞快地被带入公式转成画面。她知道盖修要做什么，他会让她逃跑，自己驾驶着火的小船吸引所有村民的注意。他会被烧死，然后尸体变成焦黑的颜色。在明天正午，所有火箭离开星球的时候，孤独地漂流到海岸之上，或者，永远消失。

伊莲娜慌了，这是她又一次逼近死亡。她开始想象其他的数字，她想着有没有能让盖修活下来的办法，但是意识却变得空白又茫然。她还不知道这是未来不可能存在的象征，只是拼命地想着，想着……

盖修看着她，伸手拍去她肩膀上的一道火星：“不要白费力气了。”

“可是……”伊莲娜眼泪都快流出来了，“可是我害了你！”

“不要这么说，这也是我很早之前就计算出的结果。”盖修蹲下来，平视她的眼睛，“那些人总说，掌握公式的我们会摧毁他们的人生。呵呵，其实，我们经常摧毁的是自己的人生。”

他的眼睛是那么平静，平静得不像一个要面对死亡的人的眼神。

伊莲娜突然明白了些什么，这才是盖修剧本的结局，他或许从来就没想过要把她绑架到什么空城去，刚才的威胁引诱只是其中的一步。他的故事更宏大也更漫长，他早就决定了用生命换取她的生存。

至于他为什么会这样做，伊莲娜隐隐已经猜到了……他的年龄，他对卡兰的感情，他对她非同一般的照顾，还有现在……她突然很想问他，是不是他就是她的父亲……

可话还没出口，伊莲娜就觉得脚下空了。她猛地向船舱底部坠落下去。

“是不是那都不重要。”隔着木板，她仿佛听见他的回答，“只要是我遇到你，那就够了。”

海水涌上来，那是温柔包裹的味道。伊莲娜紧紧抱着盒子，用直觉辨认着安全的方向。她知道自己应该往哪儿去，往捷径地带，那边几乎没有人愿意去，那里有可以藏身的海洞……她拼命向那边游着，游着，一口气游过船骨，游到海洞的边缘。

她上了岸，看向刚才小船所在的方向。

在那里，她看见了无数村民们的小船，它们整齐地围成一个圈，却没有人敢向圆心的部分靠近一点。因为在那里，是船长的船，它像一个巨大的火球，在水面剧烈地燃烧着。灰烬四处飞扬，烟雾冲上天空，它一边燃烧，一边缓慢地向水中沉下去。

伊莲娜捂住了嘴，她努力不让自己出声喊盖修，只是让眼泪默默地流下来，流下来……

十六

船。盖修。离开的可能。留下来的机会。

这些东西，伊莲娜都一件一件地失去了。

而此刻，她躲在捷径边潮湿闷热的海洞的时间，她所能依靠的最后一样东西也在渐渐失去。那是凭直觉想象出数字的能力。整个惊慌而无助的夜晚，她拼命地想找到一个合适的数字，找到一个可以顺利逃脱的未来画面，可她失败了，除了一些不成段的零碎画面一闪而过，她什么也看不见，什么也想不出来。

伊莲娜不清楚具体的原因，但她记得思明说过，有些人在遇到很大的危险后，会暂时失去记忆——人的大脑有保护功能，会自动关闭某种会带来刺激的能力。当时思明是这么耐心地解说的，那时她和他还很亲密，他对她的无知和冒犯还会非常宽容。

可现在不一样了，完全不一样了。

伊莲娜从海洞中探出头去，她看见一溜船队守在去往火箭基地的必经之路上。星际旅者们的船只从它们旁边驶过，都要被拦截下来，做严格的检查。紫色的小舢板安静地待在乱糟糟的船只们之间，像个冷静而安定的领导者，绝对不会被海潮迷惑。

恒星在升起，清晨已经来临。而在几个小时后的正午时分，短暂的火箭季节就要结束，所有的火箭都会离开。伊莲娜知道，如果自己不能在这个时间之前赶到那里，那么等待她的依旧是死亡的命运。可她现在没有办法，真的是没有办法。

她现在唯一拥有的，就是一个破旧的木箱子。她原以为里面会和盖修说的一样，装着有卡兰录下自己身影的故事烟花。可她打开箱子时，却发现里面空无一物，除了一支铅笔，就是胡乱涂抹了几个符号的几十张白纸，外加一个完全是空白的金属邮件。

这些东西伊莲娜家里就有，只不过没有集中放在一个盒子里就是了。

她恼恨地把盒子丢在地上，白纸散了一地，什么也解决不了。

伊莲娜现在有些恨卡兰了，她欺骗了她，从开始离去的那一天，直到现在。不过她更恨自己，盖修牺牲了，她竟然想不出一个可以解决的办法。

“我该怎么办？”伊莲娜用双手抱住自己的身子，闭上眼睛，“神啊……”

她从没有信仰，这时候也不奢望哪里有个超自然的存在给她奇迹。她已经绝望了。

然而就在这时，她的确听到了一个轻微的，却异常熟悉的声音。

那是被她忽略的盟友，它一直都在，只是这几天她把它忘记了。

十七

“朗格。”伊莲娜轻声唤起来，“朗格！”

通人性的昆格鸟似乎瞬间理解了主人糟糕的处境，它停止鸣叫，收拢翅膀，无声无息地飞入海洞之中。伊莲娜伸出双手，想让它在手掌上停下。可这一次它没有服从，相反，它向前飞着，一直飞到卡兰留下的盒子和白纸前。

它降落下来，用细长的鸟喙啄着白纸，像是很熟悉它们。

“……那是妈妈的东西。”伊莲娜自顾自地对朗格说，“怎么？你还记得你的老主人吗？”

朗格用它的行动给出了回答。它叼起一张白纸，铺在地上。又叼起一张白纸，铺在前一张旁边。开始伊莲娜还以为，这只送信的昆格鸟在这几天里学会了什么好玩的戏法，可她很快明白，事情并不是这样——

白纸是按照某种顺序排起来的。每张纸上仅有的几个符号，按照顺序读下来，就是一个来不及写完的过程。它以路塔的预测公式为开始，一路推导，直到得出一个崭新的公式。

公式，又是公式。伊莲娜觉得浑身的血都冰冷下来，以她现在的水平，补完卡兰的推导过程并不难。可是因为曾经的路塔预测公式，她杀了船长，又害死了盖修，她不知道眼前这个新的公式会带给她什么，是救赎，还是另一次罪孽深重的灾难？

朗格拼好了所有的白纸，它飞起来，用翅膀催促伊莲娜赶快计算。

伊莲娜握紧了双手，她愣愣地看着满地的白纸，终于说出一句话：“我试试吧，谁叫我是卡兰的……”她停下来，她突然意识到这句话已经无法适用了。卡兰的女儿、盖修的学生、思明的好朋友、船长的死敌……这些身份就算都存在，不再是一件值得夸耀的东西了，她现在还值得骄傲的是另一个身份，她应该承认它，更应该随时把它说出来。

她伸出手，昆格鸟乖巧地停在她的掌心。她把头埋在它温暖的羽毛里，轻声低语。

“我会算的，好好算，我不会再犹豫的，我会向前走——因为我是星际旅者伊莲娜啊！”

她放开鸟儿，从盒子里取出铅笔。漫长的时间已经让铅笔变得粗钝。伊莲娜掏出刀子，把它削尖，然后一张一张地飞快地算起来。因为已经有了卡兰的引导，大约半个小时过去后，一个公式就出现在纸张的末尾。

那是个和路塔预测公式截然不同的公式，有着另外一种完整的美感。这是卡兰推导出来的，伊莲娜想，或许已经可以叫它卡兰公式了吧。这么想着的时候，她方才已经迟钝的脑海里浮现出了一个数字，她还是犹豫了一下，不过她最终还是把它带进了新公式中。

她看见了一个熟悉的身影，那不是别人，正是五年前，还是年幼的她自己。

伊莲娜被吓了一跳，马上停止了画面的想象。此刻她的呼吸因为激动而变得粗重起来，这就是卡兰公式的秘密——从现在推导过去的景象。伊莲娜瞬间明白了卡兰的良苦用心，她肯定已经在久远的过去埋下了解决问题的种子，现在只有她伊莲娜去找，去看，那样就够了。

闭上眼睛，她让过去的潮水涌上来，将她淹没。

她看到了那个关键，现在就掌握在她手里。

她想笑，轻声地笑，可惜现实并没有给她足够的时间。她听见海洞之外有喧哗的声响，她抬起头，看见紫色小舢板悄无声息地向这边驶到了海洞洞口。那是思明，唯有他，才知道可以追着朗格而来。

十八

伊莲娜花了一些时间准备。她把卡兰的盒子收好，藏在海洞的最深处。她整理好衣服，顺便还梳理了一下被火烧得有些曲卷的长发。她觉得现在不必着急，思明肯定巴不得把时间拖到火箭季节结束后。而她可不同，她必须速战速决，这是她一个人的战斗。

整理好一切，她准备走出洞口，在离开之前她做了最后一件事情——把刀子丢掉。伊莲娜清楚这个举动的含义，思明是个好渔民，他的紫色舢板上从来不会缺少尖锐的东西。曾经他在她面前总是小心翼翼地把那些东西藏好，可现在不一样，他很可能随时会失去理智。伊莲娜这么做，等于把自己完全暴露在危险之下。

可她知道自己必须这么做，她不想伤害思明，无论如何也不想。

她终于走出洞口时，思明已经垂着头坐在甲板上了。她的脚步声惊动了他，他抬起头看她一眼，然后缓缓地伸出手，像曾经每一次邀请她上船时一样。不过伊莲娜知道，他的眼神里满是冰冷和恐惧的味道，他们之间已经有了巨大的隔阂，他们回不去了。

她把自己苍白的手递到他手里，既然无法逃避，她得首先听他的审判。她的手因为刚才的激动有些发热，这更显得思明的手很凉。伊莲娜轻捷地跳上船，她对上他的眼睛。

“说吧。你打算怎么对我。”她发觉他的小改变，“……新的船长。”

“我不知道。”思明的声音透着迷茫，“你真的像他们说的那样，变成了一个巫婆？”

“我没有，变得是你。”伊莲娜低声说，“不，变得是我们，我们……我们……再也……”

“总有办法的，总会有办法的，伊莲娜！”

喊着她的名字，思明突然伸出手。伊莲娜以为他要像船长那样掐住她的脖子，她飞快地后退一步，她的脚撞到甲板边缘，很疼。她回过神来注视思明，发现他的手悬在空中，不过不是在她脖子的高度，而是在她的肩膀。或许他还想像以前那样，轻拍她的肩膀，告诉她一切都会过去，一切都没事的。当然，也有可能他并不这样想。

“你看。”伊莲娜苦笑，“我们真的回不去了。”

“不要这样说！”思明摇手，“我说有办法就会有办法的！”

“可是……”伊莲娜还想说些什么，却被思明粗暴地打断了。他和她隔着差不多三步的距离，他对着她怒吼：“你以为我不知道村里那杀人的信仰吗？”

“你……”伊莲娜反问，“你什么时候说过你知道？”

“我知道，我一直都知道，虽然我父亲从来没有跟我说过，但我跟你不同，我和村里其他人还有联系，我早就知道了。”他的声音低下去，“但我和你玩在一起时，一直装作不知道，你以为是为了什么？”

“为了……什么？”伊莲娜只能呆呆地重复他的话。

“从小你就那么好奇，什么都要懂，什么都要知道。”思明的嗓音变得沙哑起来，“我怕我说了，反而勾起你去探究的心，我是为了……保护你啊！”

他吼完这句话，周围的一切仿佛都安静下来。没有风声，没有海浪的声音。远处的船队不存在了，朗格鸟整理羽毛的呼呼声也不存在了。伊莲娜觉得，世界好像只剩下两个人了。她向前一步，默默地伸出手，去抚摸他的脸颊。让她感到庆幸的是，他没有躲开。

“对不起……对不起。”她低声反复说，她觉得语调里的温柔已经不是自己能控制的了，“我不知道你喜欢我……喜欢成这样。”

思明又低声说了些什么，伊莲娜没听清，但她知道里面的含义。

恒星光变得白热起来，正午即将来临，远处的海洋却依旧宁静，静得能听见火箭准备升空的嘶嘶声音。短暂的季节快要结束了，伊莲娜想，另外某些短暂的东西也是。

就像她预料的那样，思明抬起头，用力抓住了她纤细的手腕。

十九

“你不能走。”他说，“你要留下来。我会用船长的身份说服他们，不处死你，改成监禁。你知道的，像盖修那样的人十几年都不会来一个。等到时间足够长时，两年，三年，人们就会忘了你知道公式的事情，你就可以出来，跟以前那样生活……”

“很抱歉，思明。”伊莲娜用力往回抽自己的手，“我还是打算离开，到火箭基地去。”

“那是去送死！”思明喊，“看到那边的船队了吗？都是我们村里的人，对你这样知道公式的人，他们恨不得把你碎尸万段！他们和我不一样……”

“有什么不一样呢？”伊莲娜冷笑地看着他，“你也是不让我离开啊！”

“够了！伊莲娜！我不想再说那么多！”思明在手上又加了一把力道，伊莲娜感觉自己的手都被掐出红印子来了，“这次不会再帮你胡来了，就算用武力，也要把你押回去！”

“所以我说，”伊莲娜仍旧用力把手往回抽，“你和他们有什么不一样呢？”

“别再这样了！”思明大喊，“快放弃吧，真动手你打不过我的。”

伊莲娜沉默了，她好像终于放弃了努力。可事实并非如此，在思明打算返航时，她盯着他的眼睛，极其突然地说了一句：“那……卡兰的事，你知道了吗？”

“卡兰？这种时候……”思明被她问得发愣，“她永远是我心目中最好的星际旅者！”

“思明。”伊莲娜觉得自己此刻语调中的平静能和盖修媲美了，“虽然……虽然我杀了船长，可我还是认为，他对你来说，是个很好的父亲……他对你隐瞒了很多事，都是不想让你受到伤害，你一定要原谅他……也原谅我！”

“不要想说服我！”思明低声命令，“走，到船舵那边去！”

伊莲娜当然没有按他说的去做。她吹了声口哨，肩膀上还在悠闲整理羽毛的昆格鸟像是听到号令那样，突然飞起到天空。这一刻它的长喙才从羽毛里伸出来，里面衔着的是一枚亮光闪闪的金属邮件。它绕着船飞了一遍，飞到捷径上空。突然收拢翅膀，猛地扎进水里。

“就在那里。”伊莲娜对发愣的思明解释，“我是说那个奇怪的球体。”

就在他们说话的时间，朗格飞回来了。它重新站回伊莲娜的肩膀上，抖抖身上的水。它把鸟喙转向思明，好像示意男孩来看它嘴里的新金属邮件。思明只是瞟了一眼，脸色就变了。

“卡兰的签名？”他很疑惑，“什么时候的。”

“现在的。”伊莲娜说，“此时。此地。你可以放出来看一看。”

思明满脸疑惑，他依旧抓着伊莲娜，用另一只手取出邮件，单手打开了开关。

“啪嚓”一声，卡兰的影像出现在天空里。她的表情失去了往日的欢快，她头发蓬乱，眼睛发红。她仍旧站在一片蓝绿色的背景中，看起来确实像个疯狂的巫婆。她轻声说道：“亲爱的女儿，伊莲娜，我收到了空的邮件，看来这么说，你需要真相的时刻到了。”

她闭上眼睛，哀伤地摇摇头。

“我并不是一个星际旅者。和现在的你一样，我一生都没有走出过村子。邮件里写的东西也一样，我也从来就没有亲眼见到过。你们看见我所在的背景都是蓝绿色的，很遗憾，那并不是宇宙，而是你们熟悉的海洋深处。”

二十

远处传来巨大的爆炸声，有火箭开始升空了。

卡兰的讲述还在继续——

“很多事情，我想你已经从推导的公式中知道了，可我，还是要说。”

“从接触路塔老师公式的第一天起，我就狂热地爱上了它。我的理念和盖修一开始就不一样，他只想回到空城，去过只计算公式的生活，而我，愿意为公式而死。用我的血，用我的生命，像路塔老师那样，把公式传播出去。所以我留了下来，在村子里流传公式，直到，直到……直到船长带着村民将我杀死！”

“但我了解他，他会向孩子们隐瞒我死亡的真相。”

“当然，这一切我早就在计算公式时就看到了。我也顺着他说的，把自己伪装成一个星际旅者——是的，我用了路塔老师的预测公式，计算出一个我成为星际旅者未来的所有数据。这个球体机器是我从一个星际旅者那里买的，它能把公式换成电信号，再转刻成邮件。这个过程会产生大量的臭氧，所以我想，你发现它时肯定已经开满了潮汐花，会很好看吧。”

“朗格是我训练的，它‘知道’这一切。它会定时从球体这里取出邮件，把她带给你，就好像我真的在星际远行一样。我还试着教它在危机时刻引导你发现公式，开始我并不抱任何希望，不过好在我很幸运，朗格它的确是只最聪明的昆格鸟。”

“这一切，船长不知道，盖修也不知道。甚至我自己也不敢相信，要知道，我从来不后悔做一个殉道者，可我为什么还要固执地在你面前保持一个乐观、冷静的形象呢？大概，应该这么解释吧……”她停顿下来，眼睛里有温柔的泪光闪烁，“对路塔老师来说，我是个异常忠实的追随者。可对你来说，伊莲娜，我亲爱的女儿，我从来就不是个合格的母亲，我不知道现在这样说你还会不会相信，但我还是要说……”

“除了学会公式，我人生最大的幸运就是生下了你。”

“我爱你，伊莲娜。”

“你真是个疯子，卡兰。”伊莲娜在心中低声回答，“不过我也爱你……谢谢你，妈妈。”

她边这么想着，边悄无声息地走到思明背后。

二十一

“这……这个说疯话的女人是……卡兰？她……她被杀了？”对着影像消失的方向，思明发出一连串没有回答的疑问，“那些不是真的？我一直梦想的宇宙不是这个样子的？为什么没人告诉我？为什么我从来就不知道？”

或许这一刻，他的恐惧和不堪比其他的任何感情都强烈。他的手在颤抖，连带握着伊莲娜的力道都小了许多。伊莲娜就在这时轻巧地抽出自己的手腕，走到思明背后，伸出手，在他背上用力一推——

“哗啦”一声巨响，思明从甲板边缘摔下了海面，溅起巨大的水花。

要在平时，她肯定推不动他。现在，面对迷惑至极的思明，她却可以轻而易举地得手。

伊莲娜不敢停止，她飞快地奔到紫色舢板船舵的位置，飞快地转动起划桨器来。

而船帆，原本就是张满的。这两项给予了小舢板极大的动力，伊莲娜的驾船技术并不好，小舢板划出了扭曲的线。好在它开始飞快地加速，不一会儿就离开了捷径地带，在海面之上，向着火箭基地飞驰而去。在那里，许多火箭已经升空，时间就要来不及了。

村民们看见是紫色的小船，以为是思明回来，也没用多加注意。伊莲娜就趁这时加了最后的一把速度，它冲破了船队的障碍，它的速度是那么快，周围的一切都变成了一晃而过的残影。伊莲娜艰难地握着船舵，操纵它继续向前。

终于，几分钟后，伊莲娜可以看见火箭基地的礁石了。

一架火箭正准备升空，它的尾部发出剧烈的火光和浓烟。伊莲娜的眼睛被晃了一下，手不由自主地松开了船舵。当烟雾散去，伊莲娜重新看清周围的一切时，她发现事情糟糕了。

小船偏离了火箭基地的港口方向，正向厚重的大礁石那里撞过去。

此时小船的速度实在太快，没法改变方向。伊莲娜闭上眼睛，她知道自己完了。她松开船舵，等待着最后的冲击。她很快听到了一声巨响，一股从未有过的强大力量把她掀上了半空中，她听见朗格在“哇哇”乱叫，她知道自己的脑袋马上要撞到那坚硬的岩石上。

最后一步，还是失败了，她沮丧地想，只能听天由命了。

可那坚硬的撞击最终还是没有到来，伊莲娜觉得，自己好像碰到了什么滑溜溜软绵绵的东西，并且被它包裹起来，然后来了一个柔和的软着陆。

“是……谁？”伊莲娜艰难地睁开眼睛，她看见了那个泰格利亚人。他满身的水膜接住了她，在满是气泡的水层里，他在对她微笑：“看来多等半小时是对的。”

他把她放下来：“我在检查时听见他们说你的事了。”

“是吗？”伊莲娜的眼神又一次黯淡下来，“那么您……”

“我可以带你到宇宙去，用我的火箭。”泰格利亚人的水泡在恒星光下闪闪发光，“我答应要还你一个礼物的，能有这个机会，我实在荣幸之至。”

他用水膜的手牵着伊莲娜，把她带到了自己的火箭上。

二十二

火箭的舷窗是黑色的，它很好地隔绝了灿烂的恒星光。透过它，伊莲娜能清晰地看见外面一整个的天空。她仰起头，在黑色的背景中看见了一束光划破天空。那是她曾无数次仰望的，火箭尾部拖着的银白光芒。像曾经逃亡过程中一样，像曾经在山崖上看见的那样，那束光深深地吸引着她，她知道，另一个世界很快就要在她眼前打开，她要成为一个星际旅者了，摆脱村庄古板而陈腐的约束，也摆脱父母关于公式的宿命，她要去过她真正的人生了。

好奇，并不一定害死猫，也有她这样成功逃脱的。思明还是错了。

想到这个名字，伊莲娜感到心里重重地响了一下。她努力想忘记他，她不想此刻高兴的笑容被任何事情打扰。她看着天空，拼命地张开嘴笑，可最后，她还是不可抑止地，落下眼泪来。她不再看天空，转而俯视下方，她曾经生活长大的地方——昆格鸟，潮汐花，潮汐鱼还有火箭季节，她的父母，她的敌人还有她的伙伴，不，应该说是恋人，都要远去了。

笑容消失了，离别的伤感变成不可抑止的疼痛，她终于哭出了声。

那个泰格利亚人走到她身边，轻抚她的肩膀，小声安慰她："没事，没事的，第一次进行星际旅行的人都是这样，哭吧，哭吧，哭出来，就没事了。"

伊莲娜点头，她不知自己哭了多久。当大哭终于变成啜泣时，她抬起头，发现泰格利亚人还站在那里，手里拿着一个小小的东西。他对着她露出宽容的微笑："我在船的废墟里捡到的，或许它的主人曾经打算给你……"

伊莲娜接过来，她突然明白了做烟花时思明为什么要跟盖修借一把锋利的刀子。他一直在默默地准备这件礼物，可她的一再拒绝让他无法拿出手。幸运的是，它最终还是被送到了伊莲娜这里。她把它按在胸口，又一次让眼泪掉落——

那是一朵木刻的潮汐花。

美丽，淡淡的紫色，是思明小船的颜色。

它将陪伴伊莲娜，永不会凋零。

邮差

SHE·廖舒波

所有的人沉默了，不知是为女孩，还是为鲸，或是为星球的毁灭，或是为——孤独。邮差们永远无法逃避，每时每刻弥漫无处不在的孤独。

他给自己起了一个名字叫鲸。它的宇航船也一样。

说实话，他并不明白这个字的含义，他只知道那是远古海洋中一种骨骼巨大的怪兽。他的生活太枯燥，起个与众不同的名字能冲淡反复交错日子的沉闷感——大概。

鲸是一个邮差，星际邮差。

无线电信号能穿越没有空气的空间，光信号能穿越遥远得仿佛无法计算的距离，但它们只能传递冷冰冰的信息，物品、温度和气味，这些东西对人类来说更为重要。如果无法传递，那实在是太让人遗憾的一件事。

于是鲸这样的星际邮差应运而生。

在其他人看来，这项工作实在是非常轻松。如果你愿意，你可以一直待在冷藏室里，和那些邮件一起，一觉睡到终点。你也可以一封一封地用透视器阅读那些邮件解闷——虽然这样是否侵犯隐私权的问题在星际法庭上讨论了许多年，但最终还是获得了许可——毕竟不是每个邮差都喜欢睡觉。反正终点站里总备有洗去记忆的药丸，邮差们当着收件人的面吞下去，就和什么事情也没发生过一样，皆大欢喜。

——以上两种消磨时间的方法，鲸都不喜欢。

他在每次航行中会做的，是在茫茫宇宙中收集信息。

鲸的宇航船上装有额外的天线和信号接收器，它们敏感得很，哪怕那个信息只是一艘擦肩而过的旅行船发来的短小广告，也不会被他错过。

因此，鲸的航行记录仪里总装着比别人更多的东西。虽然大多数信息是不知从何处传来、号称要售卖星球的奇怪代码，或是杂乱无章的雪花纹，甚至是有如恐怖片般被拉高的尖叫，但鲸还是喜欢着它们。他把这些散落的信号看作孤独游弋在宇宙中的生物，看似他在寻找它们，其实它们也在寻找着他。

因为有了这个意外的爱好，鲸的工作充满了乐趣。他凭着想象在飞船外壁画上了他认为的鲸的样子，那只大怪兽带着慵懒而满足的表情，正大口吞噬一道黄色的闪电。

这种快乐也显露在操作上，在其他邮差还在懒洋洋地拖延着不想起飞时，鲸早已展开滑翔翼，从港口飞快地冲向宇宙。黑暗的虚空中，满满地响着他有点走调的欢乐之歌。

毫无疑问，鲸是那个时代，最快乐的一位星际邮差。

如果不是后来发生那件事的话。

那个改变他一生的信号出现在一个下午，那时鲸忙于整理他的收藏，整个人疲倦不堪。

他伸了个懒腰，揉揉酸涩的眼睛，准备关闭接收器去休息。

突然，一个信号突兀地闯了进来！

带着红色的警示色和呜呜的警报声，像是逼问一般，接收器上跳出一行字——

“确定接收？ Yes Or No？”

显然，这是蓄意发出的信号，甚至可能是求救信息。

鲸不敢怠慢，赶紧打起精神，点击了接收。

暗红色的画面抖动了一下，接着出现了一副他不太熟悉的景象——在一座“房子”（而不是他熟悉的“太阳能居所”）之前，一个扎着羊角辫，带着可爱笑容的蓝裙子女孩站在那里，满脸笑容地对他挥手，她大声喊道——

“嗨，亲爱的邮差先生，有没有一封给我的信？”

她念出一连串地址：“我们住在玫瑰星城475号901房，我叫蓝鲸。”

看着她，鲸的不熟悉完全变成了惊讶。

他当邮差的时间不短了，还从未遇过，有人直接发送信息给邮差。

这让他感到一种从未有过的开心，茫茫宇宙之中，终于有人看见了他的存在。

接下来他冲进后船舱，把所有的邮件封面看了一遍，又用透视器将所有的邮件内容检索了一遍，最后还细细地看了一遍，可不要说什么玫瑰星城了，就连信号发出地的信件都没有。

他满脸沮丧地坐到了接收器前，思虑许久，他拧开摄像头。

拍拍脸，他努力挤出一个微笑。

“亲爱的姑娘，下一次，一定会有你的信。”

“以及，谢谢你给我发邮件。”

那小女孩的笑脸太过于美妙，让鲸久久不能忘怀，以致他到了终点的时候甚至拒绝了吃遗忘药丸，他的客户勉强同意了，但他看起来似乎不太高兴。

说实话，如果仅有这一次，那么只能说是宇宙中难得又愉快的邂逅。

之后的鲸持续着自己的信使生活，只是又经过那片空域之时，他再次接到了信号。

那小姑娘稍微长大了一些，发型服饰没变，但有点脱去孩童的样子了。唯一没有改变的是她的笑容和期待：“嗨，亲爱的邮差先生，有没有一封给我的信？”

她的地址依旧没变：“我们住在玫瑰星城 475 号 901 房，我叫蓝鲸。”

鲸明白了，那个信号不是偶然为之，那个女孩是很认真、很认真地在等一封寄给她的信。

和上次一样，鲸匆忙跑进后舱，可一番搜索后，依旧一无所获。

同样和上次一样，他录了一段录像作为回复。这一回他想到了，女孩或许会失望的。

他难得地情绪低落起来，还没到终点站，就四处打听起玫瑰星城来。

所有人都表示自己似乎有听过，但没有一个人有确切答案。有人说那是个机器控制的城市，人们可以完全不用工作，也有人说那里是个绿色环保组织所在的城市，上面还过着男耕女织的田园牧歌生活，甚至还有人说，那里好像是个空城，只有一个女孩生活在上面——

这最后不确切的结论让鲸心里一抖，那么她会多么的孤独！

“你该吃药丸了，鲸。”

背后响起嘈杂的声音，是他数量繁多的收件人们。

“我们理解那个女孩对你很重要，可你是星际邮差，你要为看过我们邮件负责。”

“麻烦等一下，就一下。”鲸对他们说，“我想最后弄清楚一件事。”

他坐下来，他仿佛这时才明白，虽然自己努力做着收藏，努力表现得独自旅行也很快乐，实际上自己对星际邮差的孤独依旧有着刻骨的体会。那个女孩的出现，撕裂了他长久以来的伪装，他的思念，他的牵挂，他的逃避，一切无所遁形。

要是不忘记，以后怎么继续做邮差，怎么生存呢？

这感觉实在太可怕，鲸咽了口唾沫，他咕噜一声，仰脖吞下了忘却药丸。

再之后的日子，鲸依旧过着跟过去一样的生活，他欢快地改变自己宇航船的外观，传说中的鲸被他想出了一种又一种的新造型，他依旧早早地展开滑翔翼，每一次起飞都唱着歌，歌声依旧那么欢快，但熟悉他的人总觉得其中好像少了一些什么或是多了一些什么。

可那到底是什么呢？没有人能说得清。

时光在飞逝，转眼间，信使鲸退休了，它的航船也是。

他本不想将它交接出去的，但他老了，已经没有力气为他的伙伴再争辩什么，他甚至连改变他装饰的力气都没有了。他只能眼睁睁地看着他一次又一次地在它的外表上画的怪兽被一层层抹去，专门安装的天线和接收器被拆下来，它在一点一点地变成毫无个性的普通宇航船。

他转身离去。负责维修的工人叫住他，告诉他接收器的内存里装了很多东西，问他还要不要。他衰老和吞食了太多失忆药丸的脑子当然不记得那存的是什么，他决定看一看。

鲸跟信使站的人们借了一台播放器，颤抖着手把接收器插了上去。

红色警告式的画面一闪而过。接下来，那个扎着马尾辫的女童跳了出来。

她站在房子前，愉快地挥舞着双手——

“嗨，亲爱的邮差先生，有没有一封给我的信？”

“我们住在玫瑰星城 475 号 901 房，我叫蓝鲸！”

“您好，亲爱的邮差先生，有没有一封给我的信？”

“我们住在玫瑰星城 475 号 901 房，收件人是蓝鲸。”

“您好，亲爱的邮差先生，长途旅行辛苦了，如果有我的信，请给我。”

“我住在玫瑰星城 475 号 901 房，我是蓝鲸，现在是这家的女主人了。”

两句内容相同的话以不同的形式重复着，而且越来越客气，越来越有礼貌，而那个扎马尾辫的女童渐渐变成了穿着运动服的少女，带着学士帽的大学生，到穿着白裙的新娘，一直到成为少妇，隐隐变成了一个孩子的母亲……

鲸已经眼花耳聋，他不得不放到最大声，这吸引了很多人来观看。

修理工、新的年轻信使还有鲸曾经的同事纷纷走来，边看边议论。

“那么多年，她还是没有收到信吗？”

“看样子她不是想收到随便一封信吧，而是特定一个人的信？不过也难说……”

“她求得那么虔诚，鲸每次就吃了药丸把她忘了，啧啧，真是无情。”

一时人声嘈杂，说什么的都有。

在一片声音的旋涡之中，鲸却是安静的。

他注视着自己早已遗忘却又刻意留下的画面，一言不发。

然后他突然跳起来，用衰老的腿奔跑起来。

“鲸！你要做什么？”

刚才的修理工发出一声惨叫，跟着追了出去。

“你已经退休了，不能驾驶你的鲸飞船。再说了，私自使用飞船不做送信的事情，是会被送上星际法庭的！”

“我知道，我知道，但是我有办法的！”

鲸的假牙因为激动被刺激得不稳，发出了漏风的“嗞嗞”声，他冲进了站长的办公室。

修理工卡着喉咙里的半句话坐立不安，他刚才还想提醒鲸，他已经太老了，就算现在找星际旅行公司进行星际旅行到女孩身边，怕也是不能通过的。

后来发生的事情让所有人都吓了一跳。

鲸没有挑战星际宇航公司的年龄限制，也没有冒着犯法的危险去重新驾驶鲸飞船。他郑重地把自己作为一件“邮件”，交付给公司，让信使把他送到那个信号发来的小行星之上。

这样的确规避了所有可能的拖延和危险，但是……

航行的结果并没有出人意料。

鲸到达了那颗小行星，却承受不了宇宙航行的种种重负，在茫茫的宇宙中离去了。

至于那个女孩有没有收到这封珍贵的“邮件”，她到底是在等待什么，这件事唯一的目击证人，负责把鲸送过去的那个年轻信使却语焉不详。

更多的时候，他对这件事选择了沉默。

在又过了很久，很久之后，年轻的邮差才在一次酒后，把故事的结局说了出来——

他始终放心不下，最终还是陪着鲸到了那个小行星上。

在那里等待他们的，不是古朴的房子，也不是微笑的女孩，而是——

一整片的寂静空旷。

行星之上，是一个毫无生命迹象存在的世界。

鲸拉着他拼命地寻找，寻找，才终于找到——

陷在厚厚星尘之中，一个小小的影像记录仪和信号发射器。

象征它还在启动的红色指示灯，亮度已经非常微弱了，时隐，时现。

看到这个，鲸放声大笑，笑，笑，然后再也没有起来。

玫瑰星城，这个地方存在于三百年前的一颗行星之上。

这颗行星有绵延千年的文明，最终却非常老土地毁于一颗巨大陨石的撞击。

那时的宇宙通信还没有那么发达，玫瑰星城的人们只能录下自己的影像和求救信号，分散发射到各个小行星上，期待机缘巧合，有人来拯救他们——

不过现在邮差们可以知道，他们这种方法最终还是失败了。

“时间太久，那个东西已经磨损了。”

“求救信号只能发出一半，只有那个女孩的大半生，没有后面的求救。”

年轻的邮差喝下一口酒，无奈至极地摇了摇头。

“换句话说，鲸纠结牵挂一生的东西，充其量只是一个漂流瓶——”

“而且还是三百年前人写下的，几乎成为古董的漂流瓶。”

所有的人沉默了，不知是为女孩，还是为鲸，或是为星球的毁灭，或是为——孤独。邮差们永远无法逃避，每时每刻弥漫无处不在的孤独。

然后年轻人开始频频举杯，仿佛刻意要逃开些什么。

当年的修理工也老了，他站起来退出宴会，慢慢地踱出船舱，曾经被命名为鲸的飞船停在那里，虽然看不出过去曾经被画过各种怪兽的痕迹，但它依旧安静地停在那里，仿佛只要一个声音响起，就会展开滑翔翼又一次起飞。

修理工想起来了，在鲸决定作为邮件的那一晚，他看着激动过后靠在鲸飞船上死命咳嗽的他，无奈地摇了摇头：“值得吗？”

鲸只是微微一笑，在他递过来的“死亡免责合同书”上，潇洒地签下了自己的名字。

他又想起那天夜里，当那个年轻邮差的飞船起航之时，所有人又一次听到了鲸的歌声，那种欢乐的，响彻宇宙的声音，虽然有点漏风，但它听起来依旧如此动听。

那里面有些东西回来了，不多也不少。

修理工觉得，那一刻，鲸一定是个不再害怕任何东西的星际邮差。

那些东西里，包括真相，包括孤独，包括死亡。

也包括，爱。

故乡明

SHE·王诺诺、夏 谦

第一次我带回一块石牌。

第二次我抛光了月亮。

第三次，我将亲口对他们讲述一个故事，一个关于这颗星球上文明生与灭的传说。

一

“见过紫外线消毒灯吗？”柳林问我。

“嗯，见过，我家碗柜里就有一个。”

“对，就是那种灯，在餐具上照一小会儿，细菌的DNA被破坏，然后成片死亡。当伽马射线暴到来的时候，我们就会跟你家盘子上的脏东西一样——脏器停工，皮肤大面积脱落，甚至整个儿被烤焦。这样解释，你懂了吗？”

柳林转过身，将眼镜取下：

"我宁可你没有把石牌带回来,那样的话,至少我们现在不会恐慌。细菌被消毒灯杀死前就不会恐慌。"

说句良心话,这锅也不应该让我来背,因为我就是一名月球矿产勘探队的队员。去年,我带队前往雨海勘察,在雨海的质量瘤(一块引力大于周边的月表区域)中央发现了那块石牌。它一米见方,通体暗红,像一块烧红的烙铁,也像一个凸起的肚脐,表面布满规律圆点,预示着与高等文明的关联。我还记得当时头顶的地球散发着淡淡的辉光,映照得这块不大的石牌晶莹透亮,它一动不动,似乎在这儿等候已久。

我心中狂喜,自己成为第一个找到地外智慧生命的人——以后名字能写在初中课本上吧?

在那之后,从危海到东方海,类似的石牌在质量瘤中央被一一发现。我们至今没弄清它们是如何被运送到月球,倒是上面的信息先被破解了。

那是一条语意模糊的警告:

"我们是地球上的先代文明,早已消亡。我们无能为力,只能为未来的地球留下预警:

1000光年外存在一个恒星密度极高的球状星团,这是一个行将就木的古老星团,那里的恒星大多已经死亡。

而在球状星团的外侧,有一个大型黑洞围绕其公转,公转周期是1500万年。黑洞具有极高的轨道离心率,和星团之间的距离变化很大。在靠近星团时,强大的引力会导致星团中的中子星、黑洞合并,特别是距离本来就不远的中子双星。这时大量伽马射线暴就会被引发,像节日烟花一样射向宇宙。

由于星团内复杂的引力扰动,其中一束射线会直指地球,我们的文明因此毁灭。下一个黑洞公转周期内，你们也会遇到同样的灾难。我们无力改变一切，希望你们可以幸免。”

根据石牌上的数字和公式，我们找到了星团。如果用光学望远镜观察，那里就是一片模糊的暗红色，和大多数年老星团一样，它是球状的，内部塞满了白矮星、中子星和恒星级黑洞，仅剩一些质量不大的红矮星苟延残喘。同时，我们也通过追溯大量 X 射线的源头，找到了那个围绕星团公转的致命大型黑洞。

更加可怕的是，根据石牌的信息，早在 900 多年前，黑洞已经走过了距离星团最近的轨道顶点。星团内部中子星碰撞合并已经启动，相当于几个太阳的物质消失殆尽，被转化为能量。能量之大，等同于银河系所有恒星数百年来释放光和热的总和。

在其中的一场碰撞里，一束伽马射线从星体磁场两极发出，大约 40 年后，这束光将到达地球，它将成为地球人看到的最明亮的，也是最后的景象。

我随柳林走进一扇门，会议室除了大屏幕外空无一物，这是一场高机密的远程会议，与会执委不知道彼此姓名，却共同掌握人类存亡的命门。

“柳林，这次你不是一个人参会吗？”数字在屏幕上跳闪，代表 16 号执委正在发言。

“我把杨庆海带来了。”柳林说。

“杨庆海？是报丧者杨庆海吗？”

报丧者？这个代号我始料未及，没想到啊，我历尽考验成为一名宇航员，就是为了留下这么个丧气的名号？

“是我。”我极不情愿地说。

“我带杨庆海来，因为他需要知情。”柳林顿了顿，“这是石牌危机的唯一转折，而杨庆海——他第一个接触石牌，又经受过完整探月训练，会在未来的任务里成为关键角色。”

关键角色？这绝不是好事，电影里的关键角色通常都有个舍己渡人的下场，于是我连忙摇头：

“先别急啊，为了避免民众恐慌，石牌危机可是 S+ 的加密等级，我就这样走进来听是不是有点……不如你们先聊，我去外面等？”

柳林无视了我的抗议，清了清嗓子：

“现在，我宣布特别应急委员会根据投票达成的一致共识——经过严密论证，人类已无生还可能，文明即将终结。从今天开始，我们将彻底放弃求生计划，转而将资源放在更有意义的事情上。”

什么？真要放弃了？

黑暗中的空气变得凝固，我愣住，胸口像被狠锤了一下：

“还……还有 40 年，对吧？不是还有 40 年伽马射线才会到地球么？从现在开始，将全球生产剩余都投入星际飞船的研制，也不行吗？至少能够让一部分人逃生吧？”

屏幕上跳闪起一个数字，8 号：“你真的觉得射线暴是一束细光么？它的横截面直径接近一百光年，而我们应用可控核聚变才不到 50 年。以现在的技术你想研制出怎样的逃生飞船？曲率引擎？还是黑洞引擎？”

“逃不走还不会躲吗？地球只有一面会承受打击，对吧？可以将人集中送往另一面躲起来。”我追问。

屏幕上几个数字共同闪耀了一下，这代表几个参会人同时发声：“地球无时无刻不在自转，你知道受灾的是哪个半球？”

我求助般地看向柳林，他只是摇了摇头："无法预测死亡射线到达地球的精确时间，即使派出探测器，也不能将任何消息提前传回，我们的死神跑起来可是光速！"

我反驳："就算不做任何预警，总有某个半球的人能躲过去。管他是谁呢，只要有人活下来……"

16号打断我："是的，伽马暴只会杀死一个半球上的人，但活下来的另一半才是真正的不幸。辐射随水和空气进入体内，死刑只是变得漫长了一些。更糟糕的是，伽马射线接触的臭氧层会在瞬间分解，而另一半球完好的臭氧会随着大气，向受灾面流动。很快，全球臭氧层密度稀释到过去的40%。地面接收到的紫外线将是原来的10倍以上，大量植物和动物因此死去，随之而来的是饥荒、瘟疫，人口在短时间下降到不足万分之一。"

我没死心："可以造生态循环仓隔绝紫外线！再不行就去地下，用人造光源培育植物，本世纪初的技术就能实现这些了。等到地球自我调节后——也许几十年臭氧层就能慢慢恢复——幸存者再从避难所里出来，虽然人不多，但那就是文明的火种！"

"你以为我们想不到这种方案？可惜啊！中子星碰撞时，和伽马射线同时喷射出的，还有一束高能带电粒子，只不过它的速度略小于光速，会在地球遭受第一波辐射后的几十年内抵达。"他顿了一顿，"还和上次一样，我们无法预计它来的时间，以及它会打击地球的哪一面。"

6号说："被它横扫的半球，没人能够幸存。"

4号说："臭氧层再次遭到破坏，地面又暴露在过量紫外线下。"

16号："刚开始恢复的脆弱生态系统再次崩溃，而这一次，它面临更大的考验，需要数倍的时间来自我修复。"

“而在修复完成之前，地表所有大型动物，包括人类在内，早就灭绝了。”柳林补充道。

“什么？居然辐射打击还能……买一送一？”我喃喃自语，绝望如同冰凉的巨石，压在背脊上。

“报丧者杨庆海，你能想象吗？幸存者从臭气熏天的生态仓出来，满心希望地开始改造盐碱地。可新播下去的种子还没来得及发芽，又一波致命辐射袭来，用同样的方式把他们消灭干净。就像神手里拿着一盏细菌消毒灯，轻轻按两次开关，对他来说只是动动手指，而对于我们……就是希望彻底覆灭的代价！”

我感到喉咙发涩，勉强咽下一口唾沫，润了润嗓子：“所以……你们叫我来，需要我做些什么？”

“我们需要你给月球抛个光。”

“嗯？什么意思？为……为什么要这样做？”

柳林挥挥手，显然已经很疲惫了：“不多解释了，先进行表决吧。同意放弃逃生计划，将所有资源投入月球抛光计划的执委，请亮灯表决。”

话音落下的刹那，原本漆黑的大屏幕上亮起了几十个数字。昏暗的会议室里，这些光芒显得高亢而明亮，我的眼睛被突如其来的光明刺激得流出了眼泪。

几十年后，夺走全人类生命的那道光线亮起时，我是不是也会像现在一样，泪流满面？

二

古人怎么定义夜晚？

看到天黑，他们便觉得这是夜晚；如果能看到月亮，夜晚就是良夜；如果当时的月亮还恰好符合他心境，这良夜便值得为之赋诗一首了：

“床前明月光，

疑是地上霜。

举头望明月，

低头思故乡。”

我低下头吟诗，可是脚底下却是灰褐色的月亮，悬在我头顶的，精美的、复杂的、包裹一层薄薄大气的蓝色星球，那才是故乡。

月球抛光工程的一万三千名组员分成九批来到月球。作为项目组指挥官，我是其中的第一批。

和一年多前来月球勘探的情况截然不同，上次，发射发布会聚集媒体和要员，他们像欢送英雄一样为我献花、祝酒。而这次我们只能灰溜溜地走。

“月球氦 -3 的开采工程延长了。”这是月球抛光计划的对外说辞。

抛光计划需动用的资源是天文数字级的，即使有世界上前十大经济体的全力支持，如此大的支出也违背了经济学规律。大萧条当前，“举地球之力去月球开采氦 -3”引起了众怒。

知情层只能不停地向外界宣传“核聚变发电需要氦 -3，能源革命带领社会走向未来”之类的话。这纯属无奈之举，因为真相只会引起巨大的混乱。所幸，在危机面前各国高层出奇地团结，竟没走漏半点风声。

这些战略层面的困扰倒没给我带来影响，因为从登陆月球的那一刻起，这项人类史上最大的工程就占据了我所有的时间。

在给月球抛光前，需要做一些准备工作。就像不管是汽车还是地板，上蜡之前都要把表面清理干净。对月球也是如此。

月球表面有一层很细的尘埃，这是在几十亿年的陨石撞击中逐渐形成的。这一层月壤实际上数量不小，在多数地区厚度达到10米以上。我们不能一劳永逸地把它堆到月球背面去，因为如果这样做，月球背面会变得比较重，在潮汐力作用下，它就会慢慢转过来。好容易把它正面收拾干净，它又把背面转过来了。

月球上没有空气，所以要对付灰尘，再强大的吸尘器也不行。只能用铲车把月壤集中起来，打包，然后送到太空里面去，都是笨办法。

我们选择了成本较低的运输方法——太阳能电磁投射器。这和高斯炮是同一个原理，在地球上曾被用作发射洲际导弹。在月球表面铺设长达数百米的轨道，用通电线圈给塞满月壤的“胶囊”洛伦兹力，为其加速。好在月球引力很小，又没有空气阻力，速度达到2.4km/s就可以把灰尘送走了。

一时间，数十条电磁投射器沿着月球表面蜿蜒铺设，不断地向外发射胶囊；又有上千台大型铲车穿梭不断地收集月壤，原本冷清的月球世界显得繁忙无比。

灰尘扫干净了，月球表面还有一层数公里厚的碎石。同时，月表也不平整，有山丘、高地、月海。所以还得继续，把这些碎石填到月海里面去，山丘全部铲平，剩余的废料就全部如法炮制，再用电磁投射器扔到太空。

在工程实施的过程中，我听说，人类的恐慌达到了巅峰——地球上能够看见月海逐渐变浅。如果用望远镜看，还会发现月海的边缘变得平滑了，蔓延到高光地区的深色玄武岩成了浅灰色。

阴谋论、质疑声喧嚣尘上，街道上聚满了肇事者和标语，恐慌的人开始去超市抢购盐和米。玛雅人的预言、法老的诅咒，这些早在百年前就过时的套路又卷土重来。

人类从来没有像现在这样，急切需要别人为他们撒一个谎。

最高应急执委会找到了世界首富王先生，他成为除军政学界外，第一个接触危机内幕的人。他旗下的传媒公司立即对外宣布："启动月球投屏广告业务，发射 84 颗月球同步轨道子卫星，将月球作为一块幕布，在上面投射客户广告，供全球潜在消费者观看。"

从那以后，人们在新月前后的夜晚抬起头，可以在月亮上看见不同图像，如果是巨大的红底黄字"M"，就是麦当劳广告；如果是四个白色圆环相连，便是奥迪广告。

王先生进一步宣布："为了更好拓展业务，在未来，他们将联合军方，把月球改造成一块平滑幕布，供客户投射更精细像素的复杂广告。"

出人意料，这种商业逻辑竟没遭到质疑，还被誉为"大众传播的又一次革新"。据说，当王先生接受媒体采访，被问到如何想到这种天才传播方式时，曾一度哽咽："人类的每一次创新，背后都有不为人知的苦涩。"

这句含泪而下的话，感动了在场所有记者，被福布斯杂志评为本年度最具商业价值箴言。可世界上只有极少数人真正知道，王先生当时到底为什么哭。

无论如何，有了这层商业伪装，我的工作得以顺利进行了。二十年之后，所有山丘被铲平，任何高于平面的凸起都被刨去，月海变成平原，碎石填上的坑也已经用混凝土盖好。

满月时，月亮就像一个洁白的橡皮球，再没过去的坑坑洼洼，反射着一层均匀细腻的白光。这时，准备工作就此完成，可以开始正式的抛光打蜡工作了。

抛光的原料，当然不能用普通的地板蜡，它的熔点是 80 摄氏度左右，而月球表面白天最高温度可达 127 摄氏度。虽然打上蜡以后，反射率提高，月球温度应该会下降一些，但还是靠不住。到时候融化的蜡会四处流动，还要在地球潮汐力作用下聚到一起去，那真是一团糟了。

相比之下，刷一层高分子反光涂料（熔点在 300 摄氏度以上），要比直接打蜡高明得多。

100 平方米如果刷两遍的话，要用 3.5 千克反光涂料，月球的表面积是 3.8×107 平方千米。一个简单数学题：涂满整个月亮，需要高分子反光涂料大约 1.3×109 吨，也就是 13 亿吨。

但事实上，根本用不到那么多。由于潮汐锁定，月球自转一圈花的时间和它绕地球公转一圈相同，它永远用固定的一半脸对着地面，只考虑视觉效果的话，把这一半看得见的脸处理好就行了。

当然，也不能忽视月球天平摆动。对地面上的人来说，月球可见面会有上下左右小幅度的摆动，实际上地球上能观测到月球表面的 59%。所以，真正等待抛光的部分，实际上就是月球 59% 的面积，需要 7.7 亿吨涂料 。

上漆的过程持续了 17 年。无论白天还是黑夜，月亮上都往来着扁平的喷涂车，它们先将亮高分子涂料喷涂均匀，再在表面加热一遍，使得月球一寸寸变得光亮起来。等漫长的工程结束，我已经长出一些白发了。

“你说，这个光滑的月亮能保持多久？”我站在工程总基地门口，望着明亮如镜的月表。

“应该挺久的吧，还好现在已经过了太阳系的大轰炸期，遇到的陨石不多，而且基本上都很小。”柳森说道，他是柳林的儿子，也是我的副手。

“是啊，不然月球没有大气层保护，什么陨石都能长驱直入。我们又不能在这儿驻扎一支维修队，撞一次修一次。”

隔着厚重的航天服，我还是感到了柳森的无奈：“哎，费那么大劲儿，以后……他们真能明白我们的苦心吗？”

“我也不知道。”我实话实说。

抛光完毕的月球反射率超过 90%，我们如同踏在湖面上，低头能看到脚边有一个地球的像，和天上那个交相辉映。银河也有两条，一条游走在头顶，另外一条从脚下穿过，我们被星空温暖地包裹住。

可是，星空是有代价的。

在那些星星里，无数超新星爆发和星体合并正在发生，发射出的伽马射线暴如同孩子们手中持着一杆杆激光枪，随机向四面八方射去死亡之光。这不是第一次了……1500 万年前，上一个地球文明也是如此被毁灭。

三

“他们为什么不把石牌留在地球上？要是我们早点读到预警，早点准备说不定就能逃走了！”

我曾这样问过柳林。那时我还在地球上，刚接受抛光月球计划的指挥官职位，柳林私人办了个欢送酒局，就我和他，地点在发射中心行政楼的顶楼，那里可以模糊地望见远处的发射塔，除此之外，四周都是荒漠。

他抿了一口酒，缓缓开口：“你忘了，信息也要依托物质才能存在，而物质不是永恒的。人类消失的 200 年后，人造的摩天建筑缺少维护，就会在地质活动和雨水侵蚀里倒下，最大的拱桥也在1000年内坍塌；5万年后，玻璃和塑料这种人造材料也全部消解，所有遗迹都变得难以追溯。”

“你的意思是，无论之前的文明把预警以何种形式留在地球上，等我们出现了，也早就无迹可寻了？”

“是的，文明演化需要几百，上千万年，在这个时间尺度上，留不下任何信息。一块刻着文字的石牌在地球上会被风化侵蚀，被地质运动挤入地下重新变成岩浆。即使自然没有把它消灭干净，被蒙昧时期的人类找到了，估计也会被当作巫蛊一类的东西毁掉。”

“所以，上一个文明才选择了月亮。”我恍然大悟，“月球少有地质活动，真空更是良好的保存环境。等文明掌握了登月技术，也差不多具备解读能力了，这时找到石牌，就不会闹出什么笑话来。他们倒是考虑周到。”

柳林点头，他燃起一根烟：“我猜，留下文字时的他们跟我们今天的科技水平不会相差太远，甚至还略弱一些。谁知道呢，也可能是在月球的考察队目睹地球灾难后，死前留下石牌作为警示。”

“但……那又怎么样呢？到了这个节骨眼儿才搞清状况，我们不是一样逃不走？看来，被周期性伽马射线暴一次次摧毁，就是这颗星球上文明的命运啊……”我丧气极了。

柳林向烟灰缸里弹弹灰：“还有40年，既然逃不走了，或许可以做些什么。给地球的下个文明留下更多的信号，说不定他们就能在下一个周期的伽马暴到来前，逃离太阳系，前往深空。”

“这恐怕很难。在同样的伽马暴间期里，人类文明的发展水平和先代文明差不多，足以说明地球文明的发展是线性的。如果说，月亮是唯一适合的信息存储点，等下一代文明有能力登月获取信息了，射线暴就又快要来了，他们还是什么都来不及做。”

“所以，这一次我们得试试新办法。”柳林将烟熄灭，面对窗外黄色的戈壁滩，一阵风吹过，从远到近席卷起灰黄的扬尘，“你知道镜面自身识别测试吗？也叫作 MSR。”

我有些摸不着头脑：“你是说，进化心理学家盖洛普的那个镜子实验吗？让动物照镜子，看它们明不明白镜子里头的就是自己……我记得除了人类以外，只有海豚、虎鲸和一些灵长类动物能够认出镜子里的自己。”

“是的，动物通过镜面测试，说明拥有了自我意识。另外，盖洛普还给婴儿做过这个测试。"

“他可真闲，”我插嘴道，“但我有个问题，婴儿照不照镜子，跟我要去执行的月球任务有什么关系？”

柳林没有理会我，继续说：“实验发现，6 个月的婴儿看到自己在镜里的像，会把他当成另一个婴儿。但到 24 个月时，就知道那是自己了。在这个时间点后，他们开始理解自我和外界的关系。比如说，6 个月的婴儿听见别的孩子哭，他的反应是跟着哭，但有了‘自我’的概念后，他会去寻找其他孩子哭的原因，甚至安慰他。”

“所以呢？”

“你还没懂吗？只要人有了自我意识，就能利用自己的经历判断周遭情况，也开始思考自己与过去、现在和未来之间的关系，甚至体会自己将会死亡的必然性，他们开始团队协作，开始观察世界。人之所以为人，就是因为有‘自我’。”

我非常困惑：“就算你说得对，但自我意识这种东西，恐怕南方古猿看见水中倒影时就有了，那又怎样？还不是茹毛饮血了 400

万年？”

“古代中国人用紫微斗数解释一切星相，视它们为政治经济的启示；希腊神话里，夜空88个星座对应神的88个故事，于是希腊人把祭祀诸神视为头等要事；基督教会焚烧所有有悖神创论的学说，有关日心说和地心说的争论在欧洲持续了几百年……人类不理解星空，也不理解自己，就在弯路上浪费了太多时间。当我们被科学开蒙，尝试用理性探索世界时，已经太晚了！”柳林变得激动，他站起，“一个人需要一面镜子才能看清自己，地球文明又何尝不需要一面镜子呢？”

“你的意思是……文明也需要有自我意识？也需要看清自己？”我并不愚钝，渐渐明白他在说什么。

“是的，如果文明在镜中看到了自己，会更早明白地球、太阳和星空之间的关系，不再把时间浪费在‘过去是谁创造了自己’这种问题上，而开始思考‘未来应当走向哪里’。我们要造一面地球文明的镜子。”

“所以……抛光月球，把月亮改造成镜子？一面抬头可见的镜子？”我兴奋地说。

“是的，将月亮变成一个直径3500公里的球面镜。满月的夜晚，月球正对着太阳，从地球看月亮不会看到轮廓，看到的是镜子上太阳的像。由于球面镜发散光线，它看上去比真正的太阳小，亮度也低得多，不过那也远远超过了过去的月亮，在夜里看个书不成问题。”

“也就是说……太阳就是一颗极亮的星星啊！”我说道。

“没错。那时，因为强烈的‘月’光照着地球的夜半球，所以地球还能反射给月球一些光，月球镜子上就映出一个暗淡的地球影像。”

“你说，会有人意识到，那就是地球的像吗？会有人明白旁边那颗明亮的星星，就是白天的太阳吗？”我在脑海中画出那样的星空，兴奋地说道。

“换一个时间，一切又会截然不同。比如原本能看到半个月亮的农历初八，月球和黄道面交叉，通过月亮镜子，可以看见阳光照亮的半个地球，太阳从球面的边缘反射过来，亮度很弱，而且变形严重。虽然看不见抛光后月球轮廓，但是凭着这些月相变化的信息，就可以估计它的大小。相信我，一定会有聪明人这么干。”

“对！知道了月球的大小形状，就能知道地球、太阳的大小形状。”我接道。

“在农历初一前后，月亮在白天出现，抛光后的月球就反射地球的白昼地区。这时，人们会在白天看见蓝天上出现了一个地球的像。就算在发明望远镜之前，观测者也该能模模糊糊看到，天空中有一个圆形物体，每天慢慢自转。这个物体上的图案表现出奇特的变形效果，我想一定有人会把这个现象和球面镜联系起来，推断出这是地球的像，进而认识到地球是球形的，并且在自转。而且，无论什么时候，地球的像总是在球面镜子正中，也会有人能因此推断出月亮、地球和太阳的关系。”

“还有，发明望远镜以后，观察空中的像，也能帮助他们认识地球。读懂了这面月亮镜子，天文、地理、物理学都会……哦！还有哲学，一上来就对着一面镜子，天知道新文明会弄出什么新哲学体系！”

柳林拿起桌上的一杯酒，示意我共同举杯。今天桌上的菜本不丰盛，酒也是寡淡的，但此刻我看着手中的酒，仿佛这一杯里，就是地球历史上所有文人写过的诗，所有画匠绘过的图。

窗外还是风沙连天，我开口问：

“说了这么多……你觉得，未来地球上的智慧生命，真会明白我们的苦心吗？”

“……说实话，这我也不知道。”柳林一饮而尽。

四

柳森的声音把我从 40 年前的回忆里拉出来：

“趁今天是初一，地球上不方便观察月亮，我们把最后一个太阳能电磁投射器拆除了。”

“嗯，月球抛光工程已收尾完毕，接下来，执行全员的地球返程任务，这就要辛苦你了。切记，继续向公众保密，真相只能带给他们恐慌。”

“我明白。只是……杨指挥官，你确定不回地球了？虽然月壳下面放了几个休眠仓，但那只是应急用的，就算能源全续上，最多只能维持 50000 年。”

“我知道，就是把它当成棺材来用的。我问你，回地球我们又有几年好活？不到 1 年了，对吧？我从小想到月亮上来，又为抛光工程耗了快 40 年，想在这里永远待着了。这儿也挺好，成天绕着地球转，离家不远，也不孤独。”

柳森笑起来特别像他爸：“好的，生死面前，我们能选择的东西确实也不多。那么，祝你好运。”

我也笑了笑。

但就在这时，原本黯淡的月表毫无征兆地蒙上一层粉红色的光。我突然警觉，连忙问：“怎么回事？”

柳森与耳边的无线电交流了几句，答复道："没什么大事，地球方面知晓我们拆完了电磁投射器，王先生的公司就又开始在月球上打广告了。"

"原来如此，他倒是兢兢业业。不过现在反射率那么高，广告效果肯定差了好多，也不知道又找了什么借口继续糊弄人。"说到这里我停顿了一下，"记得这个季度广告订单……是苹果公司吧？logo 不是银白色么？怎么是粉红色的光？"

"回复指挥官，情况是这样的：今天是王先生的结婚纪念日，他事先赔付了苹果一笔巨额资金，把今天的月球广告位要回来了，给他夫人爱的表白。"

"嘿，难怪是粉红色的，有钱真好啊，一把年纪了还能这样，"我戏谑道，"他在月亮上写了什么？我们也跟着学学。"

"爱……爱你直到世界末日。"

"……"

直到世界末日啊……我和柳森都陷入了沉默。

在漫天粉红色的光芒里，我们两个大男人杵着特别尴尬。但我也知道，如果在地球上看，此刻的月亮变成了一颗粉红色的心脏，世界上所有女孩都觉得这浪漫极了，纷纷憧憬着未来某个小伙子也能送自己一颗这样的心脏。但唯有王先生清楚，这颗心脏最多还能跳动一年，等到它停跳的那一天，自己会牵着心爱女人的手。

爱你直到世界末日……有钱真好……

"杨总指挥官，那我们就在此告别吧。明天我将与大部队返航地球。我会向父亲带去你的问候。"柳森在那颗心下说。

"谁要问候他？给我派的……都是什么差事！"

送走了柳森，我转身沿漫长的阶梯往月壳深处走去，阶梯真的很长，长到我有足够时间去回忆一生，长到我有冗余去羡慕地球上的人，他们上班下班，他们笑了又哭，他们的一天过去后又是充满希望的一天，直到……

在“滴”一声后，休眠舱打开，我横躺进去，混合着麻醉物的气体开始释放，意识越来越缥缈……可能死亡就是一个永恒梦境吧。

早知道这就和做梦一样，我还怕什么呢？

五

1

我梦见一个异常明亮的夜晚，亮得如同一个长达 12 个小时的黎明。

簌簌声响后，灌木丛一阵颤抖，钻出一只河狸，现在，它是现存数一数二的大型哺乳动物了。这要多亏了它是顽强的啮齿类，家园又临近水源，水和自己搭建的巢穴都成了它的庇护。

它纵身跃进河，朝下游游去，泳姿类似狗刨，厚而致密的皮毛在水中油油发亮。河狸不能理解为什么这些年里，比它高大、凶猛、强壮的生物逐一死去。但它能隐隐察觉，日子正一点一点变好。雷暴在全球范围内造成一场场酸雨，这是好信号，氮氧化物随雨水渗进贫瘠的土地，充当起肥料，氧分子在高能放电中进一步氧化——臭氧层也在恢复。

入海口很近了，河狸扎进水面，许久搜寻后，却没找到可以吃的水草和嫩枝，只在淤泥里捡到几个甲壳类动物。

这时，一个灰色的影子闪过，河狸一惊，把泥蟹一扔，迅速摆尾逃走了。

影子是一只海獭，抢走了被河狸扔下的泥蟹。如今地面上都是死去的动物，但在过量紫外线照射下，他们的尸体早就革化，难以下咽，这泥蟹是不可多得的美食。

和所有鼬科动物一样，海獭拥有可提供强大保护的毛发和锐利的牙齿，可这牙不适合做开罐器。它抱着战利品，仰面浮在水中，以肚子为臼，找了块石头作舂，节律清晰地敲着泥蟹的壳：

“咚、咚、咚”

海獭毛茸茸的脑袋仰着，豆子眼睛对视夜空。它的目光聚焦在夜空中一个特别明亮的小点上，正是它发出的光芒让夜晚如此明亮。似乎……这个小亮点旁还有个圆圆的影子……

“咔嚓”一声传来，泥蟹的厚壳终于被石头砸烂。海獭将它送到嘴边，愉快地吮吸起内脏来。

2

口耳相传的历史能追溯到 5000 年前，一切都从石头开始。

咸水文明的先民捕食鱼类和虾，对于海胆一类外壳坚硬的生物，就找一块石头将其敲碎。

如果遇见用得顺手的石头，就把它藏起来反复使用。慢慢地，先民们也在石头用途上做了一些区分——锋利的石头撬开贝类，厚重的石头碾碎螃蟹的钳脚。

那为什么不自己造一块得心应手的石头呢？

第一个这么想的人，被后世称为“碎人氏”，他带领咸水文明走入了石器时代。石器的制造从一开始的摔制，变为精细的磨制。碎人氏发现，石头经过加工不仅可以捕食，还可以做更巧的事，比如用石针缝制树皮衣服。

对于咸水文明来说，世界被包裹在一个巨大的贻贝里。贻贝吃饭，张开两瓣外壳儿，太阳光就透进来，那是白天；贻贝要睡觉了，合上壳挡住光，天就黑了。壳上的孔眼会零零散散透进光来，便是放眼望去的满天星星。每隔 20 多天，这只大贻贝会产出一颗大珍珠，那是奉献给神的礼物——亮星。

因为亮星周期性出现，每隔 20 多天，会有 5~6 个夜晚比其他夜晚更亮。在这些被眷顾的夜晚里，咸水文明的女人们做衣服、磨制石器，男人们则教育幼子入海捕鱼的要领。

但也有极少数时候，他们需要和来自甜水文明的敌人作战。那群河狸总是在河道上用木枝筑坝修屋，举着木制的矛和弓冲进咸水文明的部落。有巢氏就是这一群怪胎的领头，据说是他第一个想出了盖楼房和修磨坊的点子。

有巢氏用嘴把大坝啃开了一个口子，在开口的阀门上装了一个舂子，水流过阀门，带动舂一下一下砸进地基，有了更深的地基，河狸就能住在安全的高楼上。但讽刺的是，它们天生没有一双灵巧的手，光会啃木头筑楼又有什么用呢？要知道，石头代表文明，木头象征落后。

亮星在上，请给予那些蠢河狸应得的惩罚。

3

“为什么我们的夜晚是这样？”

河狸可以活 20 岁，从 3 岁成年开始，伽狸略就开始思考这个问题，已经思考了 17 年。

伽狸略是一名优秀的筑坝师。甜水国居民善于计算，会测量地形数据，根据地貌修出用场不同的建筑：有的拦截河流；有的提供动力；有的一半没在水中，可以养殖水草；有的内部画满了星图，用来观测天象。这些屋子在河湾里连成一大片，河流就像它们的血液，带动研磨机房的齿轮运转，带动锯条锯开树木的底部，也流进锅炉为新生儿的房间加热。

最大的水中之城就是伽狸略设计的。可他现在不务正业了，只想弄清为什么天上总隐约有个蓝球。不同时间这个球的样子也不大一样，有时是完整的，有时候只能看到一部分。甚至有时它会在白天出现。

他知道光凭眼睛去看是不行的，需要更好的观测器具。但河狸造不出精密仪器，能做到这一点的只有海獭。

虽然持续数千年的狸獭之战在上个世纪告终，但两族间的隔阂丝毫未减。幸亏獭勒密不信奉唯獭主义，作为海獭中首屈一指的能工巧匠，他欣然接受委托，按伽狸略计算的模型造出一架桶状机器，它的前后各有一个磨制出的镜片，可将远处景象放大。

伽狸略用这机器观测天空，逐渐得出一个结论，蓝绿色圆球的变化和亮星的出现有一定的关联。

“世界或许不是一个大贻贝。”伽狸略说，他的大牙在桌上蹭来蹭去。

“嘘，亮星在上，这可不能乱说。神会降下海啸……”獭勒密连忙用手捂住伽狸略的嘴，可还是捂不住他的大牙。

“亮星就是太阳。”

“瞎说什么呢！太阳是一个火球，亮星是一颗珍珠……”

伽狸略面前放着一张草稿纸，在一堆公式和数字旁，画着大小不一的三个圆球，它们连成一条线：“如果天上有一面球形的镜子，而世界就处在镜子和太阳中间，那会怎么样？”

“哦不！亮星会生气的！”

4

发射仪式的现场，狸獭联盟的主席正在发表演说，他身后是象征甜咸联盟和平发展的徽章——代表海獭的石头与代表河狸的木桩绕成一个圈，环抱着地球。

“镜球之谜是世界七大谜团之一。曾经，镜球帮助我们了解了太阳系，也给我们留下了无尽疑惑——是谁将那面镜子放在地球旁边？他们有何目的？是为了帮助我们，威慑我们，还只是单纯的一个恶作剧？在獭狸文明的历史上，无数假说和理论因此提出。今天，凝结着河狸的科学与海獭的技术的航天器将前往镜球，揭开这一谜底。

让我们共同期待着，航天员登上镜球，为獭狸文明的发展谱写充满希望的新篇章！”

台下掌声雷动，但如果仔细听，会发现掌声分成两部分：分别是水獭手肘碰撞发出的砰砰声，与河狸用尾巴击打地面发出的啪啪声。

六

“我们在你意识中植入了四个梦境，分别对应了獭狸文明的四个重要历史节点。希望能够帮助你了解我们的过去。”

休眠舱启动了复苏程序。

刚刚说话的……是谁？等等，什么情况？我没死？

难道是冬眠装置失灵了？我艰难地抬起手操作屏幕，想弄明白自己究竟睡了多久。这时，一种我能够听懂的语言传来：

“1500 万年。报丧者杨庆海，你好。你在休眠状态里度过了

1500 万年。”

“怎么可能？要真这样，休眠系统早坏了！”

“你再仔细看看周围的装置。”

我意识到这声音是电子合成的，难怪它显得生硬而死板。身体机能尚未恢复，我拼尽全力坐了起来，环顾周遭：

“啊？所有机器我都不认识了，怎么回事？”

“休眠舱深处月表以下，伽马射线暴没有对你造成致命打击。但5 万年后电源耗尽，你还是难逃一死。所幸月球环境和废旧的休眠舱对保存肉体来说非常理想。等到 1000 万年后我们找到你的遗体时，还能勉强读取你大脑存储的信息。”

“你是说我死了？但我现在不是好好的吗？”

“用你那个时代的话来说，我们克隆了你。但这也不准确，实操中，我们是将你身上每一个细胞重新独立培养，然后再进行组合。这比克隆好，不需要花力气把你从单个细胞养大。我们还将你大脑的物理状态复刻为休眠前一秒的样子，可以理解成你的记忆被移植了。还有一个好消息，现在的你，就是你 21 岁时的样子。恭喜你了！”

我来不及消化这些信息，急忙问：“你究竟是谁？”

“我们是人类之后的地球文明。我们来到镜球，也就是你概念里的月球，发现了你，就给你留下了这一段语音。现在我们也不在这颗星球上。”

“那这段语音留言倒是挺智能的。”

“首先，要感谢你和你的同僚，月球抛光计划为我们留下了至关重要的信息。明亮的夜晚给了我们更多学习的时间，镜面给了我们审视自己的机会。你休眠 1000 万年后，我们就有了登月的能力，发现了你，也收到了你们留下的警告。那之后我们用 1000 年研发出了近光速飞船，并用了大约一万年时间转移全体地球居民。飞船分别向银河中三个不同恒星系进发，开启了星际移民时代。我们不再会被任何灾难一次性消灭，这多亏了你们的镜子。”

“所以你们已经走完了？还有，你刚刚说我睡了 1500 万年？为什么 500 万年前发现了我，现在才把我叫起来？”

“咦？你不是曾经说，想在月亮上长眠吗？”

“这是海獭的幽默感吗？我都睡一千万年了，还不算长眠啊？”

“刚刚是玩笑，请不要介意”，他似乎想要模仿人类的语气，显得笨拙而尴尬：“虽然我们已离开地球，但伽马射线暴还是会如期而至，地球生态又将经历一次涅槃。新的文明轮回又要开始，曾经，人类送给我们一个光滑的月球；而现在，我们想留给下一个文明的礼物，就是你——报丧者杨庆海。”

“什么意思？”

“我们改造了你的休眠装置，让你在新一轮伽马暴到来后醒来——是的，你在睡梦中经历了两次伽马射线暴。并且你的身体也跟过去不同了，你不会衰老，也不会因外力打击而死亡——其中的科技对我们来说并不复杂，已经储存在留下的资料中，你可以慢慢学习。反正你也不会死，有很多时间。”

“我要学这些干什么？”

“我们还给你留下了去往地球的穿梭装置和充足的物资与设备，从武器到休闲娱乐设施都有。这些东西，连同我们文明所有科技成果一起，都向你开放了使用权限。带着这些回到地球，在那里可以建造任何你想要的东西。”

“可我为什么要回地球？我去那儿一个人做什么呀！”

“伽马射线暴的打击刚刚过去，新周期里一切还将继续。经历过两个文明的更迭，你难道没有什么想对未来的孩子们说吗？”

听到这里，我心中一紧。电子合成音继续说道：

“你可以亲口说给他们听，关于黑洞和中子星的危机，关于地球的过去和未来，告诉他们每一个为文明传承牺牲的人的名字，也能教给他们每一首你小时候唱过的儿歌。你将不老不死，至高至明。你将作为唯一的神，引导生灵从蒙昧走出，直到走向星空深处。”

“星空深处？星空是有代价的……”我突然想起许多年前，面对星空之中无处不在的危机时，自己曾这样感叹过。

“对了，离开之前还要告诉你一件事：你曾在月球雨海里发现一块石牌，那也不是地球的第一个文明。远在那之前，地球上的智慧生命就尝试用各种方式，在文明代际之间传递危机的警告，有的成功了，下一个文明飞速发展；有的失败了，下一个文明没有接收到信息就被射线杀死。这颗蓝色星球一次次孕育出文明，正是因为星空是有代价的，星空里的危机是文明进发的动力，星空深处又是文明最后的归宿。星空有代价，但那是星空啊……”

那个声音说完这些，便不再吱声了。

我从月壳深处的休眠室内踉踉跄跄走出来。他们的科技水平令我无法理解，居然把我的身体改造成不要隔离装备也可以在月表自如行走。在真空中，我没有痛苦的感觉，也不能体会快乐，看着陌生又熟悉的身体，巨大的空虚感袭来，我竟一时不知该如何是好。

这时，我抬起头，看见地球正散发出淡淡辉光，星空掩映下，它还是淡蓝色的，像宝石，像一滴眼泪，像所有故事的起点。

哦，对了，刚才他们叫我什么来着？报丧者？

我流下眼泪，但真空中没有气压，液滴瞬间在我脸上沸腾，放热结束后，又凝结成极细小的冰晶。

报丧者杨庆海……哈……看来，又是我来把坏消息带给下一个文明了，这都给我布置了些什么差事！

第一次我带回一块石牌。

第二次我抛光了月亮。

第三次，我将亲口对他们讲述一个故事，一个关于这颗星球上文明生与灭的传说。

不枯竭的泉

SHE·赵海虹

"与其在悬崖上展览千年，不如在爱人肩头痛哭一晚。"

——舒婷《神女峰》

第一次走进中心大楼，我就被一层大厅里的橱窗震住了。我的脚底像粘了胶，动弹不得。

"这个人是？"

"她叫蒋南枝，是中心第五十三期培训班的学员。"

"培训班？"那只是中心面向社会的外延，与正式学员、研究专家相差甚远。一个培训班的学员，怎么会在这里、以这种方式……第五十三期培训班，那不是十多年前的事了吗？

"她……还活着？"

"是的，你看到的是一间四壁透明的无菌室。她是靠整个维生系统延续生命。"

"那么她是植物人？"

“不，从理论上讲不是这样；她的脑并未死，而且发生在她身上的一切都是由她的自由意志控制的。”

我一个激灵：“可是，难道这十多年她就一直……”

“是，至今她都是自由控制理论最成功的实践者。还没有人能超越她的纪录。”

“她是一个活纪录？”我触摸着把她和我们隔开的透明膜。

无菌室里的高台上躺着的那个人几乎已辨不出性别，十多年只靠维生系统续命，她的肌肉已经逐渐萎缩，监测仪上平缓波动的心电图和持续连绵的脑电波告诉我们这依然是一个活体，一个生命。

按捺不住的疑惑探出头来——为什么？为什么她要这样做？

“她是中心的骄傲，”主任的语气让人不安，“她向世人证明：由人类自由意志来控制五感不是不可以达到的。”

“可是……”我终于忍不住冲口而出，“为什么？难道就是为了做个证明，就让自己变成活死人？”

主任的面容僵硬了几秒钟，又渐渐和缓，用打官腔的口气说：“嗯，为事业献身也是很伟大的嘛。”

然而我还是不能相信。

大厅里的活标本成了我的一块心病。每天路过无菌室的时候，我都情不自禁地驻足观望。

成为中心正式研究人员后，我获得了进入中心计算机资料库的密码。在那里，我查到了中心第五十三期训练班学员的名单，找到了时年二十周岁的蒋南枝和她的全息照片。

只需轻轻点击屏幕，那张小小的两寸照片便浮了出来。二十年前的蒋南枝有着灿烂的笑颜，那种感觉，不属于夏日的朝阳，倒像是初春繁星若尘的夜空。

伸出左手，轻轻触碰她丰满的脸颊，滑润而有弹性的年轻肌肤充满了生命力。

我想到大厅里的“皮包骨”，手指骤然回缩，一种痛切的伤感慢慢将我包围。

为什么！为什么！

我听到这个声音在空空的办公室里回荡。那是我的呼喊。

“您好，我叫蒋南枝。编号058。当前身份是大学二年级学生。我希望在课余参加自由意志控制能力的业余培训，因为我想拥有自由选择的权力，可以在爱看的时候才看；在爱听的时候才听……”

学员的自我介绍是以声音文件存储的。她的声音柔和婉转，但说到后来语调变得跳脱，仿佛说话人正强忍着笑意。

“蒋南枝。蒋南枝。”我轻轻唤她。

全息影像仍然在说话：“……我的业余爱好是旅游，探险，二〇三〇年大学毕业后，我想成为一个旅游记者，去很多很多的地方……”

“停，停，请你别说了！”我的右手痉挛似的猛敲了一下鼠标，于是全息影像隐去了，那个兴致勃勃的声音也隐去了，只剩下空荡荡的房间，冷清清的我。空气中残留着温暖的信息，使我心烦意乱，无法自己。

年轻的蒋南枝，充满憧憬的蒋南枝。

还有，枯萎的蒋南枝。

我的胸口发闷，仿佛有一只手把我搏动的心脏捏在掌心，然后五指慢慢合拢……

我喘不过气来。

“啪”！我一拍操作台，起身冲出办公室。半分钟后，我又已站在无菌室的隔离膜外，凝视那个正在逐渐衰竭的身体。

维生仪器、检测仪器、金属、胶管，她仿佛和这些东西属于同种同类，那是一个死气沉沉的世界，与隔离膜外的天地完全不同。

我的耳朵“嗡嗡”直响，我听到一个声音在说：“我希望……可以选择什么时候不看，什么时候不听……”

倘使可以，我真想运用自由意志，暂时关闭大脑接收听觉信号的分区。可是我知道，那个声音其实不是真实的存在。它在一个无法关闭的地方。

我弯下腰，凑近那张枯槁苍白的面孔。我的脸紧紧贴在隔离膜上，两颊的皮肤被挤得扁平。

这是我第一次近距离看她的脸。有朝一日，等我有了足够高的地位，甚至有可能获得进入无菌室的特许。但是今日，这已是我们之间距离的极限，无法更近一步。

然而，我还是看见了——

我的心脏在胸腔里猛地一跃！

我看见了那晶莹的微光。

泪水。泪水默默地从眼角流涌而下。

我震惊了！难道她有心灵感应，我召唤出她年青的魂魄，竟使她悲从中来，流下眼泪？

一时间，我手足无措，不知道该做什么好。我不知道自己是否应该通知主任，大堂里的活标本居然流泪了！

不，不，宋东西，你是个科学工作者，你要冷静。冷静。冷静。

视线追随着泪水滑落的方向——潮湿的枕头、大片的水渍，她这般双泪长流和我并没有关系。

她默默流泪，不知已流了多久，多久……

五感都已经关闭，大脑拒绝接收任何视、听、味、嗅、触的信号。

那为什么还会流泪呢？是哪一部分有反应？

“心。”我听见自己吐出这个恍然大悟的字眼。

多可笑呀，科学工作者应该明白，心脏不过是一个身体的血泵，大脑才和具体情感相关。可也许是传统，也许是习惯，那一刻我脱口而出的依然是这个字——“心”。

她可以关闭她的五感，但她却无法关闭她的心。

她的心在哭泣。

我直起身，百思不得其解。如果痛苦，只要解除自由意志对大脑特定接收区域的禁锢，不就可以回到正常世界和正常人的生活中来了么？像这样一边表演，一边哭泣又是何苦？

蒋南枝，你何苦来哉！

“让人类真正自主！”——三十多年来这个呼声越来越强烈。通过对大脑功能的进一步开发，运用自由意志来控制大脑固定区域对五感的接收能力已逐渐成为可能。研究中心自二〇二二年创立至今，已培养出拥有这种特殊能力的正式学员逾万人；培训班学员十万人，中心的规模也扩大了五十倍，在世界各地都开办了分支机构。

系统记录显示，蒋南枝接连参加了五期培训班，结业成绩优异，初步掌握了短时间内关闭视觉、听觉、嗅觉、味觉和触觉中任意一个感官系统的能力。一般的培训班学员只能开发对五感中一至两个感官的短暂控制能力，五感全面得到开发的范例即使在当时的正式学员中也实属罕见。二〇三〇年，蒋南枝大学毕业，之后没有继续参加培训。附录中提到，学员蒋南枝毕业后进入 N 周刊任旅游版的记者。

那么她的愿望实现了。

我在网络世界里追寻着蒋南枝，在密集的电子信号中搜索她的影迹。她的文字与照片带我漫游了世界各地不同地域的奇特风光。她的脚印引导着我的足迹。

然后，我发觉她在杂志发表的文章记录到二〇三四年就已结束。

我吸了一口气，这里可以找到真相么？

最后一篇文章：《南美丛林漫记》。

“在南美某国，贯穿全国的金姆河两岸，丛林茂盛，动植物种类丰富。这片宁静的原始森林，是现代人向往的桃源净土。茂密的热带雨林深处如同神奇的童话世界……”

记者：蒋南枝。

我忽然觉得这个落款有点触目。再看一遍——“记者：蒋南枝”。

我明白了。在别的文章后面，我看到的总是两个署名，“记者：蒋南枝、苏殊”。后面的那个名字是她的同事吧，合作了四年多的伙伴。如果是在别处少了一个名字我不会在意，可恰巧是在她的最后一篇，他的名字消失了。

这两件事之间会有什么必然的联系么？

哗啦啦——窗外突然下起倾盆大雨。有什么事让老天爷都难过起来了呢？我倒是很想知道。

“您到底想说什么？”坐在我对面的女士在长久的相对无言之后打破了沉寂，“请我这个陌生人来喝茶，总得有点理由吧！”

她说得轻描淡写，而事实上，我是动用了很多的人事关系，好不容易才联系到她的，能请她出来也还借用了一位前辈的面子。

“为什么呢？”她忽然用异常柔和的口气说话。

我一省，意识到自己的表情一定很怪异。她的反应如一面镜子，让我看到了自己心事重重的脸上不协调的炽热目光。

“我……想向您打听一个人。”我依然有点支吾。

“唔？”她略略扬眉。

“我想知道蒋南枝的事。”我终于吐出了这个名字，像是吐出了哽在喉头的一根刺。

也许是我的错觉，她脸部柔和的线条似乎变得僵硬了。

“我……我没有什么企图，我只是……”我越想解释越觉词穷，“我只是……”

我呆了一下——我到底有什么理由呢？

对面的目光像探照灯一样罩住我的脸。我在这种压迫性十足的目光之下几乎窒息。

“我……您知道我是研究中心的人，我见过蒋南枝，我今天还见过她，我每天上班都会看到她。”

我眼前浮现出她的样子——她整天躺在大厅里，身上挂满了管子，背后还有个计时器，标榜她创造的纪录在分分秒秒不断延长。可是，这个活死人，她在流泪呀！她一直一直都在流泪呀！这简直是疯狂。如果她不愿意做活死人，她只要想一下就好了，她只要不再强迫自己压抑五感就好了——哈，我活转来了！就这么简单。可是她不。为什么她要这样做？为什么她不愿做正常人？

我抬起头：“为什么她要这样做？为什么她不愿做正常人？我不相信有人愿意做一个活标本。我绝不相信。”

对面的目光融化开来，带着一点儿了解与同情。她叹了口气，垂下头：“那么，你找我是……”

“想知道她为什么会这样！”我的急切溢于言表。

请来的女士曾是那家周刊的资深记者，很少有她不知道的内幕。

更重要的是，蒋南枝“出事”那年，正在她的部门任职，她是蒋南枝的直接上级。

“你不可能不知道的！”我的语调里有乞求。

“可是……”她看着我惶急的样子，一定觉得说出拒绝的话是不近人情的。“你知道了原因又怎么样呢？”这就是委婉地拒绝了。

我眨眨眼。眨眼之间，我为自己的行为感到羞愧和后悔。一个科学工作者，这样毫无理由地冲动，为一件没有实际意义的事情到处奔走。那么多年的书都白读了。

“咳。”我清了清嗓子，以掩饰自己的尴尬，“对不起，让您见笑了。”

再吮一口茶："刚才我太冲动了。”

“其实，我也只是有点儿好奇。”咳，咳。

“我明白。”女士很有涵养地微笑了一下，“我可以满足您小小的好奇心。”

“哦，可以吗？”

“不过，那是很久以前的事了，”她的每一句话都似有深意，“我也不敢保证自己的记忆与事实有没有出入。”

“当然，当然。”

“十四年前，蒋南枝在我们周刊工作，当时我刚刚接手负责旅游地理版，南枝是我的部下。她年轻、活泼，不过，也有一点儿骄傲。不是那种溢于言表的傲气，但是，非常自信，相信自己能比别人做得好，在心里头，她觉得自己是与众不同的，我可以感觉到。”

她沉默片刻，又补上一句："她确实是与众不同的。”

“与众不同”！这个词让我不寒而栗。蒋南枝后来用一种多么残酷的方式证明了自己的不同呀！

“她就没有瞧得上的人？”我追问，“比如苏殊？”

她的眼帘一撩，睛光四射。“你知道的还真不少。”

“他也是你那个组的记者？”

“是的。”她把背向后靠，拉开一点和我的距离，打量人的眼神像在评估一个对手，“苏殊是她的爱人。这你也知道的吧？”

“呵，我是瞎蒙的。”我可不想让她觉得我不诚恳。“我并不了解实情，不然就不必费那么多周折把您请出来了。”

“苏殊……”她的眼神黯淡下来，“苏殊是个很优秀的摄影记者。他们两个……真是一对儿。可惜了……”

我预感自己即将听到重要的情况，凝神屏气地等待她的后话。

“……十四年前，他死在了南美。”

那天夜里，我做了一个梦。

晚霞烧红的天空，斑斓异彩的丝缎般的云朵无边无际地铺展开去，像红色的花海倒映在天空。云团如一个个不停攥紧又张开的拳头，又似是一朵朵渐次开放、合拢又开放的红茶花。

霞光里穿出一支灰蓝色的机翼，然后是整个机身，矫健的蓝鹰在红色的天湖上平静地滑翔，平静得如同梦境一样……

“苏殊！”那张熟悉的脸正对着我做出忧急的表情，我们明明有好几米的距离，她的面孔却近得吓人，像拍坏的特写，“快拉绳子呀！”

我仰起头就看到了她身体上方迅速张开的白色伞体。

我们是在空中。梦境不是永远科学的，牛顿定律对我没有作用，我飘浮在空中，如一个轻盈的气泡，以至没有意识到要拉开降落伞。

“快——”她遥远的声音那样震耳。该死的梦境，居然连声学原理也不遵循。

我摸到腰间的拉绳，——“扑拉”，白色的伞花在我头顶上方骤然开放。

“南枝——”我向她伸出的臂膀似乎可以无限延长。我抓住她的手了！漫天的红霞飞舞，她的脸上也飞着霞光。天地在旋转，我们也在不停地自转，在一个螺旋上升的世界里螺旋下降。

眨眼之间，我们看到了广袤的大地。墨绿的色块是热带雨林，流动的璀璨水晶是河流，褐黄色的起伏是山谷。我们舒展双臂，如同鸟儿张开翅膀，向地面的世界俯冲。

我终于感到了重力加速度，耳边的风声呼呼作响，大地的色彩如打翻的调色板；山与水，树木与土地，交糅成一片模糊的色彩，在我的视网膜上颤动。

我们在——飞翔。

“他们乘坐的直升机出了故障。”请来的女士是这么告诉我的,“两个人只好跳伞求生。”

“那是南美洲最原始、最神秘的热带雨林区，据说丛林深处的印地安部落还保留着剥人头皮的古老习俗。”

“然后呢？”我小心翼翼地追问。

“并没有人被剥头皮,可是……”她的目光定定地望着面前的茶杯,仿佛碧绿的茶水里藏着什么不可思议的东西。

“可是……”

“跳伞的时候遇上大风，两个人失散了。”

“南枝被当地人救起，一周后，我们联系当地的搜索队把她接了出来。《南美丛林漫记》就是在那之后写的。”

所以作者的署名只有一个人。

“那苏殊呢？后来他去了哪里？”

“苏殊……没能走出丛林。”

我心头一跳。

“他的降落伞掉进了金姆河，正好是鳄鱼出没最多的河段……”她的声音越来越低，几乎细不可闻。

“蒋南枝……”

“搜索队不敢告诉她真相，一直对她说正在抢救中，这才把她诓出来。不然她根本不肯离开那个地方。”

“不可能永远隐瞒下去吧！”

“一个月以后，告诉她真相，当夜，她就切开了手腕。血流了一池子，还能救过来真算是奇迹。”

我打了个冷战。

“根据医生的诊断，她当时有初步的狂躁症征兆，需要在特护病房接受特殊护理。”

“特护病房。”我下意识地重复她表述的语句。

“有弹性的墙壁，没有玻璃制品，没有致命的药物，没有绳索。总而言之，那是一个不让人死的地方。”

“想死不能死的地方。”我的补充只能使这个注脚更加可怖。

“难道让她自杀才对？”她叹了口气，“不管怎么说，她罪不至死。”

我把这个不恰当的用词当成了她的口误。我非常懊恼，觉得自己千方百计翻出这种陈年烂谷，最终却无法求得心安，相反，事实真相反而令我更加不安。

“南枝在病房里待到第三天，忽然没有知觉了。检查结果，她的身体完全健康，可是……”

“她运用自由意志，控制了脑部对五感的接受。”我已经料到了后话。“她的心脏还在跳动，她的大脑仍有思想，可是她已经把自己与外界的接触完全切断。”

她缓缓点头，迎向我的眼神那样肃穆："这就是你想要的答案。"

"不……"

"现实就是这样简单而残酷。因为南枝没有亲人，没有人可以负担让她活下去的昂贵代价。你们的中心不知从哪里听到消息，及时和我们接洽，要求把她转到你们那里去——而我们，实在没有拒绝的立场。"

"不……"我近乎哀求地问，"真的没有别的答案了？"

她站起身，推开座椅。"很遗憾，没有更好的解释了。"

"等一等，"我伸手去拦她，"我最后问一个问题。就这一个，真的。"

她等待着。

刚才只是情急时脱口而出，现在我又犹豫着不知该问什么。

"她，"我斟字酌句地问，"从那时起就一直在流泪吗？"

"天。"她轻呼出声，"难道她还在……"

而这，也就等于是回答了。

有什么东西在我眼前摇晃。

我眨眨眼。那像是一只手掌。那确实是一只手掌。

"宋东西！"

我呼地跳起来，又立刻毕恭毕敬地垂下头，不敢面对意外驾到的主任。"教授……"一时情急，我喊出了以前叫惯的称呼。

主任铁青的脸色略微和缓了，但说话依然很严厉："小宋，你最近很不对呀。你是我带出来的学生，我是举贤不避亲才把你招进来，你有什么问题，最后还不都是我的责任。"

"对不起，教授。"我吓出了一身冷汗，"我最近状态是不太好，我……"

"听说你到处打听蒋南枝的事？"

“我……”

“不要为不相干的事浪费精力。你是个研究员！应该注意自己的言行。”

“是，教授。”

“那好，我也只是提醒你一下，你也不要有包袱。”

“好，好的……”

主任的批评像兜头给我泼了一盆冷水，我觉得自己清醒了。为了一个完全不相干的人起什么劲呢？一个为爱殉情的糊涂女人，轮得到我来感动吗？

于是，我不再心事重重，不再四处找资料，每次经过大厅我都目不斜视。我本来很快就会恢复原状，可偏偏在这个时候，上回见面的女士给我打来了电话。

“喂？”我接听的时候顺手关闭了三维传输的按钮，光是声音的侵入已经够打搅人的了。

“是宋先生吗？”

我对这个声音印象极深，马上反应过来：“您是上次的……”

“是的。宋先生，不好意思，现在又来打搅您，可上次您提到的那件事让我很不安。”

“其实，我已经不打算再去翻那些陈年老账，我……”我的口气非常平淡。

“想到南枝还是一直在流泪，我觉得非常难过，非常。”

“……”我忽然不知道该说什么。那感觉就像是你一直想买一件东西，拖到你不想要的时候，对方又一定要卖给你了。

“宋先生既然调查过她的事，难道没有留意到其他关于金姆河的报道吗？”

我想说自己已经不打算再关心蒋南枝的事了，可是她的话勾起了记忆中的某个环扣，带出隐约的异样感觉。

我记起了被我忽略的一份资料，一份原以为没有关联的记录——《金姆河水是红色的》。资料中记载，自2028—2034年间，某家世界著名的基因公司曾在金姆河北岸的印地安原始部落中实验基因药物，死者数以千计。但由于公司与当地政府达成协议，支付了可观的赔偿金，被掩盖的黑幕直到2038年才大白于天下。

这件丑闻和蒋南枝能有什么直接的关联呢？——啊，我心头一亮，蒋南枝的最后一篇游记莫非就是那个杀人魔窟里写成的？

“蒋南枝和那家基因公司有关系？”我小心翼翼地问。

对方没有料到我会问得那么直接，她沉默了片刻才回答：“那一次，两人乘坐的直升机并没有故障，真相是，他们遭到了来自地面的袭击。”

我“哦——”了一声。好不容易压下去的好奇又被她勾了出来。原来，事情并非单纯的殉情事件。全部真相到底是怎样的呢？

我仿佛又看到了蒋南枝洋溢着青春的笑脸像桃花一般绽放……那娇艳的背后会埋藏着什么样的故事？

“两人跳伞之后，南枝被丛林里的土著搭救，但不久就落入基因公司的人手中。他们胁迫她在给杂志发稿时掩盖事实真相。当时那家公司已经开始撤出金姆河林区。如果没有人及时揭发事实，曾经发生的惨剧也许就永远不会被外界了解了。”

“所以她就写了？”我听见自己在冷笑，“她不是很有理想抱负么？终究不过是个贪生怕死的普通人。”我有一种受骗上当的感觉。虽然不能要求她舍生取义，但在我心目中，她是一个明朗的形象，她透明、纯洁，正直而刚强。同样的事情可以发生在别人身上，可是她……我觉得受了伤害。

对方没有驳斥我的话，她的语调变得非常苦涩：“我相信她也很矛盾。但是，那些人告诉她，苏殊也在他们手里。她亲眼看到被鳄鱼咬伤的苏殊被推进手术室。他们对她说，如果她不能按他们的授意发稿，苏殊就会死。”

我开不了口，嘴里像有黏稠的液体吸住了唇舌，我不知道该怎么说。

舍生取义是一个道理，但倘若牺牲掉的是别人的性命，抉择就太艰难了。更何况，那是爱人的性命。

我眼前浮现出栩栩如生的画面：蒋南枝站在手术室半透明的隔屏外边，她正看着自己垂死挣扎的爱人。她的目光炽热痛苦，似乎要燃烧起来。

我看到她冷漠地击打键盘，把一篇粉饰太平的游记发给杂志社。她的眼神空洞，像个死人。

……

“我说过她是一个骄傲的人，她的骄傲大多来源于自信。她认为自己一定能成为第一流的记者。可是她辜负了自己的信任，背弃了自己的理想，这种背弃对于她来说，本身就是一场可怕的精神灾难。”

“那么苏殊？”我提问时已隐约猜到了答案。

“他死了。他被鳄鱼咬伤后就失血而死。南枝看到的是一具被乔装打扮的尸体。一切只不过是基因公司的圈套。”

“哎——”我唯一能回应的只是一声叹息。

“半个月后，基因公司结束了在南美的全部实验，扫清了任何可能留下的蛛丝马迹，南枝直到那个时候才被放出来，她在第一时间和我取得了联系，坦白了真相，但稿件已经刊发，在当时的状况下，贸然指责基因公司的罪行缺乏有力证据，因此上级决定：这件事到此为止……”

“后来不是又……”

“那是当地政府官员在政治斗争中互揭丑史，公布了与基因公司的秘密协定，这才真相大白。”

“那她是什么时候开始关闭五感的？”

“在向我坦白的同时，她递交了辞呈，之后就到处找寻苏殊的下落。那以后的故事，上次就已经告诉你了。”

我明白了。我终于完全理解了那个把自己与外界隔绝了十三个年头的活死人。

在这个世界上有一种人，一定要有一个意义支持才能够生活，失去意义的人生对他们完全没有价值可言。

蒋南枝就是这样的一个人。她的人生意义是成为优秀的记者，用自己的笔歌颂世界的美好、揭露世界的黑暗。可是突然之间，她发现为了爱情，自己宁可失去生存的意义——这个结果一定出乎她的意料，它本身就是异常沉重的打击。不仅如此，她的笔成了粉饰太平、掩盖罪恶的工具，她由真、善、美的使者变成邪恶的帮凶。即使是为了爱，她也无法原谅自己。但她没有想到，那唯一支持她的理由，原本就是不存在的——苏殊死了，他半个月前就死了。做出的抉择无法收回，被出卖的灵魂已经万劫不复！

蒋南枝生命的意义已不存在，于是她选择了死亡。

讽刺的是，社会却剥夺了她选择的权利。

她只能以自闭抗争。

对方还在说话：“我不知道该怎么解释，南枝是一个很极端的人，她无法容忍曾经出卖灵魂的自己。有时候，我总会想，她第一次自杀如果成功了，只怕还比现在这样强些……事情已经过去那么多年了，我原本不想提起，但是听到你说她还在那里流泪……我心里这个难过呀……”

“明白，我明白。”我听到自己的声音忽忽悠悠的，没有真实感。

“以后，请您多关照她。”对面的声音哽咽了。

“好的，好的。”我轻轻地应着。

终于等到了这一天，第七任中心主任，我大学的一位师兄把象征中心最高管理权的水晶钥匙递交给我。观众席上的员工们掌声雷动，全场起立，向新一任“人脑自由意志开发研究中心”主任致敬。

傍晚时分，在宽敞明亮的主任办公室，我和刚卸任的师兄交换了几句知心话。也许是新的头衔令我无所顾忌，我忽然问师兄：“你知道大厅里那个活标本的来历吗？”

师兄略微有些警惕地扬了扬眉。但马上意识到业已发生的身份转换，他的表情又舒展了。“是的，我知道。我也曾经好奇过。不过，她的故事并不美好。”

“你是否问过教授，为什么要让她天长日久地躺在大厅里呢？或者，让她按自己的意愿，痛快地一死了之……”

师兄猛然打断了我的话：“你看到过她的眼泪吗？”

“是的。”

“说句真心话，难道你不觉得，我们整天研究这、研究那，但有时候并不知道自己为什么要做这些？我们兄弟间不讲那些大话，难道你就没有觉得空虚的时候？”

我不大明白他的意思，因此没有搭腔。

“那种时候，看到那个女人，就会觉得很安稳，很充实。”师兄说话的神态非常宁静平和，“你会感到有一种力量，我们研究范围以外的力量——或者叫心的力量，它是存在的，就在那个女人的身上。”

夜了。

我一个人坐在自己的新办公室里，敲击键盘进入了资料中心。现在我已拥有全部密码，有权查看中心所有的机密档案。

“蒋南枝”。我输入这个在心底藏了十七年的名字。

于是，所有的资料：从报名记录到非常丰富的训练录像——二维或者三维的，近三十年的身体检测报告，等等，等等，都集中在我桌上的小小仪器里。

我找了一份录像资料，于是我又看到了她：倔强的眉毛，水一般纯净的目光，微微翘起的生动的嘴唇，明朗的表情。

“蒋南枝，你好么？南枝？”我触摸她微笑的唇角，这里有绽放的青春，这里有璀璨的生命。但他们都属于过去。

整个大厅黑漆漆、空荡荡的，只有正中央的无菌室亮着灯光，它像一只硕大的水晶棺材，封闭着一颗饱受痛苦煎熬的心。

我站在阴影中遥望着光明，忽然觉得，这个大厅就是整个广漠的世界。整个世界对于她来说，就是这样一片寂静的黑暗，是静止的无边无际的孤独，而在她日渐衰竭的躯壳中心，有那么一个地方，小小的心灯寂寞地燃烧着，在悔恨与痛苦中燃烧。生命一日不息，泪泉一日不竭。

这一瞬间我明白了师兄说的那种感觉，但是我和他的看法并不一致。我想假若读懂了这颗痛苦的心灵，假若要证明自己也是一个有血、有肉、有灵魂的人，我们对她最大的理解，就是结束她绝望的现状。

有一个秘密的愿望我想了有十七年，而今终于到了实现的一天。

我缓缓向那光明处走去。

我完全明白自己想做什么，以及这件事的严重后果，可是，我的脚步坚定，我毫不犹豫。

这是一个带着轻寒的初春夜晚，深宝蓝色的夜空中撒满闪烁的星辰，就像她曾经的笑脸。夜风中，隐约有沙沙的枝叶声响，仿佛是一阵笑声。

落言

SHE·靓　灵

萝朵斯向往地看向窗外，白色星球远离的同时，黑色的宇宙开始占据视野。她的心已经离开这艘船了。

一

雪。

雪几乎填满了我对落言星的全部记忆。

那些宽大手臂的落言小人，就静静地站在广袤的雪地里，像幽灵一样出现在各处，又或者已经在那里很久了，而且还会永久地待下去，与世界融为一体，等待雪和别的东西降落在它们身上。

它们一动不动、芭蕉叶一样又大又扁的手抬过头顶摊开，几乎挡住了自己整个小小的身体，像一场不出声的朝拜。直到一颗不知从何而来的石头砸中了其中一个落言人的大手，他才把手放下来，其他人则继续等待。

落言人就是这样，观察、聆听、接收、吸收、理解、给予，终其一生。很久之后我才从那些穿插着符号、色彩和音频之类怪异注释的信件里知道，他们没有共同的语言或写在纸上的社会契约，但在他们极为单调有限的中微子词汇里，没有词语是关于疏远的。

不真实感在陌生的星球上总是恰如其分，夜晚的大地上明明没有一点儿灯火，视野却可以清晰地看见远处，谁都没注意到为什么。萝朵斯最先说出了原因："雪在发光。"她是对的，她总是比别人要敏锐。

就像一个小时后她抱着小盒子到治疗室来找我时一样，不要我说她就能知道我的心情有多差。

"爸爸，'动物先生'坏了。"她小小的手指尖因为用力捏紧盒子而泛白。

"现在不行，萝朵斯，不是告诉过你，不能在我工作的时候来找我吗？"

她的头更低了，我几乎产生了一点愧疚感，何况我也不在船长室。而飞船的问题与六十多个工人性命攸关，这种时候小女孩儿的玩具绝对谈不上重要。

艾格推了我一把："去吧，你现在这样也做不了什么，控制室我帮你顶班。"

我叹了一口气，把冻伤的手从温药水里拿出来，冷空气像针刺一样疼。

二

我把"动物先生"盒子对准萝朵斯房间里的鹦鹉，用力摁住写着"说"的按钮，没有任何声音发出来。但是光看也知道这只小鸟不太有精神。

这种东西到底是谁发明的？把动物的实时体测数据翻译成简单的句子，“我饿了”“陪我玩”“喜欢你”。一台“动物先生”加一只大小不超过拉布拉多犬的小动物几乎是现在小孩子们的标配。搞不好“动物能陪伴孩子健康成长”的话一开始就是“动物先生”玩具公司说的。语言会生长，父母一旦相信了动物或任何东西对孩子的价值，就会持续追加投入大量的周边产品。

而花了很多钱买下这东西之后才几个月，这个贴着笑脸的盒子居然不说话了。

“也许你该把它放到太阳灯下面去照一会儿，可能是没电了。”保修期是多长时间来着，六个月还是一年？希望是一年。“它肯定没坏。”

“可是我想知道小鹦说了什么，现在就想知道。”萝朵斯的脸红扑扑的，努力争取着自己的权益。虽然她才刚读中学，但已经可以分辨出我的心不在焉。我的心思都在别的地方。

“小鹦说它想休息，趁这个时间去充会儿电吧！”我的手又痛又痒。萝朵斯站在落言人面前的场景又浮现出来。“实在不行，我们泊船了以后，我在港口超市给你买个新的。”

“如果我会说小鹦的语言就好了，”她沮丧又认真地说着天方夜谭的事情，“那样我就不需要‘动物先生’了。”

我该回去工作了：“爸爸需要照顾全船的工人，萝朵丝，”我尝试着用不那么冷酷的说法，“这是更重要的事。”

“对不起，爸爸，”她在我出门之前说，语调之急促仿佛这句话已经憋了很久。

我的伤手抽动了两下，欲言又止：“以后别随便乱跑了。”小女孩就应该待在房间里，玩你的鹦鹉和电子学校。

“我没有乱跑。”她斜低着头委屈巴巴地嘟嘴申辩，又忧心忡忡地看了小鹦一眼，用力拽紧“动物先生”，几乎要把按钮压得凹进去。

我转身离开，在身后带上门，前一秒还在考虑是否该问问有没有工人会修玩具，后一秒却听见房间里模糊传来一声发音机械的“对不起”。

这不是没坏吗？但一只生病的鹦鹉干吗要说对不起呢。

算了吧，别想了——和动物交流是小孩子的事情。

三

无法加速进展的工作让我只能待在船长室里，翻看工人们分享到船内公共网络上的视频。与遥远的人类世界短暂失去联系也不能阻止他们在小小的社交群体里分享见闻与心情。

在回家路上，飞船的能源炉堵了，这是很快就能修好的小毛病。但修之前必须先就近找个地方落脚，所以我们才降落到了落言星上，要知道在没有重力的太空里修化学燃料炉子可并不好玩，一丁点泄漏都会在无法预知的未来引起大火。

因此只好使用超出计划的能源来降落。

在降落之前也不是没有考虑过能源补充的问题。飞船在很远的高空对落言星做了一点基本勘探，结果显示这里不但有大气，而且氢含量丰富，这听上去简直叫人欣喜若狂，只要是常见状态的氢，不论是氢气、水、甲烷或者它们的变体组合化学式，我们都能用。

来了之后才发现完全是上当了：氢在雪里，遗憾的是这里的雪并不是水冰，而是一种复杂的大分子晶体，虽然可以高温分解，但反应的过程耗能太大了，没法用划算的方法把氢提取出来。成吨的雪被铲进反应炉，现在还得原封不动再铲出去。

最后的选择是太阳能。在这里要用太阳能补充足够起落的能源得花五十个标准日，如果再算上这五十天里的消耗和日常使用，得八十到九十天。

在这个冰天雪地里待三个月的消息只在最初的几个小时稍微挫败了一下工人们，很快他们就因为外出许可和带薪假期而欢天喜地、四处拍照。

大气里没什么有害人体或腐蚀保温服的成分，周围的陆地也算得上广阔和结实，所以也没必要把工人们关在几万平方米的小地方整整三个月。只要不跑出监控范围、不去招惹外星人，大家都可以在白天穿好保温服、戴上面罩在附近走走、拍拍视频。其实根本不需要强调保温服和面罩，没人会傻到在零下几十度的外星裸露任何身体部位。除非自己的女儿已经危在旦夕，急需有个人冲过去推开她面前的外星冰棒人，来不及换衣服。我想。

已经两天了，冻伤的地方不再刺痒，转而产生一种轻微的灼热感，皮肤温度摸上去也比别的地方高。低温产生的伤痕居然会有火灼的痛感，这让我感到怪异，但船医艾格说这是正常的。“这是我们与死物的不同之处，人的反馈常常强于施加者”，他是这么说的。一个诗意的怪胎。

一个在降落那天拍摄落言人和雪的视频引起了我的注意。年轻人们喜欢在视频上加滤镜，这个视频在刚开始拍摄的时候，拍摄者似乎还没拿定主意用哪一款滤镜，所以来回试了好几个。他切到温度滤镜的那几秒，也就正好拍下了这个星球的红外热成像。

落言人零下一百二十度，雪地零下八十度，这都没什么奇怪的。可雪中间夹杂了几个高达零上几百度的斑点，完全不受周围温度影响。

我想起那个被石头砸中的落言人。它不是运气不好，它是在等那块石头。

一群冰棒小人儿为什么要站在雪里，等着挨两下热石头？他们扁平宽大的手，简直像是天生为了接住石头而长的，这东西对他们一定有重要的意义。

我找出便携目镜，走到窗前将其调到最高功率红外模式，看向离船最近的落言人。从前天起，就有几个家伙一直待在船附近。

光谱画面里，落言人冰冷深蓝的身体中央，有一块小小的黄色热源。

我打开内线话筒："艾格，准备一下。我们下船走走。"

四

"你注意到了吗，雪越来越少了，但我完全没看到任何液体，这里的雪一定是直接升华的。"我左右环视，搜寻视线里的每一个角落。

"如果你只是想极限运动一下，那么我建议你回太阳系以后找几个志同道合的人去珠穆朗玛峰，顺便放过我。"艾格牙齿打架的声音从话筒里传过来。"如果你是因为由于搁浅而耽误工时之事心情不好，那么除了小公主以外船上任何人都可以陪你喝两盅。"

他不提我都没注意到，萝朵斯这几天没来闹腾我。

"又或者你是觉得冻伤挺有意思的？想再找两个落言人玩玩？"

"我说了我们是出来找石头的，艾格。"我绕到艾格袖子侧面，把他保温服的功率调高了一档。"而且我拍掉那个落言人的手——如果那两片芭蕉叶子确实是手的话——是因为它站在萝朵斯面前。"

他仍然报以不信任的眼神，然后告诉我那些石头叫言岩，总是跟着落言星的雪一起从天上下来。

这下轮到我盯着他看了。他早就知道，却没有告诉我。

“《星区生物辞海》里写了那么多，我哪知道你想知道什么？”他哆哆嗦嗦地争辩。“而且你也没说过你感兴趣。”

“你还查到什么了？”

“下雪的时候落言人出来接石头，接到了会带回去。”

“那石头是什么？为什么它能在零下一百度的环境里保持几百摄氏度？”

“那是本生物辞海，不是地质辞海！”艾格说，“而且我就随便翻了翻……我还得再查查。”

我还想多问几句，却突然看见了一个双手异化的落言人——我是指相对于它自己的族类而言——它的双臂不似其他落言人那样像大芭蕉叶片，本该平滑的后缘出现圆状的波浪，顶端也变得尖而细长，而且行走时会无端地扇动，那样子像极了一只笨鸟在扑腾翅膀。

我转向相反的方向。

一丝不自然的反光引起我的注意。我向那个方向走过去，雪地里果然躺着我要找的东西。

“你看，功夫不负有心人，”我手里拿着一个透明的小盒子，底端有一颗核桃大小、磷光闪闪的黑色石块，“你又有工作了。”

“我倒宁愿负一下。”艾格回头看了看远处已经小得看不见的船。

五

“在告诉你结果之前我必须先说明一下，我们捡回来的东西已经被我丢出去了。”艾格一边说一边在柜子里寻找药物。

我拆纱布的动作停了下来，等待艾格的充分理由。

“那块破石头有辐射，谢谢你防辐射的保温服吧，救了你一命。要不是回来以后发现得早，我可能已经死了——你也该买块带辐射计的表——我用了两支抗辐宁、两片止吐药，这笔账我会记在公款上。”他接手拆下我剩下的绷带丢到一边。“那么重点来了：它为什么会有辐射？”

我没有猜谜的情调，艾格已经熟稔这一点，继续说道：“因为石头里在发生非常缓慢的裂变。”

“你的意思是，我们捡了个核弹？”

“这样理解也不算错，不过它非常……非常非常缓慢。资料里没写它的核心是什么。”

我向他展示了便携镜头拍下的红外照片，落言人冰冷的身体中央有一小片热源。

“原来是这样，这就说得通了，”他露出恍然大悟的表情，“有篇亚洲人写的资料里提到落言人是‘以石为食、以岩为言、以镉为歌’。他们一定是把缓慢裂变的言岩放在了身体里，吃辐射能活下去，还能听到辐射粒子的声音；而镉则是反应如此缓慢的原因，人类的核反应堆也用镉来减缓链式裂变反应速率。”

我没听明白。或者说，我字面上听明白了，但想象不出这些是怎么在生物体内发生的。

“你还没听懂吗？亏你是个船长！”艾格揭开一小罐冻伤修复液，将折叠的罐子展开成瓶，倒进纯净水稀释。他讲学术话题的时候像另一种生物。“落言人会把一颗言岩放进孩子身体里，这个孩子将会用一辈子的时间去听它说了什么——换句话说，去接受一块裂变石头的辐射。它们同时吸收能量，又聆听辐射粒子的声音，以此建立文化。

多普林，这太美妙了。”

辐射粒子的声音？那是什么样的声音？不论被加速还是减速，同一种物质裂变的节奏是恒定的，这就像把同一个曲调听上几十年。如果是我，可能就疯了，而落言人却乐在其中。我尝试想象自然模拟软件里听过的单调声音，真的会有人类将瀑布、麻雀和暴雨的声音看作艺术、写入歌曲吗？

至少我面前这个人类认同它们。也许当医生的都这么口味奇特吧，特别是在一艘全是大老粗工人的船上靠不联网的 VR 游戏生存了六个月以后。现在还得再加三个月——

也不一定。

“这个，‘言岩’……安全吗？”

艾格盯着我笑了：“别想了，多普林，这不是艘核能船，如果是的话，我们也不至这么穷了。船不能转化裂变的辐射，除非石头自己会转化能量。”他说完觉得很好笑，自己又笑了起来。

一阵小孩子跑步的轻快脚步声从门外跑过去。

“说点实际的，小公主的‘动物先生’修好了吗？”艾格揶揄道。

“不知道，可能好了吧，上次医务室之后她就没找过我。”我有些心不在焉，还在想核能的事情，天然而稳定的裂变物质可不多见。如果能把这个核能用在船上，我们就能早些回家了……

“你最近陪她的时间是不是有点少了？这几个月她作业写不好都是跑来问我。”

我指望用沉默中止这个话题，但心思还是被拉回来，感受到了一丝妒意。

“明年的择业高中还要把她留在船上读吗？虽然现在是大航行时代了，也不是没人这么做，不过实体学校更利于她交朋友和见世面什么的。有些比她小的孩子就脱离远程课了……”

“艾格，我很忙。”

艾格把调配好的冻伤修复药整瓶浇到手上，我一阵钻心的疼。“抱歉粗鲁了点，船长，”他微笑着说，“我很忙。”

六

萝朵斯的房间在走廊尽头，墙上自带网格的圆形舷窗外围被她贴上了向日葵的金色花瓣，绿色的茎延伸到墙角。

从网格舷窗往外看，还能看见几个落言人。工人们围观留下的雪地脚印在落言人四周远远绕圈。

它们待在那里干什么？它们在吃，或者在听这艘船的“声音”吗？生活区的热辐射是不是比储藏室更强烈一些，这在它们看来是什么样的区别？会类似于柴可夫斯基和莫扎特的区别吗？

我转向萝朵斯的房门，一瞬间产生了年轻时做错事以后向朋友道歉的既视感。我是什么时候开始不在意人际关系的？即使那个人是我的女儿？这条长走廊迂回过的几十间宿舍里住着六十多个工人，我跟他们认真聊过工作以外的事情吗？即使这些同事是过去十年里和我待在一起时间最长的人？

工作像洪水常年浸泡着五官，我听不见任何声音。

“萝朵斯？你在吗？”

门过了一小会儿才打开。“有什么事？爸爸。”

“我从厨房给你带了点谷子，小鹦不是喜欢吃这个吗？”我递给她一盒小米。

“不用了，”小姑娘的眼睛瞟向一边，“小鹦已经……坏了。”

我抬头环视房里发现没有鸟的影子，才反应过来她的意思是鹦鹉“死”了。她拒绝选择如此痛苦的字眼。即使没有人直接教育孩子们生老病死的忌讳，这些也会藏在文字里流传下来。

我愣在原地，那盒谷子让我感到尴尬，不知道该不该安慰她，也不知道是该走进房里还是继续站在门口。“什么时候的事情？要不要帮你处理一下？”动物尸体不能留在船上，得拿去烧掉。

“就……前几天。”萝朵斯似乎不太想继续对话，“我已经把它埋了。”

“埋在哪儿了？”我有点落空，好像自己已经起不到什么作用了。

“外面。”萝朵斯看了一眼舷窗，外套下摆的褶皱显示出她的手在口袋里攥紧了，看来她不想继续这个难过的话题，“你的手好些了吗？”

我下意识地想把防护手套藏到身后，但也明白这样做很笨拙，所以没有动。“好多了，艾格给我上了药。”无论如何，她为我担心了，不是吗。

“小洛……就是弄伤你的那个落言人，它一直说‘对不起’，”她的眼睛明亮起来，似乎觉得自己传达了很重要的话，“我想它是对你说的。”

我的脑子“嗡”了一下。小洛！她和一个落言人交了朋友。

她向我伸出手来，掌心放着一片闪着黑色磷光的石头。

七

“不，我都说了好几遍了，她不需要任何抗辐射治疗。她目前受到的辐射剂量就跟每天打一小时游戏差不多。”

“可她兜里装着一块那种破石头过了七十个小时，你见到的上一块可是被你丢出去了。”我把采矿用的金属标本大箱子放在地上。我为什么要把这东西留着，还大费周折去找个金属箱子来装？我是想尊重萝朵斯，还是那个落言人？

“把箱子打开，多普林。我的辐射计和眼睛都没问题，萝朵斯很健康。”艾格摸摸萝朵斯的头，她看上去吓坏了，“你这几天没有不舒服吧？”

萝朵斯憋着眼泪摇摇头。

我犹豫再三，还是把箱子打开了。这块石头比我们找到的那颗要小得多，只有瓜子大小，薄薄的一片在偌大的金属箱子一角看上去有点孤独。

“看吧，没有任何问题。”艾格将手表靠近瓜子，侧面的辐射读数一动不动。他拿起石头和便携目镜仔细观察。“和上次那一块有些不同。有一层反光的薄膜附在表层，也许就是这个阻隔了辐射。”

“这是石头的膜，小洛把石头吞下去时，就给了它一层膜。”萝朵斯一边说着，一边感受到了我们质疑的神色，旋即拿出“动物先生”来增加自己的说服力。“它用树枝向我演示过。”

“而且它还可以随时把石头取出来？”艾格耐心地引导问道，但掩饰不住惊讶的表情。

“对，但是不能太久了……我猜的。这几天，小洛越来越没有精神了。可是每次我要把石头还给它，它都只是朝着爸爸的船，说对不起。”

“你们怎么交流？”艾格把玩着那颗覆膜的言岩问。“我是说，也许动物先生可以粗略把小洛的心情翻译成中文，但反过来，小洛要怎么知道你在想什么？”

萝朵斯眨巴眼睛回答不上来，也许她没有好好想过这件事。

我感到一种意料之外又情理之中的困惑感，我尚未成年的女儿，用一台在我看来几乎是骗钱的动物体测翻译机、或者说一个玩具，理解了一个——一位，一头，一只，我甚至拿不准应该用哪个量词来称呼这种生物——落言人，一个连耳朵都没有的外星生物。萝朵斯在过去三天里和这个小洛待在一起的时间很可能比过去三个星期和我在一起的时间更长，以至她的鹦鹉需要埋葬时，她甚至不是来找我。

这种无力让我暗自愤怒。

我抬头刚要说话，发现艾格已经不见了。

石头也不见了。

八

我们在锅炉房的能源转换机边找到了艾格。他兴奋地声称这块覆膜的言岩可以转化能量。“简直就是个微型的核能发电机！我只是用两个铜片头把它放在副电路里，我们自己的电机功率立马就降下来了！现在让我们冒险一下……”

他拨动几个开关，又把萝朵斯和我推到门边的转角。萝朵斯第一次从艾格口中听到“言岩”这两个字，小声而专注地琢磨着它的发音。艾格切换充能闸门，头顶的灯熄灭了又亮起来，然后“啪——”的一声再次熄灭了。我以为行不通，艾格却高呼万岁。

“成功了！它刚才给这个房间供电了！”

“可是这个房间没有电。”萝朵斯四处张望。

“那只是因为核能的功率太高了，我只要在电压转换器里修改一下线路就行了——我们有能源了！”艾格抱起萝朵斯转了一圈。“多亏了萝朵斯！”

“不是我，是小洛。”她看上去远没有艾格那么激动，甚至有些担心的样子，“我们是不是……很快就要回家了？”

“是的，只要有这颗言岩供能，我们明天就能……”

“不行！”萝朵斯慌了。“这是小洛借给我的，我……得还给他。”

“它这么说的？”艾格疑惑地问。

萝朵斯憋红了脸，看来小洛并没有说过，是她一厢情愿觉得对方需要。就像我一厢情愿觉得她需要我。

艾格偷偷和我对视一眼，轻轻耸肩微笑。那意思是“交给你了”。

我突然发现自己都不用蹲下来。仅仅是前两年，我想要认真说服她听话，还需要半蹲在地上，才能做到平视她的眼睛。仿佛不久之前，我还能单手托起刚出生的小小萝朵斯，而现在她已经一米六了。

“萝朵斯，你的朋友没有要求你把言岩还给它。这颗星球上有很多这种石头，我和艾格昨天还捡到过一块……”

“掉在地上的不行，地上的石头不会说话。”她拽紧“动物先生”力争说，“天上的石头可以说一年，地上的石头只能说一天。”

“原来是这样！落言人用镉膜减缓言岩裂变，而落地的那些很快就反应完了！难怪它们要站在雪里等。”艾格兴奋地接话，然后在我的瞪视下捂住嘴巴。

我给他使了个眼色，暗示他赶紧去解决技术问题，自己则把萝朵斯拉到一边。

“萝朵斯，我们不能在这里等三个月，这个空当太长了，所有的工期都得往后推。这颗小石头可以帮爸爸省下所有工人三个月的工资，还能解决很长一段时间的能源费用问题，那是一大笔钱，我们会过上好日子，爸爸可以给你再买一只鹦鹉——或者小猫，你不是一直想要小猫吗？”

她沉默了良久，吞咽了几次口水。

“不拿走小洛的言岩，我们三个月以后也可以安全离开对吧？我们有吃的，有喝的，不会死在这里，对吧？可是如果没有言岩，小洛可能会死……”

我的注意力越过她的头顶，看艾格在锅炉房里折腾变压器。大多数设备都过时了好几代，能源炉堵得越来越频繁。萝朵斯在这种时候把免费的能源捡回来，这一切都会改变，再跑几趟活儿就能换一艘新船，而且我根本不关心一个外星人的死活。

可我为什么还是不能狠下心来直接拒绝她？

她努力控制自己：“这是更重要的事。”

我能听到她嗓音里不容置疑的坚韧，那是我的回声，是一个小孩子对权威的父亲所能做到的全部。

她认真地听我说话了，哪怕我只是敷衍。可我从没有听过她说。

我几乎在飞船和萝朵斯之间产生了一瞬间的动摇，能源炉突然“嗡”地运作起来，艾格抓着油漆剥落的试电笔冲出来，关上了房门。

“雪化了，”他颤抖着说，“言岩的能量流进反应炉，把雪里的氢元素放出来了！燃料罐正在补充！”

萝朵斯严肃的表情化开了，她不太确定地问：“这是不是说我们可以把言岩还给小洛、然后用氢回家了？”

艾格似乎以为我已经完成了劝说，没料到萝朵斯还在执着这件事，所以为自己的兴奋感到有些尴尬。“额……不是的，那石头已经拿不出来了。”

萝朵斯的眼睛睁得很大，她的艾格叔叔从来没骗过她。

“言岩正在给船和反应炉供电——高压电，我为适应它的电压而调整了我们的配电系统——炉子和温控都开到了前所未有的功率。如果突然停用这个新的能源，直接切换成旧的电力系统，瞬时功率会让系统过载跳闸，也就是全船断电；如果不停用核能、只单独关上炉子，持续流出的巨大电力消耗不掉，也会跳闸。”

“断电会把船弄坏吗？”萝朵斯试着理解艾格的话。

“断电本身当然不会，可关上反应炉的时候，里面的温度不会自己消失，化学反应不会马上停止。温控和氢气液化之类的周边设备都得开着，否则炉子里的热量不会马上减少，氢气却会猛增……”

“然后船就炸了。”萝朵斯盯着地板轻轻地说。

我以为自己会因为用不着继续劝说萝朵斯而松一口气。但她转身跑掉的脚步声一下一下撞进耳朵里时，我却只想给自己一拳。

九

这是我第二次离落言人这么近，也是第一次近距离观察这个种族。可面前的落言人完全不像我上次见到它时的样子了。它宽阔的手萎缩了，圆滑的身体瘪了下去，不知是不是错觉，它好像还变小了。它坐在雪地上，缓缓抬起头来看我的伤手。

“这是小洛，”这句话明显是对我说的，萝朵斯却并不看我。然后她又掉转手指、看向小洛，“这是我爸爸。”

“对不起”的声音从“动物先生”小盒子里发出来。我意识到三天前我走出萝朵斯门外时，说话的就已经不是小鹦了。

小洛当然没有听觉，她们是怎么沟通的？也许它可以分辨萝朵斯的体温或血流变化——透过隔离服——来辨别她想不同事情时的身体状态，毕竟热量也是辐射的一种，也会随着思维变化。每个人都在毫无察觉的情况下不断地辐射自己。

她想到我时会快乐还是害怕？体温会不会上升零点零一度？

我把金属拉箱放在地上，打开扣锁，再次确认我们俩的保温服都严丝合缝地穿好了，才掀开箱子。

里面装了一整箱矿工们从落言星上四处收集来的、落地的黑石头，闪着整齐划一的黑色磷光。

说服他们出去找言岩比我想象的容易多了。我想好了十几个说得通的理由，最后却选择向他们讲真实的故事，请他们救救萝朵斯的朋友，也帮帮飞船。我请他们自愿决定是否帮忙，出乎我意料的是，所有人都热情高涨，排队换上保温服，小队长们甚至像对待正经工作一样严格地分组分区来提高效率。这是他们擅长的事情：找石头。不出半天时间，这个箱子就满了。

天上的石头说一年，地上的石头说一天。既然如此，那就给它几百颗地上的石头。我原本以为这么做就能让萝朵斯满意，但看来并非如此。

我朝小洛推了推箱子，想了想还是说："谢谢。"

小洛仍然看着我。他果然没有听懂。

萝朵斯在面罩里咬紧了牙齿，鼻子隐约红起来。

"动物先生"这才突然翻译说："谢谢。"

真有趣。也许它听不懂我的辐射，但听得懂萝朵斯的；也许它们像猫，只对特定的人有特定的语言——它们只能听懂曾经花时间去聆听的对象。

小洛用它已经萎缩的扁手抓起一把言岩放到胸口，那里似乎有通往体内的洞口。然后没一会儿，这些石头又被它吐出来了。它重复这个动作十几次以后，我才终于看出了一点变化：它手侧的枯萎处逐渐丰盈起来了，顶端甚至出现了熊掌般粗圆的手指状分叉。

这是人手的样子吗？它在吸收和理解萝朵斯的形状？

我想起那个像鸟一样的落言人。也许它找到了小鹦，它吸收了小鹦微乎其微的辐射，在其尚有体温的时候。我不确定这是一种短暂的拟态，还是一种长久的痕迹。萝朵斯有我的眼角和鼻梁形状，也有我的坏脾气、坚韧和勇气，偶尔还能从她嘴里听到船上其他人的口头禅或观念，这些痕迹有的可能会随着岁月逐渐加深，另一些则可能会磨蚀变浅，这种变化每时每刻互相拼接着进行下来，结果才交织成此刻的萝朵斯。

她每一刻都是新的，而我却没有停下来认真看看。仅仅把一个人放在自己附近，是不能了解她的。

小洛持续吞吐着石头，一人大的箱子很快就空了一半，雪地上用过的言岩也慢慢堆成小山，可即使如此，连我都看得出来，它的躯干仍然是干瘪的。

本来因为看见小洛好转而逐渐放松的萝朵斯开始着急了，她攥紧的小拳头和前倾的身体都写满了对言岩分量的担心。箱子的一角已经露出底板了，而小洛离原先圆润的样子还差得很远。

我想做点什么来打破紧张的空气，却不知道干什么才好时，“动物先生”抢在我之前开了口——

“我很好、谢谢、我很好。”

巨大的愧疚和挫败将我淹没了，一时之间我成了三者中的外星人。萝朵斯没有发出任何声音，我和小洛就都能从言语之外的信号发现她的不安，而且都产生了安慰她的念头。可我们的区别在于，我不知道说什么，小洛知道。

箱子空了。方圆十里能找到的落地石头都用完了。

“石头。”小洛缓缓停下动作，看着空箱子说。它现在是什么情绪？

它有情绪吗？我为什么开始在意了？

出乎我意料的是，小洛转向萝朵斯仍然说："石头。"

我以为"动物先生"又出问题了，它不断地说："石头、石头、石头……"而小洛仍然面向萝朵斯，可突然之间我明白了："动物先生"还太原始，只能译出"石头"这个词，小洛想说的是"言岩"。

萝朵斯在它心目中是一颗言岩，从天而降、辐射热量、如诗如歌。它们都是这样，等待雪和别的东西降落在它们身上，他们观察、聆听、接受、吸收、理解、给予，他们的死亡接受不到新的辐射，而他们的新生是一切高于绝对零度的对象。

他们没有耳朵，却听得比我们仔细得多，一个光子都不愿意漏掉。

不知道这个画面在它听来是什么样的呢——萝朵斯在它努力的欢呼与安慰中，咬住下唇无声地哭泣。

至少在我听来，震耳欲聋的静默声音开始出现了物理学定义之外的意义。

十

保温服设置在高功率制冷模式，我则热得满身大汗。

"我再说一遍，多普林，你只要一句话我们就立刻停下这蠢事。"

反应炉像一根通天的大柱子，耸立在锅炉房的正中央。平时我们就用这个炉子在异星炼矿，工作对象中大多有价值的元素都可以用高温煅烧这种简单粗暴的方法从原石里分离出来。

现在炉子里炼的是落言星的雪，纯氢离开雪晶变成氢气，从上方的冷凝管里快速液化流入燃料罐，雪渣则留在炉底。在艾格打开炉子并退出房间两天以后，我是第一个进来的人。

“工人是撤出去了没错，但除了你以外，船上还有个我，炉子要是炸了我不死也得残。”

我负责在切断言岩与系统的联系之后待在热火朝天的锅炉房里，在合适的时机打开反应炉的周边系统，让炉子里新生成的高温氢气不至于无处可去；艾格则在楼上控制室负责切换能源开关，以及和我说说话，确保我没有昏过去。

“……切换能源系统之后立刻就会跳闸，那个时刻线路过热，电闸是推不上去的，得要一小会儿自然冷却——可能几十秒吧，我也不知道多久……你要盯紧压力计，直到……”

我开始走神，艾格的声音在耳机里显得断断续续，但我知道他一直在说话，我只是太热了，这地方平时就不是人待的。保温服真的开着吗？

“……屈服极限……不可逆……别管石头……冷凝管开裂……”

炎热的记忆和萝朵斯缠绕在一起。

火星的夏至晚上九点，外面天光大亮，热得要命。她出现在玻璃那一边，只哭了一声就摆动幼小的四肢笑起来，从人群中找到我、盯着我，渴望和我互动。那一刻她像那轮仿佛永远不会落下的太阳，我是她的向日葵。

“多普林？”

可我错了。向日葵从不问太阳的想法就擅自行动，还自以为这是双向的爱。像所有的家长一样，我在乎她，却从不在乎她的感受。

“你倒是说句话啊？！”

我回过神来。“我很好，有点热。”我并不太好，很想一头栽下去。“开始吧！”

“……小心点。”艾格说完这句话，我周身机器运转的“嗡嗡”声就跟着房间顶灯一起消失了。小洛的言岩已经离开了电路系统，系统已经跳闸，船上只剩下两个地方在独立运转：炉子里的化学反应和我的保温服。

萝朵斯掉头跑掉的脚步声，用力捏住“动物先生”希望我帮她修理时指尖血管的挤压声，喊“爸爸”时嘴唇碰到一起的气流声。

手肘和后颈的灼热感最先开始明显起来。

她渴望的语调、不敢奢望的语调和失望的语调。她第一次出现在世界上时响亮的哭声，站在小洛面前时眼泪在面罩里蒸发成水分子的布朗运动撞击声。

压力计告诉我炉子快到极限了，手表告诉我电路很可能还没冷却好，眼皮告诉我大概要中暑了。

她站在船长室门口抱着满分试卷等我吃晚饭，结果等太久坐靠在走道上睡着时均匀的呼吸声。她不再等我一起做任何事以后，带小鹦出去时踩在雪地上的吱呀声。

不能等了。我把飞船供电开关推上去，扶手的热量从保温服透过来，手掌出现火灼痛觉的同时突然产生了加强的压感——看来它还想往下掉。我用小臂骨头的力量强行把它又推上去。

房间亮起来，“嗡嗡”声响起，冷凝管在我的想象中重新开始散发凉意。

我用不疼的那只手抓起言岩，晃悠着向外走去，萝朵斯的笑声重新在耳边绽放。

十一

“你真的要这么做吗？”

“是的，爸爸，”萝朵斯看着舷窗外越来越远的白色星球，黑色的山峦割裂积雪、褶皱平原，“我要去念语言学校，我想当个外星语言工作者。”

“那种学校很难考，而且接触陌生的文化也很危险……”我的手火烧火燎地疼，它在一个星期以内先后冻伤和烫伤，唯一没有改变的部分是我仍然下意识地想把它藏在身后。

“我的成绩很好，也不害怕危险。”

“这不是你害不害怕的问题。”

“小洛不知道我们需要核能，它只是把自己能给出的最好的东西拿出来了。”

我也是。我想。

“我们猜测的原因不一定是正确的。艾格叔叔说落言人在裂变的辐射物质上发展文化，可人类世界里并没有人知道那到底是什么样子的。”

她转过头来看着我，纵使语气温和，眼神里却写满了不容置疑的坚定。

“但是我想知道，爸爸。我想知道落言的语言。除了落言，这个星区还有别的语言，除了这个星区，外面还有别的星区。需要有人来做这些事情。语言很重要，不论它是不是建立在声音之上的。”

也许我把她捆得太紧了，所以她张开翅膀的时候，会想去更远的地方。像艾格说过的，人的反馈常常强于施加者。

在落言星之前，我从未真正意识到自己为什么要把萝朵斯留在身边。我以为自己是想保护她、陪伴她，想时刻响应她的需求，给她力所能及的最好生活。

事实上最后这部分几乎做到了——她永远不缺新的电子设备、宠物和零食，船上每个人都喜欢她，他们给她有趣的小东西、让她远离危险场所……

但这一切只是在掩饰真正的原因：我需要她。

萝朵斯向往地看向窗外，白色星球远离的同时，黑色的宇宙开始占据视野。她的心已经离开这艘船了。

她将言岩交还给小洛时没有带“动物先生”出去。她说不需要。

我从未说过“我爱你”，有些话并不是用来“说”的。

除了“留在身边”，爱还可以用别的语言和方式来表达，比如聆听与理解。

“爸爸尊重你的决定。”

清道夫

SHE·孟　槿

风从四面八方涌来，空气中带着一股新鲜的机器味儿，他打开了灯，望着窗外一成不变的宇宙，即刻感到被丢进了更深的黑暗中。

一

风从四面八方涌来，空气中带着一股新鲜的机器味儿，他打开了灯，望着窗外一成不变的宇宙，即刻感到被丢进了更深的黑暗中。

时间感不再重要，白天黑夜已无分别。

他一边用力捏着太阳穴，一边囫囵地吃着流食。在翻阅航行日记时，那些细碎的食物粉末就一直黏在口腔上膛，有种油乎乎的恶心感。

计算机提醒他，距离降落地点一公里左右的地方存在不明人造物体——这是现如今太空垃圾的官方称呼。人在太空中如此脆弱，需要各种复杂的设备才能存活，废料如洋洋洒洒的纸片，已经到了不得不管的地步。他便是受雇清理垃圾的员工。

不过，五年前的电磁风暴意外，而后又漂流出银河系后，便再无工作可言了。如今他放任自己在空无一人的宇宙中漂泊，遇见的仅是连回收价值都没有的人类探测器。

他跟着提示，依附在陌生陨石上仔细搜寻，半个小时后终于从红褐色的岩石缝隙中分离出约莫五千克重的飞船碎片，他翻转着看了看，瘪瘪嘴将它的剩余燃料纳入飞船的燃料库。岩缝中还露出太阳能板的一角，近四个小时后剩下的躯干部分才显现出来。

当完成这些，他已经筋疲力尽，眼前是密密麻麻的红点，双腿颤颤发抖，休息了好一会儿才缓过来。

摆在面前的是，一座半人高的探测器残骸，应该是与飞船相撞的冲击力使其嵌入了岩层中，剩下的部分和携带设备都不知道飞哪儿去了。

经过基础扫描，系统判定它为一个早期的探测器。

他不禁回想起自己的童年时期，这实属无奈之举，当人对往后的日子再无期盼，年少时期的记忆往往历历在目起来。

过去的传奇都变成了眼前的破铜烂铁。

他照旧把那截碎片丢进仓库，将探测器塞进杂物空隙里，飞船有限的空间塞满了类似的收藏品，它们被收拾得锃光瓦亮。与此相比，这块本就不大的残骸更加微不足道，只有太阳能板在灯光下反射出几粒黯淡蓝点。

它旁边放着台通信机，曾响过几次，但都被无视了。

在最初被“流放”的时间里，他无事可做。

飞船上良好的人造重力并不会让他像前辈们那样艰难，可频繁的舱外活动带来的危害早不可逆转，非重力环境使体液上涌，削弱了味觉和嗅觉，进食再无乐趣可言。

即使在这样的环境中，只要仔细，仍能听见轻微的响动。餐具互相碰撞，循环系统平稳运行，计算机的提示或物品的移动，活像误入巨兽口中的幼虫。

他一直一直听着，直到计算机提示声响起，他带回第一块探测器碎片，这里才重新变成房间。

他撕开一包豆子浓汤，用勺喂进嘴里，尽可能地嚼碎后才咽下去。

“终于结束了。”慢腾腾吃了几颗水果冻干，他说了今天的第一句话，又觉得没有说的必要，笑了起来。

飞船不断向新目标漂去，他重新钻进休眠舱，当水漫上来时，感觉就像从未出生过。

二

计算机再次唤醒他。看着镜子里的自己，他却觉得年轻了许多。

距离上次工作已经过去四百零三个地球日，朝着目标方向看去，隐约可见一架仍在漫无目的漂泊的飞行器，在视界尽头微微发光的金色小点。

他深吸几口气，穿戴好载人机动装置，背包的氮推动器将他送入深空，脚下被漆黑完全代替。

曾经在近地轨道，他恨透舱外作业，常因此呼吸困难、汗流浃背，似乎在无尽的空间里患上幽闭恐惧症。如今孤立无援，没有人在耳麦里提醒或取笑自己，这个毛病居然渐渐消失了。

好不容易把飞行器带回飞船，他累得仰躺在地板上，直到扫描结束。

旅行者一号！屏幕上的结果令他几乎叫出声来。

这是距离地球最远的一颗探测器，而我现在超过了它，在这之后不可能再有人类痕迹了。而它被截获后，便不会被其他的系统检测到，或许再不会有飞船经过附近解救自己了。

意识到这点后，他长舒了一口气，重新躺回地面。从他的角度看去，探测器天线仿佛张开的嘴，欲言又止，正准备问些问题。

你为什么会在这里？

独自生活太久，他总觉得自己能接收机器的信息，好比失明者只是草草触摸物体就能推测出全貌。

他没来得及回答，舱内便响起了断断续续的音乐，计算机读取并播放出了旅行者一号上携带的金色唱片。原本为其他文明准备的礼物将这个异乡人包裹在内。

为什么在这里？他想了想，自己的确接到过搜寻信号，但都忽略了。他从小就不受待见，迫于生计来到太空，又恰好遇上了风暴。这里有食物有水，有循环系统维持生命的基础供给，可以花上一个月时间来规划某一天。

为什么不呢？

现在，他成了引擎和向导，轻而易举、顺理成章地生活于此。

半晌，他觉得有些奇怪，皱起眉头，一步一步靠近这个探测器。

众所周知，旅行者一号携带着类似地球名片的图样，其中除了这些问候和音乐，还有二进制标识实用信息、太阳相对于银河系的位置和氢原子内自旋跃迁的图像。

这幅图案几乎出现在各大教材中，早在上学之初，他就看吐了。如今，就在这眼镜般的氢原子符号下，出现了几排凸点。

这是什么东西？他用拇指来回抚摸三角形凸点，像阅读盲文般感受略微圆弧形的尖头密密麻麻地刺进自己皮肤，而金盘背面则依旧平滑如常。

无论代表什么意思，肯定是种智慧符号，如此平衡与对称的图案可不会凭空出现！难道是还有其他人也漂流到此？但他们为什么又留下痕迹？

他从混乱的桌面上摸出一支笔，将图形画了下来，交给计算机判断……

两个星期后，他们路过一片超新星爆炸后的遗迹，从尘埃和气体的聚合体外擦身而过，飞船的红外望远镜捕捉到了肉眼看不见的光，在显示的图案中，那是团类似于肥皂泡结构的星云，充斥着橘色的尘埃，极其壮丽，极其广阔。

面对这样的奇景，他只是耸耸肩，拍了拍窗边的旅行者一号。“这种东西简直要看吐了，是吧。”

计算机仍在工作，与此同时，更多旅行者一号曾回传到地球的信息，也不断从资料库中被整理出来。在他看来，运用这么古老的技术为人类探索新边界是件不可思议的事情，它持续工作了半个世纪之久，可这令人捉摸不透的坚持，早就被地球人抛之脑后了。而在最后陆陆续续清醒的日子里，它才真正得以从任务中抽身出来，在空漠的宇宙中以最平静的姿态激烈挣扎。

“上个星期，计算机企图把你身上的符号破译成文字，说真的联想出来的东西没什么用。我相信非要代表文字的话，我们肯定有更高级的表现方式。今天得试试翻译系统。期待着新发现吧！一会儿我会出门去看看，不远处正有个小东西等待救援，我也不知道是什么，但希望是可以用来烧的。太久没用休眠舱了，我们的能源有些紧张。”他边对旅行者一号说话边撕开一包浓汤，他心情好得很。

系统将整个三角形图案与各种民族的意象进行对比。在浩如烟海的历史中寻找零碎符号显然无法推测出结构层次之间的关系，也不符合语言学中对语言功能的动态研究，即使是聪明的计算机也无法跳脱出历史和经验得到结论。与以往的计算过程不同，这次的时间比他想象中还要久。

最近他们的下方似乎有一颗行星，可以隐约从舷船底部看见宽阔的黄色光带。每当他靠在椅背上打盹迷迷糊糊醒来后，那模糊的黄色便像日出般从眼底攀升，使整个脊背都温暖起来。

“都老得不行了，你这样回去，放进博物馆他们都不认识。”他用手将它表面即将脱落的涂层剥下来，撞击痕迹越发明显。“哎，难兄难弟。”

修理工作原本就不是回收人员的强项，但所有的探测器在他手里都变得体面了，一个翼片折损了，一个零件似乎被安到其他地方，多出来的东西统统都被烧掉，没人在乎是否恢复原状，偶尔居然还能发出几声半死不活的响声。

他累得不行，立刻睡着了。

迷蒙间，计算机发出“滴滴”的提示音，屏幕赫然写着——

没有查询到您想要的结果，判定该图案不包含任何人类信息。

三

一片静止。

他全身发抖，他想走动走动，却动弹不得。之前也有焦虑发作的时候，像现在这样的濒死和失控还是头一次。

一个可能性笼罩了他，压得他喘不过气来，大汗淋漓。

他觉得疲惫万分，觉得如果能找什么人商量一下就好了，而通信机再无法使用了！现在他别无选择，只是看着不争气的下半身。这双腿最近抖过太多次了。

毫无疑问，这是其他文明留下的痕迹。

意识到这点，他不断地喘气，越是拼命呼吸越是头脑发晕。他与其他生命共用这片黑暗，却被投放进更大的孤独中，他简直快被击倒了。

不料，旅行者一号携带的金唱片再次被计算机读取，来自上个世纪的声音响起，“我代表几乎所有地球居民组织，向你们送去全人类的问候……”紧接着不同语言的问好声渐次响起。

他久违地怀念起故乡。

“谢谢。”他对旅行者一号点头示意，“我从来没感觉这么好过。”

唱片杂乱的歌声竟成了唯一的慰藉。最后一首乐曲结束，就在放松之际，一段不成曲调的声响划破空气。

他令计算机检查，结果并无异样，试着重新播放，刺耳声音又原封不动出现。仔细排查后发现，计算机直接将三角形的凸点识别为音频记录方式，破译后播放了出来！

“原来……这是一段声音？”他抓了抓脑袋。

四

携带金盘的目的，在不同笔者手下，他看到过很多种不同解释，但无论如何理解都无法忽略，从心理的动态平衡到求新求美的创新，都离不开语言。

人类对语言的审美能力几乎与生俱来，方言众多却都有迹可循，我们默认语言是生命能力最重要的表现手段之一，而这是自然选择的结果。送一张唱片去太空，恐怕是那时人们想到的最符合人类名片的形式了吧！

他解析了凭空出现的凸点，发现其中的片段皆是来源于金盘本身携带片段，但又是谁将其重新拼凑的呢？

他深呼吸了几次，活动活动了筋骨，手指关节“喀啦、喀啦”响。为了重新睡个好觉，他走到计算机屏幕前。

由于旅行者一号电池的半衰期十分可观，在相当长的时间里它都坚持工作，他将它最后记录的信息修复、还原后，得到了许多张过度曝光的照片。

照片的中心均为几团圆形的物体，虽然每张只有细小的变化，但经过仔细观察、对比后才发现这个物体，或者说生物，是处于运动中的，只不过动作幅度十分有限，往往要很多张之后才能看出明显变化。

他将照片按记录的先后顺序播放起来，得到了几小段相对完整的动作，再配合扫描记录一点点对应分析，他从未受过专业训练，十来天下来，一条破碎的故事线跟着出现在眼前。

这很难解释，但他的确从中捕捉到了模糊的灵感，或许是同在太空漂泊的原因，面对从未谋面的陌生文明竟然产生了感同身受的经验，便自顾自地猜测起来。

画面在脑海中自我描绘——

首先映入眼帘是一幅明暗分界线清晰的景色，线条暗流涌动，如同月光下的粼粼波纹。再凑近些，大群硅基生命体由远至近，是星光令它们通体散发出铅白色光泽。

视线另一头，旅行者一号仍在向前航行，迎面撞进沉默的水面。

它停在原地，按照建造者的意图传达出金盘信息，人类的声音以二进制的方式在这些没有任何称得上是五官的生命体大脑中传播。他们无法理解其中的含义，扫描对方后只得到了与自身相同的元素信息，理所应当将其判定为另种智慧生命。

他想象着长期生活在太空里的种族，他们可能正在迁徙，可能生来如此，总之在此之前，他们仅仅在前行，对周遭的奇景毫无印象。

偶遇其他旅行者，几乎是种奇迹。

“这是位来访者。”他们中的领导者也许会这么说，“我们有相同的元素和结构，正准备互相沟通。”

波在群体间传递，领导者被各种信息填满，他好久没有这么兴奋过了。

他们开始观察它的行为，凝视它的动作，甚至用对待客人的方式对待它，企图建立联系。许多个体出现在它身边，轮流讲述自己的千篇一律的故事。

他们仍轮流做出庆祝的姿势，以好奇和胆怯的方式提出问题。

解析一再继续，探测器的冷漠，吓坏了领导者。

“我们做了很多次尝试，只得到了与初遇时相同的信息，这种宇宙中的低级生命很难理解我们。”

众人哗然，开始彼此安慰，比起遗憾来说，更多的是被同情占据。他们不再尝试交流，转而默默陪伴在它身边，凑近它。他不清楚这个文明中是否存在繁衍，但他们的确以对待幼体的方式对待旅行者一号。

日复一日，真相最终浮出水面。

“它并不拥有智慧。”领导者如是说。场面突然异常安静。

如果真的存在其他种族，很可能终其一生也无法相遇；如果仅为偶然结构，就意味着他们仍得继续回到自身是唯一智慧生命体的认知中去。再也没有东西可以伤害他们，就再也没有东西可以理解他们，时间、空间都不复存在，只有这片永恒的黑暗。

他们陷入更深的恐惧。

他屏幕上最后的片段是最关键的。

他们首次破坏了几何体的阵形，杂乱地簇拥在旅行者一号附近，以同样的速度环绕着它前行。

“他们要送别你了。”他喃喃自语。

不规则的圆环中走出一个个体，他多半就是那位领导，在众目睽睽下靠近探测器，留下了属于他们的痕迹。

场景停留了几秒，按照记录不难推断出拍摄时间，他们竟然维持这个状态长达一个月！从模糊的画面中他竟感受到了莫名的祝福与严肃，分别的痛苦真实且持久，令他久久沉浸其中。

照片结尾，他们排列成型，渐次离去，将探测器留在原地。

五

他像被想象的画面击中了，难以回到现实，接着思绪逐渐漫延，回到家乡的海滩边。

如今，他仍觉得那是个索然无味的地方，遵循约定俗成的规律运转，发展十分缓慢。

但那儿的大海却令他印象极深。

他曾发现一处静谧的海滩，人与船都不屑到达，只有他每天放学会坐在铺满鹅卵石的细沙上等待日落，仿佛被整个世界隔离在外，往金黄色水波里投扁平的石子。

直到某天，有什么亮闪闪的东西被推上沙滩。他走近才看清，原来是个漂流瓶。没费多少工夫，他取出里面的纸条，满眼都是奇怪的文字。

如果有人路过，定能发觉此处一反常态，有位年幼的身影在浅滩蹦来跳去，打破往常的宁静。可没有人会看见他，就连他自己也不清楚喜从何来。

第二天，他拿着这张纸小心翼翼走到老师跟前。听完来意后，那具略显庞大的身躯抬起手，抽走纸条飞快地看了眼，又随意丢到旁边。

“啊，看上去像阿拉伯文，你刚才说从哪儿找到的？”

他没回答，支支吾吾继续问道：“纸上写的是什么意思……”

“去去去，回家去。”老师头也没抬。

他走出两步时，又听到身后传来不怀好意的笑声：“想知道就自己去找啊！计算机，你家总有吧？”

他握紧拳头，想起家中那台快报废的主机。

过了两天，海水涨潮，他再无计可施，只好在纸上也签好自己的名字重新塞进瓶中，抛回大海。

从回忆中挣脱出来，他有些茫然，眼角各流出一滴眼泪，随后立即利用照片拍摄的坐标和对方的运行方式推测出这个陌生文明最有可能的航向。得到确切的位置及可行的操作方案后，他毅然准备前往。

计算机提醒他，由于距离遥远，必须将飞船所有能源都用在这一次推进上，这意味着，放弃整套系统，包括自己的生命。但他必须前往。

他最后吃了一顿饭，将所有的豆子扔进了燃料仓。

飞船以极快的速度掠过模糊的星光，不免令人想到老电影中血脉偾张的穿越场面。

由于能源问题，船体很快开始剧烈抖动起来，他无所谓快被震碎的五脏六腑，只想马上到达目的坐标。当飞船终于停下来时，窗外又回归到了熟悉的黑暗之中，他意识到自己面露微笑。

循环系统逐渐崩溃，他换上宇航服，尽情享受着为时不多的氧气。

他抱着旅行者一号走出甲板，望向这片黑色，直至被淹没。

“去吧，去证明我们存在。”

目力所及之处他仍孑然独立，却心满意足。

祝你好运。

他用力地把这颗探测器推出去。

残存的金属碎片上，他正久久地回望自己。

重庆提喻法

SHE·段子期

过去和未来是接通就烧毁的电路板，火光蔓延未及的地方，住着鳏寡与孤独。我幻想着变成他们的形体，练习飞行跟迫降，恒星的轨道开始变得扁长，北纬30度的重庆进入漫长黑夜。

重庆，已经不是原来的重庆了。

当我看到这句话的时候，我正在想该如何度过这糟糕的一天。传统媒体落幕的速度比大多数人想象得都快，《重庆时报》在最后一版刊登了一封言辞恳切的信，有点像不舍离开舞台的演员，唱出一个略带埋怨的尾音。我的记者生涯也就此告一段落。然而，在最后一天，电脑上弹出的信息，让这个告别日变得离奇起来。

这是一封奇怪的邮件，比起告别信，它更像是一首诗、一些不知所云的闲篇，似乎好心提醒你不要变得跟写信人一样。现实世界给你制造诸多困境，最明智的方法就是暂时远离这世界，特别是在像立体迷宫一样的重庆。

这是我从信中诸多华丽的比喻中解读出来的一小部分。

邮件最后一句，又有点像一篇侦探小说的开头——“他们都希望我死了，你也是吗？”

他是谁？落款没有留下姓名。希望他死了的他们又是谁？最关键的是，这一切是如何跟我扯上关联的？

办公室的电器一个接一个被关掉，像是失去光亮的群星。直到头顶的灯光暗下来，我才意识到，该走了。

编辑老李抱着箱子挤进电梯，问我也问其他人：“接下来咋打算呢？”

顺其自然，似乎是最好的答案，大方得体且能终止对方的盘问。

跟他们不同的是，我还带走了一个谜，一个暂且看不到来路和去路的谜，在谢幕前的最后一秒，它以恩客的姿态从天而降。非要用比喻的话，它就像一个彩蛋或是一张地图，把我从暂时的伤感和沮丧中拽出来，随手抛给我下一个目标所在。

重庆的太阳明晃晃，压得人抬不起头。

天气炎热得能融化一切，空气潮湿而黏腻，在皮肤裹上一层让人无法呼吸的膜。接下来的几天，我窝在房间跟空调相依为命。

我已经能把那封信背下来了，短短几百字，没有任何时间、地点、人物的提示，除了知道那人跟我生活的城市有密切关联之外，其余一无所获。

“你也是吗？”，这句话像是“顺其自然”的一种变形，作为文章最末或对话结束时一个漂亮的收尾。我不知为何如此在意，或许，秘密，在平庸生活里总是稀缺的。

但很快，我又对自己的自作多情感到羞耻，这可能是一封发错地址的邮件，或仅仅是一个无聊的恶作剧。

我就这样跟夏天僵持着，直到她再次联系我。我都快忘记了，自己是如何失去她的。

阿棠跟我是一年前分手的，那个夏天热得让人想哭。她寄给我一个包裹，里面全都是刊登过我文章的《重庆时报》，她在报纸缝隙上写道："我搬家了，无意间找到你的东西，就全部寄还给你，祝好。"她甚至都懒得用一张新的纸来写下这些话。

我重新翻看那些文章，似乎能在黑色铅字上找到她目光停留过的痕迹，有种跟她重新对视的错觉。

在 2017 年 10 月 8 日的报纸上，我看到一篇报道。三年前，我曾注意到一部在重庆拍摄的老电影，跑了好多资料馆才找到尘封的胶片。我花了几个月时间查资料、做研究，写了起码三万字的笔记和评论，提交给报社的文字报道也有两千多字。我当时认为这是个独家，那个电影男演员身上藏着一个不为人知的重庆，可最后报纸发出来只有一个豆腐块。

后来，我把关于这部电影的文章全都匿名放到网上，有不少人知道了他，这位民国时代的男演员、导演——封浪，名字里都带着一种江湖气质。他出生地不详，来自动荡的北平或是十里洋场，是国内第一批出国留学的知识分子，后来在战时来到重庆。

拍电影对他来说是一件机缘巧合的事，或者说是一种注定。

重庆，已经不是原来的重庆了。

这是一句台词，来自封浪拍摄于1945年的黑白默片《坍缩前夜》，片长40分钟。由于年代太过久远，破损的胶片中只留下20分钟左右的内容。《坍缩前夜》虽然没有对白和复杂场景，但我感觉它更像是一部带着喜剧色彩的科幻片。

封浪在电影里饰演一位科学家，前半部分是他在地下基地做实验的画面，墙上挂着一个巨大时钟，中间是一个类似反应堆的装置。他摆弄着各种工具和图纸，动作夸张、表情滑稽。没多久，实验室进来了几位衣着破旧的难民，有母子、有夫妻。封浪让他们站到那个装置上，围成一圈。他按下一个按钮，一束强光从装置上方射下来，一瞬间，他们竟然全都消失了。

接着，几个日本兵闯进来，像是在找谁，封浪举起双手表示自己没看到。张牙舞爪的日本兵还是把他抓了起来，离开前，他盯着那个装置说了一句话，像是在自言自语。这句无声的台词在字幕上停留了整整十秒——“重庆，已经不是原来的重庆了。”

画面在这里戛然而止，后半部分的胶片完全损坏了。我对故事结局有过不少猜想，科学家绝地反击，更多难民被拯救，战争提前结束……当然，是大圆满结局的可能性比较大，因为电影本该如此。

除了类型上的独特，最吸引我的还是封浪本人。他是这部电影的演员兼导演。当时，重庆正值大轰炸的紧张时期，一部喜剧科幻片显然有些不合时宜。不过，也可能是战时用于政治宣传，像1940年正处于战争阴霾的伦敦，每天都有空袭，到处满目疮痍，可比城市更残破的，是人心，电影成了人们唯一的心灵慰藉。在当时，英国资讯局电影部为了提升国家士气、安抚民心，拍摄了不少政治宣传电影，比如《敦刻尔克大撤退》。

封浪拍《坍缩前夜》时，西南边陲地区民风守旧、信息闭塞，科幻这种超越常识的概念对人们来说不亚于巫术。在战争结束前，他可能也想用这种幻想中的胜利来慰藉人心，思议不可思议之事，对饱受痛苦的人们来说，的确是一场精神疗愈。

《坍缩前夜》中的镜头大多都是远景和中景，几乎没有特写，让人看不清封浪的全貌，他脸上滑稽的胡子和宽大的眼镜，成了辨认他的最好方式。他似乎刻意为之，将身体语言变成整个画面的主角，晃动的姿势、步伐，表现情绪时不自主的小动作，都变成与观众交流的工具，想让我们从这些特征直接看到他的内心。

几年前，我费了不少劲找到看过《坍缩前夜》的观众，他们当年只有十几岁左右，故事结局早已记不清，其中一个人说，封浪在那以后陆续又拍过一两部电影，可最后好像被特务暗杀了。

可那封邮件的结尾，否定了封浪已死的说法。如果他还活着，现在也有八十多岁了。

“封浪……的确是死了，不过，他有不少追随者。”

“追随者？”

“有人认为电影里那种技术真的存在，能把人带走。”

“带去哪儿？”

“反正离开重庆吧，没有战争的地方，当时甚至有人偷偷缠着他呐，求他施法把自己带走……当然，也有人想要他死。”

“为什么？”

“因为，他是个好人。”

我重新研究那些笔记，他之后拍的电影《狂想曲》《幻化网》，都没有留下胶片。我对此也有过过度的猜想，“曲”与“网”不仅在字的形态上有些类似，意象上也同样有着广大、细密的感觉，容易让人联想到时间、命运之类玄乎其玄的东西。我想，这些电影存在的意义不只是安抚人心，或许，像是他的胡子和眼镜，他跟电影本就是一体，就成了一个标志、一个符号，代表着幻想本身。

而幻想，理应是每个怯懦时代最宝贵的意志。

谵妄的重叠景象消失于火焰，曾睥睨一切的国王消失于众生，这才是放逐。山与雨互为遮羞布，城之上还是城，城下住着逃兵，我像个逃不掉的孩子，重庆像是布景。

这些句子，让我想起毫不相干的从前。

在那个最应该逃走的年纪，我却被困在一个由自我打造的窠臼之中，十八九岁，我跟一个名字里带有“夏”的女孩反复恋爱和分手，在宿舍床上写着张牙舞爪的诗，在电影院做着张牙舞爪的梦，在火锅店制造比隔壁桌更张牙舞爪的嘈杂……我还常常故意把小说读到一半、然后放下，像是只谈了一半的恋爱，或是在只认识了一半的她们面前搬弄着文学典故，做任何能让别人对我刮目相看的事，却毫无意义。每个人的青春似乎都是这么过来的，仿佛布景一样被安排。

可很多时候，我想像电影里那样活得危险。

封浪的生活可能远比电影危险，我刷着论坛上关于他的旧文章，突然很想再看一次《坍缩前夜》。几年前为了那篇报道，我拜托朋友从档案馆调来胶片，然后再去几千公里外的电影资料馆才找到机器播放。主编对我的执着不以为然，我半开玩笑跟他说，我们的独家精神已经失踪很久了。

我常常不告而别，像从前对阿棠那样。而这次，我对着空荡荡的房间，好像没有可以说再见的对象。电影胶片也早早跟这个时代悄无声息地告别，像报纸一样变成一种纪念品。

我鼓起极大的勇气挺身迈入重庆的夏天，为了再次看到那卷胶片上的电影，这是值得的。

很多人都以为这个城市的奇异之处，是那些纵横交错的路与桥；是你站在一栋大楼的顶部、发现自己实际上位于山的深谷；是穿过一条依稀可见的小径、马上就抵达繁华的城市腹地；或是穿行于随着地平线起落的建筑带、不时被湿漉漉的云雾掩埋。的确，它在如此压缩的区域中集结了自然界各种地形地势，让穿梭于其中的每一个人都能体会到多倍于其他地方的江湖感。

但这并不是全部。

那些车马纵深、摄人心魄的纷繁景观，只是重庆的一个注脚。在我眼里，她就像电影本身，每一栋建筑、每一座桥、每一条街的沟回与曲折，都跟情节、故事丝丝入扣地对应着。电影里标准的起承转合构成了这座城市的主体，赋予她生命力和镜头感，磅礴而又鲜活。这些彼此互文的元素，像天空一样横亘在城市其上，共同组成了一个标志、一个符号。

我从路的起点走到路的终点，站到更高处才发现，根本不存在起点和终点。我常常这样一个人走，上次经过一座桥，从长江大桥往上，又经过高架桥，萦回、漂移，在这个角度能环视所有楼宇，让我有种要飞上天的错觉。然后，再驶入另一条轨道继续下一个盘旋或攀升。重庆总是这样，容易让人想起那条咬住自己尾巴的蛇，开始和结束不过是个谬论。

接着，我往城市边缘行进，感觉内心开始变得空旷起来。繁密的城市群落消失于高速公路，我嗅到一种若有似无的危险，电影里的那种危险。再次闯入封浪的幻想世界，是我逃离目前平庸生活的唯一出口。不断倒退的路牌坐标告诉我，离那卷胶片越来越近了，我竟隐隐感到一阵兴奋。

那间档案馆位于重庆城郊，倚靠在一间历史纪念馆旁，里面保存的都是些古旧的文艺资料。我到达时已接近夜晚，这栋低矮的木楼如同对大自然卑躬屈膝的隐居者，一位老人刚巧走出来将门锁上。

“您好，请问下……”

“明天再来吧。”老人双手背在身后，脚步轻盈，像个隐士。

“那……您知道附近哪儿有住的地方吗？”

“都没有”，老人缓缓抬起头，他瞳孔有些浑浊，单薄的身躯被一件深灰外套包裹着，声音却浑厚有力，“我看你是来找资料的吧，倒是可以到我家先住一晚。”

我欣然接受他的邀请，很奇怪，两个陌生人能在一两句对白后快速达成信任，或许跟炎热的天气有关。

他叫老姚，负责看守纪念馆，平时很少人来参观。他说，他一眼就看出我不是普通游客，是带着一件事情来的。不知为何，我对老姚也有同样的感觉，他也像是因为一件事而留在这个僻静之地，安心当个看守人，在等待谁或是保守着什么秘密。

不过现在，我心中的独家暂时只有一个。老姚家就在附近，房屋有些旧但很干净，晚餐后，我向他打听那卷胶片。

“那是很久之前的东西了，”老姚眯起眼睛努力回忆，“纪念馆曾经要修复一些老的影像资料，你说的那卷胶片因为时间太久远，没法儿弄。不过，现在有了一个放映厅，明天你可以看看复刻的胶片版本。”

“好，那部电影，您看过吗？”

“没有，你说的那个演员也没听过，我就是个看门的，这些东西不太懂。”老姚揉了揉眼睛，“你要是这么喜欢电影的话，不如……”

“不如什么？”

他没再说，起身回到自己房间，像是场景骤然暂停、接着跳至下一个，让刚刚的问题悬在半空。

陌生的床上有一股被阳光烤过的味道，我梦到了阿棠。

我承认自己不够爱她，甚至记不住她最爱的颜色，或许只是因为她不够危险。我曾经拉着她站在重庆的最高点，俯瞰着城市被无数灯光勾勒出动人的轮廓，两条来自不同源头的江水在半岛外相接，怎么看都像是一个紧紧的拥抱。

我看着黑暗中她的侧脸说……我好像说的是，我想变成奔马落入未来，我想等到下雨，我们困倦得像一对纸象，就可以继续烂在一起，我还想去做很多很多不可思议的事，最好变成不可思议本身。

等结束了，重新上路，你愿意陪我一起吗?

她没看我，嘴唇轻轻开合。我不记得她说了什么，只感觉那时她的声音同样悬在空中，像蜘蛛，结了网又飘散，我就站在最高点，看着那声音飘散。

我依然不善用比喻，所以她离开了，头也不回。

过去和未来是接通就烧毁的电路板，火光蔓延未及的地方，住着鳏寡与孤独。我幻想着变成他们的形体，练习飞行跟迫降，恒星的轨道开始变得扁长，北纬30度的重庆进入漫长黑夜。

胶片包装袋上印着封浪的名字，它就躺在黑暗的储藏室里，像是在等我打开封印。老姚把它拿到暗室，无数个24格被一一铺展开来，然后卷进古董般的放映机。这卷复刻版的《坍缩前夜》还是只有20多分钟，不过，我希望这20分钟足够漫长，就像黑夜。

我坐在最中间的位置，视线里除了大银幕没有其他，黑白画面开始跳动。此时此刻，我比以往任何时候都更容易体会到一种仪式感，跟第一次抱着目的来看不一样，这次更加纯粹，像是准备入侵他的思想，在那段被复刻的时空彻底坍缩之前。

几十年前的电影摄制技术只停留在视觉语言，粗糙程度可想而知。正因为如此，运动的图像承担起所有叙事功能，给到观众类似于纯文字一样的想象空间，屏幕上的世界存在于二维，而另一个维度在我们的脑子里。

《坍缩前夜》前 20 分钟的精彩程度不输任何电影，没有声音和色彩的介入，反而让封浪发明了用眼神和表情塑造形象的技巧。他只用了短短几个镜头拼接，就成功把自己塑造成一个搞怪而神秘的科学家，他的胡子和眼镜，爆炸发型和宽松白大褂，都是这个形象之下的附属品，而不是这些元素去丰满了他的形象。

这 20 分钟的情节全都围绕一个母题——“时间”，即使不知道结局，我也能猜到，时间，是扭转局势的关键。

我作为银幕外的观众，也很快与其他角色产生了同频共振。这种暧昧的距离感，让我学会用一种悲悯的眼光来看待他们。

天空被黑灰色浓雾遮蔽，轰炸机咆哮着展开死神的披风，街道像一张被扭曲的黑白底片，有火光散落的地方就有尸体。空气在活下来的人耳边轰轰作响，他们弓着身子，不断涌入布满城区各处的防空洞。母亲把孩子抱在胸前，骗他说这声响只是摇篮曲；丈夫和妻子一同哭泣，为了刚刚失去的家和良田；还有那瘦骨嶙峋的老父亲，惦记着前线参军的儿子；更多的是陌生人与陌生人挤在一起，瑟瑟发抖，然后祈祷——

我们最好一起重复：小心翼翼地 / 我们随时失去生命 / 草木躬身

地 / 我们原地等待奇迹。

导演会原谅我们以“我们”自居。他会在那个地下洞体安静地等待，扮演好一个拯救所有人的角色。

我能看出来封浪骨子里有一种英雄主义，在这个由他制造出来的困境里，紧接着又自己给出解决方法。及时的救赎，如同精准故事线里的第三幕高潮，对每分钟都在上演死亡的战争时代来说，这意味着神降。

于是，封浪把那个时间透镜反应堆也变成了一个角色，一个奇迹的象征。在故事情节里，时间本身成为一种英雄式的反哺，作用于拯救者和被拯救者的身体与心灵。

电影比生活更伟大的地方在于，它允许任何幻想中的神来之笔，即使不符合当下的现实，只要故事需要，都没问题。

我把自己想象成一个闯入者，通过对银幕的凝视而钻进封浪的角色躯壳里，跟他一起，等待那个最危险时刻的到来。反应堆上方的光线收缩回去，那些难民们消失得无影无踪，接着，我们被士兵抓走。最后，给观众留下悬在半空的一句话。

尽管我和封浪之间隔着时间与空间的鸿沟，但这个幻想故事却能让我远离自身的原点，抵达另一个无限接近自身的边缘，这就是电影的魔力。

我觉得这 20 分钟已经足够，只是，我还没参透“坍缩前夜”的意思。

当那句“重庆，已经不是原来的重庆了”再次出现在大银幕上，我感觉自己的人生也迎来了第三幕。

滔滔不绝的胶片向放映机冲进最后一格，这部电影在我面前画下一个潦草的句号。一切宣告结束，周围变得异常安静，燥热的空气也停止对我的侵袭。

老姚坐在最后一排陪我看完，我感觉他才是一个纯粹站在第四堵墙外的观众，看着我参与到故事其中，变成《坍缩前夜》的一部分，与这间母体似的暗室形成一种互文关系。

他缓缓起身，目光没有离开那行字幕。我努力从银幕里抽离，经过他身边时，他轻咳了一声，胡子牵动嘴唇，继而牵引着喉结上下滑动，“不如，你自己把剩下的电影拍完吧。”他依然没看我。

老姚的语气模糊不清，不像要求，更不像建议，可就是这句漫不经心的话，在我心中播撒下了一颗种子。这种子蠢蠢欲动，仿佛能孵化出《坍缩前夜》的完整命运。

“可……我要怎么拍？”

“有勇气就行。”

暗室外的光如同箭矢冲向全身，我闭上眼睛，数着开始变得灼热的呼吸，顺便掂量一下自己的勇气。比起现实生活，电影既超然物外又和光同尘，在观众生命里扮演着一种拯救与被拯救的暧昧角色。

我一直觉得，电影是更高维度世界卷曲在我们这个世界里的微观投影，那些创作者想要表达的，那些跋涉过自己和他人的自我意识，都被转换成另一种语言，幻想抑或谎言，曲曲折折地讲述出来，最后都要直抵真相。

我不知哪儿来的勇气，竟然想要帮助封浪、或者说帮助我自己去完成《坍缩前夜》。

玫瑰的耳旁腾起一股喧嚣，花蕊早已干透，无法承受的美四处散落，只能借由别人的故事拯救自我。时间也已经干透、俶尔停滞，在这缝隙，我无处藏身，我，是最肮脏的空气，是最干净的灰尘。

老姚帮我准备了很多东西，一台摄影机、一台电脑，还有灯光和其他机器。我问他，还需要什么？

你的意志，他说，让电影按照你和它的情理去畅言吧。

我点点头。老姚不像是一个什么都不懂的人，相反，他什么都懂，可能只是在等待什么。

他把我带到一个地下防空洞，这附近有高山作屏障，有坚固的山体构造，又挨近乌江水源，整个洞体隐藏于金子山 200 多米深的地层。洞体外部坡陡林密，四季云遮雾绕，除了一根 150 米高的烟囱外，从外表看不出任何人工痕迹。

洞口看上去很平常，可进入到内部简直令人震惊。经过曲曲折折的石板路，最后到达有着二十多层楼高的人工洞体中心，老姚边带路边介绍，这儿以前是“国营建新化工机械厂”，曾是甘肃生产原子弹核装药的 404 厂的升级版。一个深处西北大漠，一个位于西南腹地，却因为共同的原因，成了一段特殊的历史记忆。曾经在那场 4000 万人的大迁徙中，重庆涪陵聚集了 6 万人，随后，这个地名从地图上消失不见，就像地图上无法找到的 404 一样。再后来，这个洞体就被改造成了防空洞。

老姚停下脚步，回声也渐渐平息。我站在洞体中央，往上望去，最顶部有一处山体裂开的缝隙。周围的一切都被封藏太久，一股破旧、衰败的气味像一首发霉的歌钻入皮肤，但此刻，我却有种踏入圣殿的错觉。

不知来处的一束光像是计算过方向，在这方空间内铺撒下一张光的网，这熟悉的一幕宛若胶片自动卷入我的大脑，我一眼就认出，这儿是《坍缩前夜》的取景地。

防空洞，日，内。科学家、逃兵、难民、敌人。

顺着封浪的故事，我想象着后面的无数种可能性。在夜晚来临前，我开始将脑中的画面变成文字流淌到纸上，这是一种奇妙的创作体验，跟从前完全不一样。我写过很多篇新闻纪实稿件，见过很多人，当我的笔锋无限逼近眼前的现实，幻想的翅膀就会被重力向下拉扯，虽然我知道两者并不矛盾。

有的时候，我甚至觉得是键盘在牵引着我的手指，而不是我在操控它，这跟角色和创作者的关系一样，有时分不清楚到底是谁在拉着谁前进。

重庆日与夜的界线仿佛被悄悄抹了去，我像一把犁在桌上耕耘。故事很快写完，但手里的稿纸还只是半成品，唯有将它变成画面才有意义。

“有没有一种时间理论，能把两个不同空间连通的？”我像是在自言自语，盯着手里的分镜图，眼神落在虚空。

老姚在我背后，为晚餐忙碌着，漫不经心地说，“我记得，美国曾经有一例时间透镜实验，能让时间产生间隙，那次吧，好像也是首例实现物体在空间和时间上同时隐形的实验。”

“你是怎么知道的？”

“看报纸。”

“这个实验能让《坍缩前夜》里的剧情实现吗？”

“你倒是可以这么写，反正不都是科学幻想吗？”

“嗯……”

接着，我查了所有关于“时间透镜”的理论。曾经有科学家采用相似的方法，在一个场域上产生了一个时间漏洞，尽管只是一瞬间的事，但时间停滞的效果持续约为每秒的 40 万亿分之一。

就像密不透风的宇宙被撕开一个小口。

这个小口透进来的光，让我重新生长出翅膀。望着布满黄色浸渍的天花板，我开始想象，如果真的有一种设备能够将光线转向，让时间变慢，然后再加速，这样就可以在光束中产生一个缺口。这种情况下，发生于那一瞬间的事件将不会散射光线，看起来就好像……那件事从未发生过。

“探测器照射出一束激光束，然后激光束穿过一种名为‘时间透镜’的设备。和传统的透镜能够在空间上将光线发生弯曲一样，时间透镜能够使得光线出现非空间上的暂时分隔。”我盯着电脑屏幕，一字一句念出声，“在时间域中，这是一种能够真正控制光束属性的方法。”

封浪没有在电影里解释这种理论，但在后面的剧情中我觉得很有必要。

在我的理解中，他在戏里那个“时间透镜反应堆”的发明在某种程度上扩大了时间场域，让相对时间停滞的效果得到持续。或许，他能等到多年后战争结束，再把难民传送回来，而他们消失的真正时间却只有几秒。

可这也许会产生无数时间分支，而且每个时空都是极不稳定的。

“会不会出现悖论呢？”

“真正的未来是无法改变的，因为源头早就注定了，多出来的部分，就像是主路上突然出现的岔路吧。”老姚回答。

“嗯，有道理。”

老姚接着帮我找来几位邻居当演员，服装、道具都由他来制作，他还负责在摄影机后掌控开关机，而我则要扮演、或者说是继承封浪那个角色。所有环节我都已经在脑海中预演过了，就等着画面像浪潮一样被卷入镜头。

我从前以为拍电影是人类发明的最消磨心智的一种工作，如今看来的确如此，不只是电影，只要跟自我表达与艺术创作有关的，都是。

按照他的思路，后续剧情我有颇多设计，“我”将会被日本兵带走拷问，然后与他们反复斡旋，上演逃离与追踪的戏码。而剩下的难民会安全抵达另一个时空，为了避免两个时空在能量交换后可能产生的裂缝，其中一位难民将会主动留下来，作为这一段时空的守护者。最后，他将继续维护那个反应堆的正常运转，再接着帮助“我”完成剩下的事，悄悄带更多人逃走。

比起我的阐述，镜头和画面组合起来会更有紧张感。

开机前夕，老姚准备了几道精致小菜，邀请我喝一杯。几口酒下肚，我问他，你的家人呢。他拿筷子的手停了一下，然后随便夹起一块什么塞进嘴里，含混不清地说，走了。我继续喝酒。

“不过，还会回来的，”他咽下去，接着说，“她……会回来，我都快想不起她的样子了，但她肯定不会老，不会像我这样，呵呵。”

“嗯，她会回来的。”

后面几天，我们投入到拍摄工作中，我感觉得心应手，台词和表演都尽量保持着封浪的风格。而在后面的叙述中，我加入了一些属于自己的精神碎片。

于是，故事里突然多了一位名字带有“棠”的女孩，她是整部黑白电影里唯一的亮色。浪漫爱情在乱世里总是可贵的，英雄气概也需要一些绕指柔来作为调和。阿棠在戏里是一名单纯少女，一直默默帮助着他，她是他见过最无所畏惧的女孩，他是她见过最善良的科学家。她会在他的墓前献上一束鲜花，当然也会献上眼泪。

一周的拍摄很顺利，我们最后把重头戏放在时间透镜反应堆的场景。老姚跟演员们提前把地方收拾好，一切准备就绪，我们一起等待最后那个魔幻时刻的到来。

在这个地下洞体孜孜不倦，反而容易让人活在一种身不在场的状态中。我们的声音回荡在空腔石壁，像是轮船触礁，坟墓与子宫的意象接连不断拍打着我的脑门，这里什么都有可能发生，只要我想。

当“我”再次站在摄影机后，镜头开机，我仿佛看到一只来自宇宙深处的眼睛，正温柔地凝视着这一切。

直到洞顶的一束阳光透过缝隙垂直照射下来，尘埃开始起舞，触礁的光晕似水纹荡漾开去。此刻，空腔内壁好似发出微微共振，我们一起抬头，目光虔诚。即使黑白影像不能完全呈现光和这方空间交缠的神奇，但我们依然把那光当作集体入戏的隐喻。在故事结束之后，只需用一些剪辑切换的技巧，就能让科幻这件事变得令人信服。

电影里的时空之门即将开启，这一刻，戏剧和现实的边界被轻轻擦除，就像两个时空之间产生了细微裂缝，对我来说，这缝隙意味着全部。

棠站在反应堆中央，光仿佛一层薄纱降落在她肩上，接着完全包裹住她，像一只柔和之手在她身上来回漫游、摩挲。我从摄影机后移步到一旁，眼神追着那光，甚至能看到她皮肤上的细微绒毛在飘飘起舞。

在最接近结局的时刻，她被升华成一个象征，一个符号，用来歌颂自由、缅怀牺牲。

我只差一个对“坍缩前夜”的解释，一个大圆满结局。

越是想要说什么，喉咙就变成一口干涸的井。时间成了第二颗心脏，微弱跳动着，伴随着想要赌一把的勇气。每一秒和每一寸变得难分难解，最后一段胶片被长久的沉默浇筑。生活，是电影的预备役，电影，是灵魂的暂住证。

杀青来得比想象更早，我留了一段空白胶片在结尾，在彻底填满它之前，我会先把上下两部重新剪辑在一起。

老姚忙着收拾剧组在地下洞体留下的痕迹，我特意找了一个机会，单独去跟扮演棠的女孩告别。她是一位单纯的大学生，短发齐肩，身上有股淡淡的柠檬香味，私下里跟面对镜头时是一种相近的状态，谈话间总爱把侧脸留给我。我没什么能送给她的，就用一段复刻的胶片做了一张书签。

送她离开前，我们正好看到山那边的夕阳变成一团沸腾的糖浆，“谢谢你！”她说。她的睫毛也沾上了一抹暖黄，像是从天边偷来的。

“我应该谢谢你。”这一刻有点像刻意重复，让我想起站在重庆最高点的那个夜晚。现在，我和她同样站得很高，同样看得很远，面对着同样的魔幻时刻，我们彼此道谢。

“谢谢你的电影。”她笑了笑。

我回以微笑，脑子想的却是那一套艰涩的时间理论，如果此刻，我们都身不在场，我们会像奔马一样落入另一个未来么？

所以只能是电影，让我相信有些幻想会有成为真实的可能性，特别是在我幻想了一个跟她拥抱告别的场景之后。在未来的日子里，我一定分辨不出来，那个拥抱到底存不存在。

太阳全部隐匿了下去，带着一丝羞涩，但若有似无的光线已经不再是先前撞击着她胸膛的那道光线了。我呆呆看着她的背影，在黑夜降临之前，我成了一只手足无措的飞蛾，切切地追逐着最后一缕微光。

剪辑和后期的工作相当枯燥，老姚已经腾出两间房间给我当工作室。杀青后，我的胡须越长越密，干脆就留起来。某次我对镜自照，发现嘴上这抹弯曲的造物，竟然跟封浪那会说话的胡子越来越像，不过，比起他，我还差一个英雄目标。

谁都不知道，在那段历史中他到底扮演了一个怎样的角色，绝不粉饰太平的慈悲导演或是真正的斗士，而他的电影和生活又是如何互相影响、互为注脚的。我猜测，他也有过一段没有结果的感情，在那个时代，满溢的才华会让人变成一个靶子，连同周围的人一起。他始终没有足够的能力保护好所有人，除非，时间真的能产生裂缝。

所以，我在下半部分的戏中加入了棠这个角色，当作是一种伟大而又自私的补偿。让他这部剩下一半的电影，不再像是只谈了一半的恋爱。

关于结局，我决定在坍缩前夜牺牲自我，为了那女孩，也为了战争赢得胜利，这对“我”来说的确是一种双重救赎。最后的最后，再留下一点悬念，关于“我”的死会有颇多解读空间，开放式结局又何尝不是一种大圆满。

在定剪之前，我准备去地下洞体拍摄最后一段素材。

今天比往常更加炎热，老姚告诉我他还有别的事，就不陪我了，如果我需要拍摄反应堆的戏份，就把摄影机架在对面的石壁中央，那个角度最好。太阳高照，我眯着眼睛，点头。

其实，老姚你很有演戏的天分，你演的难民，动作、神情，整个状态都太真实了。

也许我真的是呢，呵呵。他笑着说，露出老无所依的牙齿。今天就杀青是吧，对啊，也到时间了，快结束了呢。他接着说。

我扛起机器再次闯入这个洞体，它就像一个巨大的母体，洞口诱人的清凉空气使我加快脚步。走下一段迷宫般相接的楼宇通道，需要几次弯腰侧身的回转，才能进到洞体中心。我按照分镜的构图调整好摄影机，除了几个意象化的空镜，还剩下角色表演的部分镜头。

当我站在时间透镜反应堆中央时，阳光正好在头顶铺开。我已经设计好了一组寓意着自我牺牲的蒙太奇，按下开机键，显示屏上的红点亮起，一切都那么完美，连打破寂静的方式也令人感到惬意，就像用柔和之手轻轻唤醒石穴巨兽。

但似乎有一个声音在提醒我，它可能从未沉睡过。

接下来发生的一切，一如电影中悬而未决的高潮部分，似乎封浪此前的所有作品都在为这一刻暗中铺垫。

我开始明白，他虽然不在场，却是整出戏无可置疑的导演，而我，则像个傀儡。

机械启动的声音在这方空间显得尤为刺耳，如同触礁的涟漪。我不知道是什么触发了时间透镜反应堆的开关，光线位置、反应物质量、DNA 远程识别、时间预置或是别的什么。在此之前，所有人都把这儿当作一个虚假的布景。

实际却是一个极具耐心的塞壬女妖。

声音越来越大，连空气都轰轰作响，我像一个失去重心的水手，正要被这个巨大的母体渐渐吞没。轰鸣引起了不小的共振，反应堆周围的石体开始显露出机械化的一面，石壁次第向内收缩，脚下的土地也分裂开来，一圈蓝色的等离子光束垂直伸向空中，将我团团围住，像是海面上聚拢来的发光水母。

在我做出任何反应之前，周围仿佛被抽成真空，任凭双手和双脚在空中呈现出滑稽的姿态。

接着，是坠落，永无止境的坠落。

这口通往世界尽头的干涸之井，是封浪身上藏着的那个不为人知的重庆。

老姚的朗读声犹如山谷回音，他提前对我宣读过时间的荒诞与不确定性——

“博物馆有时会利用激光束扫描来保护艺术珍品，探测器的激光束不断来回扫描，如果某种设备能够让一部分激光束加速，一部分激光束减速，这样就会出现瞬间无激光束的情况。此时，探测器就发现不了相同位置发生的任何事。”

或许是我特有的命运在召唤，而每当我试着聆听，它却改用我无法理解的语言在说话。

“有人利用这种方法，通过改变激光束的频率与波长，从而使其以不同的速率传播，这样就能产生一种时间间隙。然后，时间漏洞的另一侧还有第二束脉冲激光，这束脉冲激光的作用，便是从相反方向改变激光束的属性，从而让激光束恢复到原有属性。在实验中，发生于时间漏洞之中的事件，都可以逃避探测器的探测。”

现实世界就像是这样一个探测器，我成了漏洞中的“我”。

这一切跟《坍缩前夜》的剧情无缝黏合，我还不敢去猜，真正的导演可能正是戏中那位科学家，他发明了那种装置，之后又拍摄电影，两种身份完美地契合、又接着互换。封浪，以一种身不在场的方式，跨越几十年的时间尺度，将真实与虚幻的边界轻轻擦除，最终完成了这部伟大的电影。

但是，他却让我觉得自己像一位英雄，从逃离生活，到重新坠入其中的折返跑，然后守着坍缩前夜的前来，与他完成了某种意义上的交接仪式。

最后，写诗、拍电影或者别的，留下些什么当作路标，用骨与血，用记忆与虚妄。我抬起布道者的脚，奔入未来，一掌推开看不见的星群，给她留下无数影子作为抵押。

可此时此刻，我在哪儿？

我在混沌的虚空里，在时间的缝隙里，其中自有一个宇宙在膨胀与坍缩，我们似乎真真切切地将意识在无数帧里不断切换，从而创造了移动和改变的幻觉，以及叫作“时间”的副产品。此时，我仿佛成为了另一个觉照之人，透过无数摄影机的镜头看见我自己。

从前的影像和话语无数次浮现，将虚空填满，接着，我看到不同的时空图景像 24 格胶片一样在眼前滔滔不绝，如同在第三维度上增加了一个时间的变量。我看到不停有人坠入那个反应堆，我看到重庆的战争、看到无数生死在上演，我看到不规则的时空拼图随意排列组合，拼凑成全然不同的人生，有过去的过去，也有未来的未来。

时间不过是一种持续不断的幻觉，就像电影和爱情，前半句来自爱因斯坦。

他们都希望我死了，你也是吗？

我不确定在我刚刚消失的那个时空里，是否有人发觉此事。可能没人主观地希望我死了，或者，是死是活无关紧要，就像那只科学家饲养的猫。

如果我稍加注意，会在老姚的话里找到答案。他是难民，如果是真的，联想起我现在的混沌处境，那《坍缩前夜》的剧情全都是真实发生过的。封浪并没有虚构什么，他只是用电影复刻出那些真实的事物。

舌根传来的一阵苦涩味道，让我想起了开机前夕的酒，想起老姚的妻子。如果时间场域真的被改变，他的妻子作为难民顺利逃离，那个集体消失的时空只存在几秒，而选择留下的老姚却在这里独自经历了一生。

“她会回来的，但她不会老……”我嗫嗫嚅嚅，在这缝隙里。

而我是谁，我没告诉过任何人我的名字，我也许可以被叫作封浪。在无数个裂开的时空之中往返跑，只为了那些悲悯的拯救。

是啊，关于时间的荒诞性，我也是身陷其中才知道。

1944 年 5 月 10 日，时间透镜技术第一次实验前，重庆。我几乎是下意识地张嘴说话，在虚空中自言自语。

语音似乎触发了一道指令，指令直接返送给了不知在何处的时间透镜反应堆，也许是源自量子级别的超距作用，谁知道。

我还在下坠抑或扬升，时空裂缝渐渐出现混沌外的秩序，而秩序，来自我的意志。

我通过一扇门进入到一个场景，那是封浪的实验室，坐落在校园外的某处空地，里面放满了精巧的仪器和装置，正在进行的小型实验似乎远远超过那个时代应有的科技水平。他穿着修身西装，一副圆形眼镜架在鼻梁，似乎刚从国外回到十里洋场，然后又来到战时的重庆。

有人敲门，是一位年轻姑娘，她一头短发、面容姣好，看上去十七八岁的模样。

“你真的决定了吗？”她说。

“嗯，我必须这么做。”这个时空应该是一种复刻，此刻我钻进了封浪的身体，看着对面的她。

“你就不怕实验不成功？这次回来，安心做一名老师不好吗，我们可以……”

“这不是实验，夏棠，这是一次拯救行动，你看，重庆已经不是当年的重庆了……战争短时间内是不会停止的。”

她叫夏棠，名字里同时带有“夏”和“棠”。

“我还是不明白，你为什么又要……”

“拍电影？”

“你不觉得电影这件事，在这个时代无异于戏法么？没有人会懂你的意图的……”夏棠微微踮起脚尖，双手想要触碰什么，却又收回。

“在之后的时空，一定会有人懂的。必须有人，我是说……”封浪，或者说是我，侧过身躲避她的眼神，“我不知如何跟你解释，能量在不同时空里发生置换，需要维持相对性的平衡。根据质能方程式，时间可以进行物质和能量之间的相互转换，我们可以将三维的空间与时间进行一种等同转换的换算，这样的话，时空就会分出岔路口……因此，必须有人做出牺牲，在 N 时空需要一个守护者，保护那个反应堆装置。然后在 N+1 时空需要一个跳跃者，他就像一根线，穿起所有针的线，跳跃者会不断往前跃迁，直到……而电影，只是一个比喻！为了找到那个跳跃者。”

夏棠拿起桌上的稿纸，上面密密麻麻的图形符号能比交谈更快走入封浪的世界，她的指节发白，“直到什么？”

“直到原始时空的我，找到让时间停止分裂的方法。”

“这太冒险了！对他们来说，只有几秒，可对你就是……你真的确定吗？”

封浪只是看着她的眼睛，不说话。

夏棠忽然意识到什么，捂住嘴，“所以，跳跃者是……你？”

封浪抱住她，把头埋进她的瘦弱肩膀，“无数个我。”我闻到一股淡淡的、忧伤的柠檬香味，我不由自主闭上眼睛，开口说话，和封浪的声音重叠在一起，“无论如何，这是值得的，所有难民都会被拯救，他们会安然无恙，在战争结束后，再回来。”

她哭了，很轻。她知道，他想要变得危险，任谁都阻止不了。

我不知道在混沌中待了多久，我不断被推着往前往后走下去，直到穷尽所有可能性。那个原始时空的时间透镜反应堆上，一定有什么，和我身体里的某个部位紧紧相连。

路过一个岔路口，我选择回到一切开始时的原始时空。

彼时彼刻，轰炸正酣，封浪没了之前的儒雅，穿上粗麻布衣，跟所有人一样。地下洞体收容了数不清的难民，那些眼睛湿润、低垂，夹杂着瑟瑟发抖的恐惧和希望。随后，一批又一批，他像个魔法师，变戏法一样将他们送走，一个没有战争的时空，探测器扫描不到的地方，即使只有几秒，他们却在那里安然无恙。

《坍缩前夜》是他在轰炸间隙拍摄的。悲与喜不断交织，没人理解他。

我决定回到第一次见到夏棠的场景。

那是一所学堂，那时的封浪不过是个愣头青，却是她父亲最得意的学生。黄昏，天空低垂，光线争先恐后撞击着她的胸膛，睫毛上那一抹暖黄仿佛是从天边偷来的。

“听你爸爸说，你很爱看电影？”

“对啊！”

“那我知道毕业后要去哪儿了。”

“嗯？”

“法国，我要去学拍电影。”

“可是，你的时间透镜研究项目很快就要批下来了，而且正好有个防空洞可以给你做模拟实验场，你以后是要当科学家报效国家的！”

“两件事对我来说都一样，都是魔法……阿棠，你放心，我很快就会回来。”

世界逐渐缩减成一片无垠的星空，山城的风像是没有明天似的叫嚣，他只听到胸腔里的狂热，和她的心跳。

就这样吧。我就最后停留一次吧，然后就回归到我该去的地方。

最后一次见到夏棠，是在《坍缩前夜》放映后不久。封浪被隐匿在重庆的特务抓了起来，被冠以各种罪名。除了他们，还有不少人想要他死，他的电影被当权者、叛国者、入侵者当作传播巫术的巫术，可那些饱受战争折磨的人却认为他是英雄，于是，他拼死保护住了那个防空洞和那卷胶片。

夏棠不顾父亲的阻止，执意去救他。她只能跟时间赛跑，循着那个危险的方向，尽管她相信封浪有足够的智慧和能力脱身，却还是奋不顾身。拯救行动要是没有封浪，就像宇宙没有造物主。

“我愿意跟他交换……”夏棠的胸膛起起伏伏，一团浓雾卡在她喉咙。

敌人发出哂笑，眼神转而露出令人胆寒的光，他们齐齐盯着夏棠，像饿狼盯上了羔羊。

“你快走！”他大喊。

“他们，不能……没有你……”

“我知道我知道，夏棠，你走啊，我有办法的！我有办法……”他哭了，像个丢了玩具的小孩。

“不，你不知道……你什么都不知道……”夏棠眼神低垂，看向脚尖，右手轻轻抚在腹部。

他还不懂那个下意识的手势意味着什么，只知道，夏棠，在数学公式里，不是一个变量，而是一个常量。在他们眼里，对方即是一切的源头。

等结束了，重新上路，你愿意陪我一起吗？封浪曾经问她。

好啊。她看着远方糖浆般的夕阳说。

时间，却是一个变量。封浪在实验室里早已参透，而无数个生命与无数重世界，不过是正弦波叠加出来的相，投影源永远都在那个原始时空，在那里，爱，是常量。

后来，没人知道封浪去了哪里，就像凭空从世界上消失了一样。如果，跳跃也是必要的使命，我相信他不会停下来。

重庆这座母体的庞大与虚无正在逐渐影响我的时间观，分钟和小时在这里渺小得无法计算，我不得不用世纪的观点来思考，百年不过钟声上的一滴答而已。

刚刚上路，我从产生了无数次时空涟漪的原点启程，发现距离外在的原点越远，抵达自身的原点就越近，仿佛一个坚定的量子物理法则。

接着，我在这些时空的记忆像一根灯芯抽离灯盏，像转身就漏光的水桶。有什么在开始褪色，重叠的时空和重庆的布景，亦渐渐填满了对方的隐喻，一层层，一重重。其实电影，也不过是个比喻，一种提喻手法，我和电影，仿若两面镜子互相对照，于是衍射出无限个镜像，每一个都带着一些不同于本体的微微变形。

我拍了所有的电影，《坍缩前夜》《狂想曲》《幻化网》，还有很多，为了保护那些时空难民，我成了跟细胞一样必须不停分裂以维护平衡的跳跃者，重新在另一个时空裂缝以一个全新的身份活下去。直到我找到让其停止分裂的方法，也许，我在未来很快会找到，然后，像个盗取火种的英雄，把它送到原始时空里去，这样就不会……

夏棠在无数个重庆，一次次与我分离。

想起她的眼神和右手那个动作，后悔像若有若无的影子笼罩在我头顶，不过，转而又被无畏的阳光驱散。快结束了，时间裂缝快要清洗掉我所有的记忆，接着，牵引着我，一步步走进这个盛大的提喻法中，渊薮般的重庆。

不愿稍停，直到我被强烈的亮光刺得睁不开眼睛，那条地平线上摇晃的白线，是我和过去时空的最后一丝联系。

结束了，我纵身跃入梦寐以求的未来。

重庆很快就要进入雨季，我困倦得像一只纸象。

在坍缩前夜，我去看了一部电影，那是来自封浪导演的《你的电影，我的生活》，故事发生在过去的重庆。讲述了一位失业记者发现了一部老电影，他开始追寻那位导演的足迹，接着遇到一位守护者老人，被他引领到一个地下洞体。在那里，他鼓起勇气继续拍摄只剩一半的电影。

在今天，电影这种艺术有了更新的呈现方式，影像画面从二维屏幕跳脱出来，能全方位地与观众互动，甚至能让角色和我们上演一些额外的桥段。

这依然是一个发生在山与城的故事，带着些新浪潮的色彩。夏棠的出现，创造了全片的魔幻时刻。在他与男主角分离的场景，我忍不住代替他拥抱了她一下。

愿我们之间孤立的情爱，住进世上最拥挤的住宅。

这句话，并非来自那封邮件，是我想对夏棠说的，在再次忘掉她之前。

我看完那部电影，往回走，在暗蓝夜色的陪伴下走到重庆的最高点。在这里，一片倒悬的星空坦坦荡荡地连接到地平线之外的地方，像是世界尽头。我伫立良久，身下的城市正市声鼎沸，制造着层层叠叠的重庆式喧嚣。

我已经在不停地问，不停地找，那个方法……时间还没到，还不是这里，不过快了，我有种直觉，只用再跳跃几次，就能够结束这一切。

我一直走，从傍晚走到深夜，仿佛故意用脚去惩罚地面一样，直到看见月亮在黑暗中找到了自己的位置。我回到铺满虚拟晶屏的家中，AI 管家不知何时学会了猫的谄媚，音乐自动打开，空气里加入了精心调制的柠檬香味。

在躺下来之前，我感觉身体被一双巨手从背后拧上发条，似乎是一种被寄予厚望的交接仪式。于是，我又坐到电脑前，准备发出一封奇怪的邮件，开头便是——

重庆，已经不是原来的重庆了。

怪物

SHE·彭柳蓉

怪物无处不在。无声无息。也许你也是怪物中的一员，只是你忘记了你的来处。

一

阳光从阁楼的明瓦外照了进来，微茫的光柱里是发亮的尘埃，宛如魔法。

十岁的小文素躲在门外，透过窄窄的门缝看着妈妈躺在地板上抖动。妈妈的手和脚都如折断一般关节反转撑在地上，身躯却紧绷着向上，散乱的长发掩住了她的脸。

妈妈又生病了。她生病时不准文素进屋。有一次，小文素看到妈妈就这样反折着手脚在墙边和天花板上攀爬，如同蜘蛛一样灵巧。

小文素很害怕，却不知道害怕些什么，十岁的她还不能理解这个世界太多的事情。她跑过长廊，有些摇晃的旧楼梯，一直跑到街上。

喧闹的声响扑面而来，让小文素放松了一些。她跑过长长的石板路，连伙伴叫她的声音也没听到。街尾不远就是荒草地，往深处走一刻钟就是一个小小的湖。小湖不大却有十来米深，湖边长着稀稀拉拉的草。那里是小文素最喜欢待着的地方。从清澈的湖水往下望去，湖底有着许多旧房子。小文素喜欢坐在湖边，想着也许水底旧屋里的人此刻还在另一个世界如常生活着。

小文素蜷缩着，把脸埋进膝盖里，妈妈以前很久才生病一次，最近却连病了好几次。

午后的湖面有金色的阳光跳跃,碧绿的湖水似乎能淹没一切不安。小文素站起来看到不远处有旋涡出现。她不知道自己怎么了，只记得自己跳进了旋涡里，就像在摇篮里一般美妙安逸。

她还记得自己沉入了湖的深处，终于来到了水底旧屋外。其中的一间屋子里，她看到了水中仙女。仙女穿着白裙，身上缠绕着锁链，就像是班上同学雅言说过的水蛇。

二

小文素醒来时在医院里。大人们说，是去湖边钓鱼的人救了她。后来，小文素知道，去湖边钓鱼的人还发现了雅言的妈妈。雅言的妈妈浮在湖水里，那些曾经把她拴在湖底旧屋里的锁链断掉了。

再后来，雅言的爸爸被警察带走了。班上的同学都说，是雅言的爸爸杀死了雅言的妈妈，把她藏在湖底旧屋里。小文素并不喜欢雅言的爸爸，他老是喝得醉醺醺的。还到处说雅言的妈妈是怪物。

小文素回到学校上课，发现雅言很久都没来。秋天的时候，雅言再度出现，不像以前那样爱闹爱说话，总是默默的。小文素把一个可爱的小鸡削笔刀递给了雅言。

雅言抬头看着文素，眼睛就好像小湖里偶然出现的旋涡，虽然很清澈却很深。他没有要小鸡削笔刀。

放学后，小文素跟在雅言的身后。两个人默默走了很久。

小文素问：“你现在怎么样？”

雅言回答：“我现在和奶奶一起住。”

小文素把小鸡削笔刀塞进雅言的手里，转身跑开了。她跑得上气不接下气，回到家以后，小文素没有闻到平常的饭菜的香气。她推开妈妈卧室的门，看到的是再一次发病的妈妈。

小文素关紧房门，在卧室外靠墙坐下。夕阳的光从走廊那头的窗子外照了进来，却无法驱散小文素心底的黑暗。

天黑了。

三

五年后。

文素睁开双眼，觉得光线黯淡，原来外面在下雨。她看了看闹钟，已经早晨六点了，高三的学业紧张，文素不得不睡得更晚，起得更早。

雨声在窗外“沙沙”作响。淡淡的潮气在屋子里漫延开来，宛如黑色植物的枝蔓。文素想起了那个模糊的梦境。梦境里的她在湖底的旧屋外，静静地看着屋子里的仙女。那不是仙女，而是雅言的妈妈。她如噩梦深处的阴影，双眼正静静地看着自己。

文素想，雅言已经走出了父母去世的阴影。如今的他品学兼优，还有了女朋友繁花。繁花是雅言的同桌，安静如月光。他和她在一起是年级公开的秘密。没有人知道，文素一直暗暗喜欢着雅言，喜欢到无法开口说出这份感情。

文素悄悄起床，洗漱后，在厨房做好了简单的早餐，温在锅里。妈妈瘦了很多，不过已经不像她小时候那样经常犯病了。她和妈妈相依为命。

现在的文素以为，在她小时候，妈妈犯病时候的情景只是出于她的幻想。记忆有时是会骗人的。

雨水笼罩着镇第一中学。文素来得挺早，看到繁花站在大树下，头发和衣服已经被雨水淋湿。五月的天气并不冷，繁花的脸色却雪白得发青。

文素撑着伞走了过去。

繁花抬起头，声音低低的，眼底是潮水般的悲伤："他和我分手了。他说不想和我继续在一起。"

文素没有说话。繁花抱着文素哭了起来。文素举着伞，脖子被繁花头发上的雨水浸湿。冰冷的雨水顺着她的脖子流进了衣服里。

四

八月的时候，文素拿到了医学院的录取通知书。

妈妈看起来气色好了很多，还帮文素收拾行李。她总是唠叨着说，文素一定会成为医生。这份职业对女孩子来说很好。

文素和妈妈说着话，总是觉得自己的脊柱隐隐作痛。也许这就是勤奋学习带来的后遗症。不堪重负的身体发出了信号。

去医学院报到前的那晚，妈妈和文素坐在湖畔长谈。她提到了以前从来不提的丈夫，还有这么多年来，她对文素的愧疚。

晚风里的小湖清凉，湖畔的草地上居然有萤火虫飞舞。

妈妈看着绿灰调子的湖面，叹息着说：“五十年前，这里原本是一个小村落，有一夜，大火球自天而降，把这里变成了深坑。村民大多都死了。雨季之后，这里变成了深湖。那一年多灾多难，雨季之后还发生了瘟疫，死了很多人。我奶奶侥幸活了下来，后来嫁给了我爷爷。”

文素依偎着妈妈，听着她那略带沙哑的声音。她的脑海里是燃烧的陨石在夜色里落入小村落的画面。

妈妈摸了摸文素的头：“等你二十岁以后，记得不要再去医院做任何检查。我的奶奶，我的妈妈，我，还有你。每一代的女儿都和别的人不太一样。”

文素的脑海里掠过很久以前妈妈发病的模样，那是癫痫吗？遗传给每一代的女性成员的疾病？

那个夏夜，妈妈说了很多话，许多话语被萤火虫带往水面和空中，支离破碎。文素只记得妈妈那久违的平静而轻松的神情。

中学的时候，她在旧图书馆里看过一本生物学的书。她就知道原发性癫痫是会遗传的，尤其是女性。那时候，她在图书馆里还看到了站在窗边的雅言。少年时代的雅言清澈而透明，却和她隔着一个世界的距离。

五

医学院的生活的开端并不美好。即使雅言也考入同一家医学院。文素知道自己生病了，她坠入了噩梦的巢穴，嗅到了阴冷的腥味。

第一次噩梦是在入学后的那一夜。她白天遇到了雅言，虽然心中有着幽微的喜悦，依然温和而疏离地和他交谈了几句，就离开了。当晚，她梦到了盘踞在她整个童年和少年时代的阴影的具象。一只藏在人的影子里的怪兽。

文素想，自己是不适应新的环境。她试着打电话给家里楼下小卖部的漆婶，想要和妈妈倾诉大学感想。漆婶说，妈妈出门还没回来。

文素喜欢上了在学院的游泳馆游泳，被水包围的时候，她会放松一些。自从小时候在小湖里差点儿被淹死，妈妈就让漆叔带着她学会了游泳。

就在这个时候，文素遇到了第一个追求自己的男生。和雅言截然不同的男生宋洋。宋洋是帅气阳光的男生，喜欢踢足球，喜欢这世界上一切新鲜的事物。他第一次在游泳馆看到水里的文素，觉得自己看到了美人鱼。

宋洋的追求很直接，文素却没有任何感应。就如同一年前雅言的女友繁花抱着她哭泣一样，她不悲伤，也不欣喜。

宋洋的追求给文素带来了更多的麻烦。她被几个女生堵在了体育课的更衣室里。文素从未面对过暴力威胁。小镇的人彼此太熟悉。

六

单恋宋洋的学姐把文素按在了铁皮柜子上，拍着她的脸警告她。

屈辱的感觉令文素的血渐渐沸腾。她知道自己想要做什么。她定定地看着学姐。那些警告的话语堵在学姐的喉咙里，戛然而止。

学姐有些害怕，柔弱的新生并没有哭泣，一声不吭，眼神令人不安。那不是愤怒屈辱的眼神，那是冰冷的无机质的眼神。

学姐松开文素，退后了几步："你给我记住……"她没能说完最后一句话。沉重的风扇从天花板上脱落，重重地砸在了她的头部。那沉闷的声响就像是夏夜里雨水将至前的雷声。

文素连续很多晚都在做噩梦。有时候的噩梦只是一些模糊的画面的重复。有时候却让文素觉得另一个自由的自己做着心底最想做的事情。漆婶以前说过，妈妈年轻的时候是小镇之花，很美，很健康。妈妈是在二十岁的时候病倒在街上的。

文素想，也许这些噩梦是精神错乱的前奏。

无法入睡的夜晚里，文素焦虑地想着妈妈。妈妈离开家好几个星期了，没有人知道她去了哪里。漆婶报了案。警察没有在家里发现任何外人进入的迹象。家里的一切井然有序。小镇没什么外来人，也没什么偷盗凶杀事件。文素这才发现妈妈在她的银行卡上存了一笔足以让她生活到大学毕业的钱。

文素隐约觉得妈妈是自己离开了。湖畔交谈的那夜是妈妈最后的嘱咐。

文素开始去通宵自习室看书。她唯愿自己在书本中获得暂时的平静。凌晨一点的时候，文素坐在自习室里，周围空荡荡的。教室明亮，越发显得屋外黑暗如洪荒。

雅言走了进来。他穿着白衬衣深色长裤，微笑柔和而清澈。

他只是平静地告诉她，他喜欢她很久了。

她拒绝了。

七

有人说，如果你的孩子是亲生的，还是不要让他当医生。

医学院的课业繁重而枯燥。数年里接受的训练只是开端。

文素在大学的五年里并没有出现癫痫的症状，连噩梦降临的频率也变成了数月一次。只是每一次都是变成怪物狩猎的情景。

文素想，也许自己是健康的，只不过是把负面的情绪通过梦境里的激烈杀戮来宣泄出去。她还是听从了妈妈最后的嘱咐，没有去医院做任何检查。即使如今的她在一家医院里成了实习医生。在不同的科室观摩学习练手。如今，她在普外科实习，总是加班。

文素把电子病历弄完时已经是深夜，她一个人穿过幽暗的走廊，准备回家。空洞的脚步声有节奏地响着。文素觉得自己像是野兽穿过幽暗森林，抵到洞穴。

长廊连接的小厅的感应灯有些问题，半明半暗。小厅一侧放着一面衣冠镜，供医生们经过时整理仪容。

文素看到了镜子里的自己，镜子里的自己安静而沉默，脸色略苍白，眼睛里有着沉寂的秘密。奇怪的感觉令她突然害怕了起来。她低下头，看着脚边的影子。影子正在缓缓蠕动。

八

文素跌跌撞撞地跑出医院，回到自己租的小房子里。她洗漱后拿出镇定药丸服下，静静躺在床上。她以为她已经渐渐摆脱噩梦的困扰。其实只是美好的幻觉。这一刻，文素很想知道妈妈是否也是有着各种古怪的幻觉。

药力发作，文素陷入了梦境。她没有梦到模糊的怪物，而是再一次在梦里和妈妈相遇。月亮很圆，萤火虫在湖岸边飞舞。妈妈坐在一截枯木上，眼神柔和地看着她。

妈妈的声音很轻："你要小心自己的影子。"

梦境里的文素低下头，她看清了自己在月光下的影子，那不是人的影子，而是怪物的影子！它身形高大，有着尖利的爪子，锋利的牙齿和长长的骨尾，火红的双眼在影子里宛如燃烧的煤块。

下一个瞬间，文素发现自己变成了怪物，她在夜色里狂奔，冲进了一家民居。然后展开了杀戮的盛宴。心底阴冷燃烧的火焰在享用生命祭品后得到了安抚。

文素醒来时躺在床上，发现自己关紧的窗户半开着。窗帘飞舞如大鸟的翅膀，外面的月光那样冷。

九

文素第二天早晨去医院的时候，听说昨夜送来了一个神志不清的重伤病人，现在还在重症监护室里。听说是一起惨案的唯一幸存者，其他人都被歹徒残忍杀死。

守在监护室外的是一个中年男人，重伤病人的儿子。他瘦瘦的，右边脸颊上有着红色的胎记。他是货车司机，正好上夜班，得以躲过厄运。

文素看着那个货车司机，他情绪激动地对警察说，“我爸说杀人凶手是怪物！他没有老年痴呆症！”

怪物……

文素战栗了一下，这个词汇令她瞬间觉得害怕。

Mammoth。怪物！怪胎！畸形人！

十

文素浑浑噩噩地离开了医院。她走在路上，不知道自己该去哪里。

她觉得内心深处藏着一个野兽。这世界没有她可以躲藏的安全温暖的巢穴。

就在这个时候，她听到了熟悉而陌生的声音。

“文素。”

文素转过头，看到了雅言。他安静如湖水，在晨光里那么干净明媚。

雅言带着文素去了附近的咖啡店。

黑咖啡令文素的头脑清醒了一些。

她苦笑了一下：“雅言，很久不见。听说你并没有去医院实习，选择继续读书。你最近还好吗？”

雅言笑笑：“我不好。你知道为什么。”

文素狼狈地握紧咖啡杯，“……我生病很久了。”那些原本因为永远不会说出的话就这么说了出来。

文素低着头，摩挲着杯沿：“我可能没办法成为医生。我觉得我会渐渐变成妈妈那样的病人。”

雅言凝视着文素：“你怎么了？”

文素抬起头，看着雅言：“我梦到自己变成了怪物。”

雅言笑了：“梦而已。我也偶尔会做噩梦。文素，梦境和现实的距离非常遥远。”

文素垂下头，不安地握紧杯子：“我昨晚梦到我变成怪物杀人取乐，然后早晨的时候，我回到医院，听说昨晚有一家人被歹徒杀死了。我在想……”

雅言的声音平静：“你以为你是凶手？那不可能。”

文素的脑海里是年轻的妈妈在墙壁和天花板上如蜘蛛攀爬的画面。也许这段记忆并不是幻想，而是真实存在的。

雅言握住了文素的手：“文家世世代代都住在小镇上，而小镇从没出现过怪物杀人的事情。”

文素惶然地问：“真的吗？”

雅言握紧文素的手：“真的。文素，你一直很好，你不是你想的那种怪物。”

十一

一个月后，文素请了假，去了医院附近的一处挂牌出租的屋子。套三的屋子被粉刷一新，带着淡淡的乳胶漆的味道。地板也换过了。

中介拿钥匙打开了屋子的门：“这房子的房东急着出租，所以租金很便宜。”

中介进屋就拉开了落地窗的窗帘，让阳光照进来。他的手机响了。

文素说：“你出去接电话吧！我一个人看看。”

阳光刺眼，文素却觉得四周一片黑暗。她的视线落在洁白的墙面上，却能看到有些地方沾染的血迹。梦境里模糊的杀戮渐渐变得清晰，她瞪着眼睛，看着地板下的血迹。怪物曾经拖着一个人前行，留下长长的血路。

凌乱的画面让文素的心脏狂跳起来，她趴着墙喘息，呼吸困难。

中介走了进来：“文小姐，你怎么了？”他知道这栋房子在一个月前才发生了灭门血案，虽然重新粉刷了墙壁，换了地板。但他还是觉得屋子里有挥之不去的血腥味。

文素摇了摇头：“我没事。我们走吧！我不喜欢这屋子。”

中介愣了愣：“文小姐，不好意思。还有其他房子，我带你去看看？只是租金要贵很多。”

文素平静地说："最好是没有发生过凶案的房子。你知道这个城市有什么稀奇古怪的凶案吗？"

十二

除了作家会对恐怖传闻感兴趣，还有凶手。

中介对文素挺有好感，他发小是警察，于是他讲述了这个城市几十年来发生的悬案作为谈资。

中介带着文素去了隔壁小区："其实我们城市里藏着一个连环杀手。他的绰号是怪物，每半年犯案一次，受害者就像是被野兽袭击。杀手从未留下任何指纹和血液，也没活人见过他的样子，他会带走每一个死者身上的一个纽扣作为战利品。"

文素有些头晕，不知道为什么，她的眼前浮现出好几颗沾着血迹的纽扣。有的纽扣是塑料的，有的纽扣是金属的。其中有一枚纽扣尤为特别，是镀银的，上面是蔷薇的花纹。

文素脸色苍白地和中介道别，她坐在公园的长椅上发呆。那个绰号为怪物的连环杀手从她来到这个城市就开始犯案。粉刷一新的出租屋却让她再一次记起了噩梦里的细节。

文素看着自己白皙修长的手，她希望这双手能救死扶伤。而噩梦里的这双手却在收割别人的性命。

十三

文素慢慢走回家。小区的门卫递给她一个包裹。文素看了看是漆叔寄来的。

包裹里有着一个锁好的木盒子。文素愣了愣，摸出五年前妈妈给自己的一枚小小的钥匙。

文素的手颤抖着，试了两次才打开木盒子。里面是一封信和一张照片。

看完信后良久，文素拿起照片。照片里是年轻时候的妈妈，妈妈的身边是素未谋面的爸爸，妈妈抱着的婴儿应该是自己。

文素亲了亲照片。她收好信和照片，入夜时去了医院。

文素去了放射科，半小时后，她得到了自己的胸腔和脊柱的X光透视图。这是一个成年女性的骨骼图片，只是细节令人惊讶。骨密度更高，肋骨更宽大，尾椎更长，全身骨关节和常人不同，反关节动作毫无难度。

文素坐在医院小厅的长椅上，看着手机里的骨骼图，心情沉重。耳边是无边无际的轰鸣声，仿佛要将她彻底淹没。

Mammoth！怪物！

文素想起了小镇老人说过的那些传说。五十年前坠落的火球。被雨水淹没的深坑。死去无数人的瘟疫。

这是一种特别的进化？又或者是厄运带来的精神和肉体的双重痛苦？到底只有文家的女人是怪物，还是在小镇里隐藏着更多的怪物？

文素站起来，凝视着衣冠镜里的自己，在那黝黑的眼底是近乎疯狂的光芒。

文素想起了妈妈信里的那句话：要学会控制内心的怪物。

她终于明白了与生俱来的孤单感是为了什么。总是无法和人真正的交流，总是在深夜里醒来，错以为自己漂浮在黑暗的宇宙。她是一个异类，站在人群里，无法真正和人交流。她也许根本不属于这个世界，只是一个伴随着火球而来的怪物。

有人在文素的身边坐下：“文素，我周末要开车回我们镇，你要一起回去看看吗？”

文素茫然地抬起头，看着雅言：“好。”她的确需要回小镇寻找心中的答案。

文素顿了顿：“雅言，你会潜水吗？”

雅言愣了愣：“我有潜水执照。你想潜水？”他的神色有了变化。

文素点头：“我心中有很多疑问需要在那个湖的湖底找到答案。”

雅言凝视着文素：“没问题，我会准备好我们两个人的潜水设备。”

十四

雨季令城市的一切都湿漉漉的。地面以下，无数的霉菌在湿润的空气里生长。阴郁的植物们在黑暗潮湿之地开出罪恶之花。

雅言开车载着文素离开城市，五小时的车程后，他们就能抵达小镇。雨刮器有节奏地刮着挡风玻璃上的雨水。

车里回荡着慵懒的爵士乐。

文素问雅言：“为什么会喜欢我？”

雅言回答：“大概你是在我妈妈死后唯一安慰我的人。”那只小鸡削笔刀，他一直收藏着。

文素紧抿着唇：“我和我妈一样有病，我觉得我没有办法给别人带来幸福，也不能成为一个好的妈妈。雅言……我是怪物。”

雅言笑了：“文素，就算是怪物也需要同伴。”

文素的鼻子酸涩，她没有再说话。

十五

小镇和五年前十年前并没有大的区别。人们的生活依然平凡而琐碎。就是杂货店的漆婶和漆叔老了一些。

文素一直没有把阁楼租出去。她不想抹去妈妈在这个世界上最后的痕迹。屋子里有着淡淡的尘土味和霉味。时光汹涌如潮水淹没所有的不舍。

雨一直下，雅言驱车带着文素去了小湖旁。天空昏暗，两个人穿着保暖的潜水服，背着氧气瓶，头上戴着照明灯，缓缓走进了湖里。雅言配备了镰刀用来防止湖底水草缠绕住他们的腿。

文素在墨绿的湖水里往更深处游去，只能听到自己吐气的咕噜声。早已被遗忘的记忆在脑海里浮现。十年前，她沉入湖底，就像是胎儿回到子宫里，她在水底捡到了雅言死去的妈妈。人们猜测，是雅言的爸爸杀死了妻子，藏尸在湖底旧屋。但是，文素分明觉得她看到的雅言的妈妈是活着的，对她露出冰冷的微笑。

文素看了看防水指南针，它正在乱转。这里有强烈的磁场干扰，也许它让附近的人也产生了种种幻觉。

文素落在旧屋的屋顶，屋顶的水草摇曳，阴郁滑腻。她环顾四周，总觉得有什么正在召唤着她。

十六

头灯的光线照着这个在五十年前被毁灭或者说被封冻的旧村。

一条灰绿色的水蛇从水草丛里窜了出来，游向院子里。这里的地质在水压下发生了改变，院子中央有着一个三十多平方米的圆形隆起。

莫名的感觉令文素走了过去，她感觉到奇异的震动，看到圆形隆起上的泥块和水草纷纷滑落。

黑色陨石露出了它的真面目，宛如巨大蜂巢的陨石就这么出现在文素和雅言的眼前。它释放着神秘的射线，又或者说是无人能懂的异域信息。

蜂巢陨石的空洞有的小如碗口，有的大如水缸。文素总觉得里面藏着无数有毒的水蛇。它安静地矗立在那里，却恐怖如厄运。

文素缓缓游了过去，她靠近蜂巢陨石，脑海里的画面越来越清晰。那是陨石的记忆。它在黑暗的宇宙里飞行了千万年，在星球引力的牵引下缓缓靠近这蔚蓝星球。它划破大气层，燃烧着坠落在这里，毁掉了一个小小的村落，却藏在了深深的地底，不让人发现。无边无际的雨水里，它得以重生，释放它的子民。

就在这个时候，一只青白的冰冷的手从蜂巢里伸了出来，抓住了文素的手！

十七

文素垂下头望去，蜂巢里一张惨白的脸正在对着她露出冷漠的微笑。这张脸如此陌生又如此熟悉。妈妈！

文素凝视着蜂巢里的这张脸，心中的悲痛与恐惧如潮汐般涌动着。妈妈忍受着精神和肉体的痛苦，把自己养大。她给自己的信里说要战胜心中的怪物，要学会控制自己。但妈妈选择了投入湖水里，最后却变成了陨石里诡异的存在。

雅言握着镰刀砍断了抓着文素的手。断手的切口并没有一丝血液。

雅言扯着文素往上游，陨石里疯涌出水草伸向他们的脚踝！

文素挣扎着，呛了好几口水。她的意识有些模糊，只看到浓如墨的阴影从陨石里涌出，似乎要吞噬一切。她知道那些阴影拥有生命和意识。

湖面的光那样黯淡，距离仿佛遥远得永远无法到达。

文素的头露出了水面，她贪婪地呼吸着空气，忘记所有恐惧和不安。她游向岸边，站在浅水区里才发现雅言还没有上来。她流着泪叫着雅言，回应她的只有永不停歇的雨声。

就在文素要绝望的时候，雅言浮出水面。他跌跌撞撞地走到文素面前："我们离开这里吧！"

十八

他们爬上岸，钻进轿车里，雨水敲打着车顶，这个世界浩瀚如海洋，而这辆车就是他们两个人的方舟。

雅言对着冻得脸色发青的文素说："我们结婚吧！"

文素没有说话，只是握着雅言的手流泪。刚才她以为自己永远地失去了雅言，这样的恐惧让她无法承受。

妈妈并没能战胜内心的怪物，她选择了结束自己的生命。为了雅言，她能战胜心中的怪物吗？

令人惊讶的是，之后一年里，文素再没有做噩梦。一切仿佛都结束在了那个有着蜂巢陨石的湖底。

雅言和文素的草地婚礼在医学院举行。参加婚礼的同学和同事们献上了祝福。穿着白色婚纱的文素那么美丽耀眼。宋洋是伴郎，他最后悔的是不能成为新郎。

十九

意外发生在新婚一个月后。

雅言死于惨烈的车祸。摄像头显示，雅言开着的轿车当时在一辆货车后面，却被身后刹车失灵的大货车在瞬间挤成了铁片。三厢轿车在短短几秒变成了一厢。

雅言的尸体无法修复，最后变成了洁白的骨灰被文素带回了家。失控大货车的司机居然和文素有一面之缘。他就是那个脸上有着红色胎记的中年男人。他的妻儿死于凶杀，他的父亲也伤重不治。

文素想，这就是命运。在命运的拐角处，厄运静静等待着夺走你的幸福。

文素回到家收拾雅言的遗物，意外在书架深处发现了一个紧锁的密码箱。

文素想了想，把自己的生日号码输入，密码箱打开了。

密码箱里是几十个血迹斑斑的纽扣。

文素浑身无力地坐在地板上。她想起了十年前雅言的爸爸说的那些醉话。他说，雅言的妈妈是怪物。

这个城市绰号怪物的连环杀手从六年前开始犯案，那是她和雅言来医学院报到的时候。

雅言说过：文素，就算是怪物也需要同伴。

二十

文素找到了那枚她熟悉的银质蔷薇花的纽扣。她想她终于了解那些噩梦的根源。同类之间的心灵感应。

没有人知道五十年前发生了什么。一些陨石里的影子早已离开湖水，进入了这个世界。它们大多数的寄主无法承受它们的寄生，黯然死去，这就是那场瘟疫的真相。

总有人完成了不同物种之间的融合，身体发生缓慢的改变。一代又一代，变成怪物。杀戮与和平。毁灭与创造。人性与兽性。这些都是另一个故事。又或者人类本来就是怪物，只是获得了释放内心猛兽的钥匙。

文素关上密码箱，冲进卫生间呕吐了起来。良久，她站在镜子前，看着镜子里的自己，心中一个念头如黑夜烛火摇曳。

她想，她怀孕了。

文素想了很久，对雅言的爱恋让她不忍心抹去雅言在这个世界唯一的痕迹。她打算离开这个城市，去新的地方生活。她要当一个坚强的妈妈，让孩子成为幸福的人，而不是怪物。

二十一

在晴朗的日子里，文素坐上了一架小型飞机，打算去遥远的海滨城市，远离蜂巢陨石。

文素坐在靠窗的位置。邻座是一个帅气的男人。她拴好安全带，不知不觉睡着了，孕妇总是这么嗜睡。

飞机平稳起飞，在云层之上飞行着，这世界美好、瑰丽得如童话。

噩梦就这么无声无息地顺着文素的脚后跟攀爬而上。

文素梦到邻座的男人去了卫生间，卫生间镜子里的他神色冰冷而诡异。他的影子在地板上蠕动着。

男人打开了卫生间的门，看着整个航班上的乘客，露出冰冷残忍的微笑。

怪物无处不在。无声无息。也许你也是怪物中的一员，只是你忘记了你的来处。

明月几时有

SHE·凌　晨

照老规矩，我有一个注册局给的名字：江心月。

但我从来没有见过江心的月亮。

我就像其他人一样，居住在深深的地下。

一

我被分配到第五工作组。白色特制的连体衣在我身上滑动，我所有的皮肤都处于它的包围中，看上去我就像一条鱼。其他人则像其他的鱼。当我们依次走进登陆车排排坐好时，登陆车真的就和保鲜箱似的。自动摄像机一直盯着我们，把我们每一个细微的动作传送回控制中心。

狂热的幸运观众被隔绝在五米以下收看控制中心的大荧幕。到处寻找花絮轶闻的新闻记者们也在那里，他们人人都希望能抢到独家报道。

我真不想让他们失望。可我不能把我的事告诉他们——有规章制度限定着。本来不该我来的。我只是四十一号“返回者”的候补，如果他有问题不能参加“回归”计划，我才能代替他。我的候补则是一个满脸雀斑热情如火的家伙，看他那样子，恨不得把我和四十一号都用老鼠药闹死，好让他有机会参加。和他在一起训练真是可怕，他那种拿我当靶子的尖利目光让我后背凉丝丝的。幸运的是四十一号处于严密隔离状态中，不到计划开始我们是见不到他的。

因此我告诉海涛别把希望放在我身上。这个魁梧健壮的A－3级运动员摇着他那头栗色短发，毫不在意：“你别管，好好训练吧！”说话间，他手中的篮球斜斜抛出，在空中画了一个优美的弧线，投入篮筐。

“回归”前五天，四十一号感染了曼氏鼠疫，从此就处于昏迷和高烧中。整个计划署都在谈论四十一号怎么会得了这种可怕的死亡之症，彼此矛盾的小道消息到处传播。参议员们立刻抨击“返回者”的名额设置，认为把名额分配给未成年者太不谨慎，政府此举纯属浪费资源，不仅不能鼓舞和激励少年儿童奋发图强，反而让他们看到自身的脆弱和无法与成年人相比的差距。媒体因此分成两大阵营，整天争吵不休。这种争执甚至影响到天上，普罗斯空间城——我们最大的太空避难所，也展开了类似的讨论，他们八到十五岁的少年数目比我们少百分之四十，他们更经不起打击。

二

红棕色头发的人的额头布满细密汗珠，出发仪式上他站在我后面。他告诉我有人要毁了这个计划，叫我遇上危险时躲到他身后。眉心长颗黑痣的人讲起训练时的笑话，但没人响应他。生了一头软弹簧般卷发的杨柳是我这组另一个未成年人，他低头不语，只是在隧道门滑开的瞬间抬起头，惊惶地向观景窗外瞥了一眼。

通往地面的隧道有零点七五公里，每隔十年检修一次。平板车轮子在轨道上“咯吱”作响，颠得每个人都咧嘴傻笑。最先进的气垫登陆车被放在五十年前生产的平板车上运往地面。平均年龄二十六岁的我们要去执行一百一十年前制订的计划。这两件事之间的类同之处似乎值得我思索。

一时我也得不出什么有价值的结论，就坐在那里数每个人的脚。一共二十只，都穿棕色软底皮鞋。鞋子上印着计划署的徽章。

“5 组 3 号, 5 组 3 号, ”耳机里医生焦急地喊,“深呼吸。”我照办了。“没事。”医生告诉我。耳机随即恢复沉默。控制中心那边一定如临大敌。这有什么必要呢？我们都知道地面上的大气成分已经恢复到百年前的水平，辐射早就减弱，海水也已退去，猛兽还没有出没。一句话，我们将去之地会比随时可能坍塌陷落的地下避难所安全。这些地面资料都在公共电脑里存储着，任何一个寄宿学校的学生都知道。

在我回忆公共计算机还存储过什么每个人都必须知道的东西时，避难所的最后一道门就在此时缓缓打开了。那些百年前的机械系统仍然运转灵活。我们急忙向窗外看，看见的只是一片片斑驳的奇形怪状的阴影。

一切都按照原计划进行着。而三天以前，我还在计算机虚拟的武侠世界中扮演黄蓉。

那天，人们把我从公共计算机站拉出来带往计划署位于十九避难所的集结地。我的候补当即跑进了熔岩洞，不过他没有冲动到跳下去的地步，滚烫的岩浆让这冒失的家伙望而却步。

临行前我到“美洲虎”篮球俱乐部找海涛。他正比赛，吆喝声在俱乐部外都能听见。我爬上二楼，在观众席前排坐下。计划署官员、避难所政府教育助理、第五寄宿学校教导主任则坐在后排。他们远远看着我，我远远看着海涛。

我有些悲伤，并非因为从此可能不与海涛相见，而是另样情绪。海涛，运动健将、电工技师、水生花卉协会秘书，作为拥有三种技能的他有高于平均值三倍的住房和生活资源分配，他没有任何理由要与政府为敌。

可他偏偏要加入“退出地面”——一个公开反对“返回地面”计划的民间团体。半年前我认识他时，他已经是“退出地面”在我们这个避难所的头儿了。那时“退出地面”主要负责人全被拘捕，他们想破坏“小行星撞击地球一百一十周年纪念大会”的“阴谋”未能“得逞”。从那时起“退出地面”就变成了一个秘密组织，像它的名字一样处于地下潜伏状态。

暂停哨声。海涛跑上来：“我都听说了，你这就走吗？”他把手中的毛巾套在我脖子上：“送给你。好好干。”我望着他，突然扑进他怀里，踮起脚尖抱住他。这让他有点手足无措，但他立刻也紧紧抱住我。“四十一号的死是你们干的？”我在他耳边低问。“你别管。记住你的诺言就行。”“我会的。”我放开他，“你要保重。”我这句话倒是真心实意说的。海涛听了一愣。

官方人士们走过我身边，亮出他们腕上的表。我放开海涛跟上他们。走到楼梯口，背后响起海涛洪亮的声音：“江心月！”我停下脚步，海涛追上来。“丫头，”他捋顺我有些蓬乱的短发，眼中浮现一片含义模糊的潮湿：“你也要小心。”

然后他轻柔地吻我的额头，仿佛一位慈爱的兄长。

计划署官员同情，教育助理厌烦，主任惊愕。他们脸上的表情真是生动极了。

我想他们一定后悔选择海涛做我的校外辅导员。

三

海涛并没有教会我打篮球，我的电工技术则马马虎虎，养的花也全在水里泡烂了。我对水倒是有好感，体育运动中我只擅长游泳，可能因为名字里有水的缘故。我的长处是会表演。从小老师就夸我具有表演天赋。我最“杰出”的公开表演是在“小行星撞击地球一百一十周年纪念大会”上。纪念大会集中了所有地球和外太空人类尚在使用的避难所代表。亚洲三十一避难所有两位代表参加大会，一个是所长，一个是我。我要在民间论坛上作题目为《未来的希望》的演讲。

我用了四周时间准备演讲内容——四小时写作，两小时背诵；一周审查修改文稿；一周在全校教师指导下设计演讲动作、口气、姿态、目光；一周在全所巡回表演，征求意见并加以改进；最后一周完全封闭，一边看自己的演讲录像一边接受心理辅导。

经过这样的训练，我的演讲可以说完美无瑕，非常符合我扮演的“未来人类之希望”的角色。统计结果表明，演讲使设置“少年返回者”名额的支持率上升21%，那篇演讲稿立刻被政府档案馆拿走了。我为三十一避难所和第五寄宿学校争取到了巨大的荣誉。如果不是因为“人类生存委员会”偏爱田径运动员，我哪里会是候补呢。

幸好这个错误被纠正了。我很同情四十一号，但我爱莫能助。命里注定第一批正式走出避难所的人中有我，那又有什么办法呢？这是我尚在胚胎时期就注定要担当的角色，谁也抢不了的。

大门重新闭合。平板车滑动一段，停住了。窗外淡淡一层灰绿。我们启动气垫车。窗外的山峦渐渐消失。车子在平稳的气流里飞行，我甚至感觉不到它在运动。组长打开透明观察地板，我们才为地面的景象吸引。从表面上看，河流和山川的位置形态改变微小，似乎一百一十年的岁月太短暂了。

离开避难所已经两个小时，我们对脚下飘浮的地面都有些厌倦。幸好我们及时到达与“太空城市返地组”会合的地点。于是大家拿着午餐盒跳下车，在地上又跑又蹦，把准备的呼吸防护头盔扔掉。由于兴奋和过量运动，配给的酸味蘑菇饮料被我们喝掉了大半。忽然太空人就到了。他们也有一百人，除了身材明显比我们高大外，看上去并没有什么特别之处。

太空人的登陆舱轰鸣着自天而降，样子气派极了。我们从没见过这种真实的景象，都仰着头看。天太高了，我脖子发酸，便走到旁边去。有个笨家伙被登陆舱的支架挂了一下，出了点血。另一个人见血就昏倒了。好在我们还有很多人。

四

第一个营地选在开阔地带，离最近使用中的避难所六百公里。营地附近有一些废弃的避难所，这很正常。当初人们疯狂地修建避难所，密度大得惊人。但真正经受住小行星撞击和这一百一十年过渡时间的，却只有百分之三十八。大部分避难所都报废了。

营地设在一座小山脚下，山边有个天然湖。我们年纪小的全都涌到湖边。太阳在湖水里照耀，湖水和天空同色，青蓝得如同莲心。

我望着湖水，仿佛望见了海涛青蓝的眸子和他那一池青蓝的莲花。

“瞧瞧人类在地面上都干了些什么？灭绝物种、砍伐森林、污染水源、毒化空气、破坏臭氧层，简直罄竹难书。”海涛在一次秘密集会上发言，大幅图片随着他的声音在他身旁展开，那是令人触目惊心的证据。难道人类在地下就干了什么好事吗？我心里“哼哼”。不错，我们开发了新的科学技术，拓展了生存空间，把简单的避难所变成庞大的地下城市。但地下水被污染，地热使用过度，堆放成山的垃圾成了老鼠和节肢动物的大本营，动物们借用人类的交通网络四处出没，已经危害到了地内生态系统。如果不返回地面，迟早我们在地下的位置会被这些进化迅速的啮齿类动物替代。

但我没有和海涛辩论，我不属于他的组织。我只是坐在水池边，看那些人工培育的青色莲花。海涛的声音犹如水波，晃一晃就没有了。其他人的言语则飘浮在他的声音之上，难以捕捉。

有一个年龄比我还小的女孩急急跑过来问：“你是返回者？”我点头。“我也是。可我不想改变我的生活。”女孩眉宇间全是宗教般虔诚的光芒，“非要我上去我就自杀。”

女孩有张白净秀气的脸，看海涛的时候表情激动地一塌糊涂，像许多海涛的追随者一样。这些人从篮球俱乐部、园艺市场、电工技术学校以及其他地方涌来，都相信重返地面将是场可怕的灾难。尤其是地磁场发生改变的事，更让他们为地面的情况担忧。海涛有条不紊地把他们组织起来，仿佛组织一场篮球比赛，阵势已经排下，就待比赛开始的哨音了。

初见海涛是在第三十七个“义务清除鼠害日”的下午，我远离第五寄宿学校的大队人马，在美术博物馆的第四层回廊间寻找鼠窝。探寻器一直没有反应。我开始欣赏走廊两壁上五花八门的留言。一百一十年来，人们一直用这种方式表达参观博物馆的感受。

每个避难所都有自己专门的任务——由“人类生存委员会”分配的保存人类文明中某部分的任务。三十一避难所负责保存人类所有的美术作品。因此我们每周要学习五个小时的绘画，非常麻烦的学习——我们得用笔！金属笔尖的还能凑合；毛制的简直就是折磨，不管是硬毛还是软毛。早就有人提议彻底废除寄宿学校的这门技艺必修课。但是多少年来教学大纲里始终没有删除这种要求，即寄宿学校毕业生应具有 B2 级以上实用绘画技能，尽管这技能怎么看也没有什么实用性。

当时我在一个巨大的喷漆符号前停下。符号把四个苯双环绞成一团，用乙酰氨基连接。从印在混凝土墙上的深度可以推测这是 XD7 喷射枪所为。那玩意儿本用来对付阴暗角落里出没的老鼠，后来不知被谁改进为能喷射颜料的装置，让被笔所困但又有创作欲望的艺术家们找到了非常理想的创作工具。

这时候海涛出现了，他身穿满是工具口袋的绝缘衣，头戴防护盔，雄赳赳、气昂昂地牵着一条电子狗。“让开，让开。这儿有漏电现象。”他嚷。我把探寻器从狗鼻子前拿开：“得了，除了老鼠牙齿我什么也没看见。”海涛掀起头盔上的护镜，眯缝着眼打量我：“摩迪莱鼠几颗槽牙？”“自己数。”

海涛笑起来，微黑皮肤映衬下的雪白牙齿闪着光。“江心月。”他读我衣领上的识别牌：“今人几曾见江月，江月曾经照古人。”“你也好不到哪儿去，”我指着他的识别牌，“海涛，古典浪漫主义的代表。”“看来我们都属于水部，”海涛笑得更厉害，“这就叫作有缘千里来相识。”“千里？千厘都没有。”我瞪他，掏出一个金属币递过去：“这是丹青托我交给你的。”

海涛收敛了他放肆的笑容，小心接过那硬币，紧握在手中。“丹青说，他并不后悔他的选择。这是他最后的话。”“你知道他的选择？”“当然。”这回轮到我笑了：“你们担心人类已经退化，适应不了地面的生活。”“人类会如此弱智？主要是生态环境，地面刚建立起来的生态平衡很脆弱，人类稍一参与就会崩溃，那样地球永无生机。”“也许我们能让它更好，总不能永远在这地下住着。”

“看来你不会站到我这边，真是遗憾。”海涛突然结束谈话，放下护镜，拉起狗往前走。一队游客闹嚷嚷地冲过来，手里都拿着 XD7 喷枪。从他们的外貌和服饰看，他们应该来自美洲。我听见教导主任的哨子声。但是我先追上海涛：“如果需要，我会帮你的。”说罢我就扭头奔向集合地点，动作非常爽利干脆，留给海涛一个洒脱的背影。

颜料喷洒过来，结束了我对海涛的回忆。我也拿起喷枪。我们在湖边画了一只白胖的鸽子，翅膀托着青蓝的地球。不用说，全世界的人都看到了这幅象征和平的图画。

五

黑夜即将来临。营地里的简易地洞全部打好了。我的洞是标准的两平方米大，四壁喷了防渗液，挂了防潮布。杨柳睡在我隔壁。登陆车组成的围墙外，又竖立起电磁防护网。值班的人来回走动。营地中心点燃五堆篝火。我们被带到火边唱歌跳舞，据说这是以前孩子们最喜爱的野外宿营活动。

火焰欢快地卷动着歌声，在夜空下自由舞动。这可是地下城市所不能见到的情景。许多人纵情欢呼，甚至热泪盈眶。我看着他们，想到未知的海涛的计划，内心便无法平静。我渐渐远离人群，走到湖边。

这里空旷幽暗，仿佛最深的地洞。我坐下来，水汽扑上我的脸颊，身体下的泥土湿润柔软。我把躯干放平，让自己和真实的大地融为一体。四周静寂，没有传说中的喧闹，似乎大地尚未从噩梦中苏醒。但是天空繁星密布，如同千百双悄然闪烁的眼睛。我曾面对过如此之多眼睛的注视，而且还将面对。

心里顿时厌倦，我脱了衣服，走进湖中。湖水清凉，有一股草根的味道。我让自己漂浮，水浸透我的身体。不久，我就像条真正的鱼一样欢快地游起来，甚至长时间停留在水面下。很久没有这样痛快地游泳了，我奋力划动双臂，尽情在水中嬉戏。

“江心月！江心月！”湖水荡漾着，把这刺耳的叫声送入我的耳朵。我跃出水面，我必须赶回去，让医疗组知道了肯定要扣下检查。此时，湖心间三个金黄的东西在荡漾，它们吸引了我的注意力。我扑过去，那些金黄便散了。片刻，它们重新聚拢在一起，我也成为它们中的一分子，仿佛是水波深处里长出的一枝金色莲花。

我抬起头，天上早就无星，只有三个月亮互相照着，彼此都很寂寞的样子。我望着它们，在它们温润的光华里伫立片刻。我真想再多停留些时间，可是不能。岸上的喊声越来越近。

人们找到我时，我已经钻进地洞。他们问我刚才的行踪，责备我不该随便行动，又嘱咐几句注意保温才散去。

洞里平整而温暖，防渗液发出浅浅的诱眠蓝光。我看不见洞口，便觉得依旧在寄宿学校中。反正都是洞嘛。真不知要我们上来做什么。

“我不明白。”杨柳也说。我俩用喷枪把墙壁钻了个孔，可以听得到对方的声音。“长大就明白了。未来重建家园主要靠我们。”我回答他。杨柳半天没说话，突然嚷：“我恨你，恨你这些陈词滥调。”然后他动手把孔封上。

我怎么会说这些陈词滥调的呢?

这应该归功于我的历史课。那时我学习到了近代史：当所有阻止六四八七号阿波罗铁型小行星撞击地球的努力都以失败告终后，人类不得不进入地下和太空的避难所。七年间地下一共建造了永久性的避难所一万九千九百二十三个，临时性和半地下掩体有五百六十七万一千四百九十二个，瑞典地下防空设施、土耳其地下古城和中国西南的巨大溶洞发挥了地下枢纽作用。那是全世界同仇敌忾的七年。资料显示，人类把整个种族的能力发挥到了极限：布置太空拦截系统、修建全球地下交通网、建造太空城市和月球基地、转移地面物资……当我看到各地倾尽所能保护古建筑的那段资料时，一种神圣庄严的情感支配了我，刹那间我只想放声大哭。我匆忙离开公共计算机站，直奔祈年殿。在这座完全从地面搬下来的美丽建筑前，我好不容易才控制住自己的情绪，但我仍然为近代史的悲壮久久激动不已。

第二天，历史老师把我丢在计算机站的个人信息存储器还给我："我知道这段历史很让人难受，但是你必须学习。如果我们不能将这么伟大的文明重新在地面建立，人类牺牲十分之九还有什么意义呢？"我知道他指的是只有六亿三千万人在劫难中幸存的事。他带我去一个地下墓场。那是一个被行星碎片击毁的避难所，有二十万人在爆炸和火灾中丧生。他们没有坟墓，因为他们的尸骨已经和泥土石屑永远地混杂在一起。这个避难所封闭了八十年，不久前才对公众开放。我和老师顺着岩壁间的悬梯深入其中，空气里的硝烟和哀号似乎还未散尽，不能分辨的残垣断壁像连续不断的黑色惊叹号，提醒每一个目击者想象灾难发生时地面上更加悲惨的景象。

回到寄宿学校后我就动手写了那篇演讲稿。这也是学校肯将两年一个的外出名额派给我的目的。我把历史老师的讲话做了充分发挥和补充，我知道他的观点就是政府的观点，而要想赢取"民间论坛"辩论桂冠，不站在官方立场上是不行的。

也许这不是我十四岁年龄应该了解的，但事实如此。控制全部生存资源的政府——即“人类生存委员会”有生杀予夺的权力，任何反对这个机构的行动就是与整个人类为敌。这个机构的目的是那么高尚，一百一十年来它一直为人类能在狭窄的地下空间中生存而高速超负荷地运转着。“可是年轻人越来越不尊重和理解我们了。”给我颁奖的委员会官员叹息，“要多有一些像你这样的孩子才好。”

我挺同情他，他不符合年龄的秃顶证明他已为工作殚精竭虑。是啊，每个个体委员会都要安排其生活方式，一共有五亿三千七百八十四万两千两百一十九个个体要照顾，委员会当然辛苦了。个体管理程序是这样的：精子、卵子和受精卵属于委员会资源分会，胚胎属于遗传中心。胚胎成熟为个体后的所有权归委员会教育分会，一至六岁的个体在保育院接受早期教育。六至十六岁的个体在寄宿学校生活，同时通过全面完整的知识技能训练达到社会需求标准。十七岁，成人仪式之后，个体重新回到资源分委会下的人力资源部，由该部门分配工作和生存资料，直到死亡。死亡的个体材料转入委员会历史分会档案库。这是我和海涛，以及丹青和其他人的生活方式，已经在避难所里成功运转了一百一十年的生活方式。

有什么别的更好方法维持人类在地下的生存吗？我不知道。从某种程度上来说，我还要感谢委员会赋予我生的权利。避难所的人口数目是确定的，绝不能改变，这完全由生存资源决定。新生人口的数目必须和死亡人口数目相等，也就是说，死一个人才能生一个人，这是避难所的铁律。成瓶的受精卵保存在低温箱内，都渴望着能有机会发育成个体。如果不是委员会选中了我，我可能要等上很久才得到生存名额。而等轮到我时，诞生我的受精卵也许已经失去了活性。

“等地面的人类生存基地大规模建立后，我们的职责也将到头了。现有管理制度将被取消。”秃顶的官员对我说，“也许我会是第一批享受退休生活的人。”

那肯定会是另一种社会景象。但我不清楚，地面生存资源真的就那么充裕吗？这是海涛们对“回归计划”提出的若干疑问之一。

在这些乱七八糟的回忆里我蒙眬睡去。来自地底的心灵感应把我叫醒，这是最高效和安全的通信方式。我收到了海涛的行动计划，和我预料的差不多。我起身走出地洞，天色已明。淡紫的天穹里只存一弯浅白月牙。我注视着它，直到它消失不见。

从医疗组传出消息，在昨夜的狂欢中，有三个人的生物磁场发生紊乱。

六

营地在太阳升起时举行升旗仪式。太阳很小，是褐红颜色。说实话，一点都不好看。太阳后面的天空却非常漂亮，它有丝绣画质地，又兼带印象派的渲染笔法。那几缕横亘苍穹的白云，犹如画面间的行书，舒展优雅，文秀而具内蕴。

“一号营地的正式建立，是人类历史的里程碑。它标志着一个伟大新时代的到来。”总指挥振臂挥舞。我拿着头盔，风吹过我的脸颊，微微有刺痛感。

离开三十一避难所前，我再次去了美术博物馆。第四回廊寂静无人，只有墙上的涂鸦刺眼地张牙舞爪。我发现新的老鼠脚印。但我手里没有探寻器。我将担当的是百倍重要于灭鼠的工作——在我胚胎时期就被赋予的工作。我是被作为返回者培养的。

这是我的命运。

然而，我无可抱怨。个体必须为整体服务，人类种族的生存才是最重要的，不管地下还是地上。返回的计划早在避难所修建之时就已制订。一旦地面符合返回条件，该计划就必须启动。首批地球返回者共一百人，从地球上仍在使用的一万两千六百八十二个避难所提供的一万名返回者候选人里挑选。他们将在中纬度寻找成熟地区建立基地，为人类大规模重返地面做准备。我幸运地成了这一百人中的一员。

我真的幸运吗？靠在回廊壁上，柔和的灯光从我背后溅射向对面，光线仿佛穿过了我的身体。这里是我的家，我熟悉每一个角落，每一个开关和阀门，每一种信号和光色含义。我不用动脑子思考，避难所这个人工环境中丝毫没有任何神秘存在。

而在我头顶十五米之上的那个世界呢？那个广阔无边，非人类之手创造的世界呢？

我不能不承认自己对那世界心存畏惧。我受过良好的心理、体能和文化知识训练，在虚拟和模拟的自然环境中都能应付自如，但我仍然担心，担心真实里将有计算机和我们大脑估计不到的地方。这倒不是因为我怕死，比起在资源委员会安排下的计划死亡，可能自然死亡会更舒服。我只是缺乏激情。如果我有选择的权利，我宁愿躺在床上和计算机玩虚拟故事。

现在，我正处于这个未知的地面世界中。我熟悉的一切都在十五米的脚下。我说不清自己的感受，我应该有许多感受的，可是昨夜寂寞的月光还留存心头。这月光堵塞我的神经，让我有些迟钝和麻木。

“下面，请江心月代表三千万儿童发言。他们是人类的希望，也是这颗星球的希望。江心月！”总指挥大声叫。

我深吸一口气，走出队列。一百九十九双眼睛看着我，还有通过摄像机镜头的地下、天上的无数双眼睛。我一步步走向主席台。大地坚实，尘土中生长着纤细的绿草，草尖还有几朵淡黄的小花。我弯腰摘下其中的一朵。

“刚才，这朵花还好好地生长着。现在，却在我手中了。”我把花举过头顶，让所有公开和秘密的摄像机都照到它。“我可以轻易就毁掉它。”我一捏，那娇嫩的花儿揉挤成一团，什么也不是了。

总指挥望着我，面无表情。我之后还有两名代表要发言，他一定希望我赶快讲完下台。

“地球正如这花儿样脆弱。我们的任何行动，都可能永远彻底地毁灭它。是人类的存在重要还是地球的存在重要？”总指挥的脸上依然毫无表情。“所以，我决定退出‘重返地面’行动。我要告诉你们的，是我这半天的感受：把天空和大地还给地球吧！让大自然恢复它的权利，让生物不受人类控制，让万物自由！”我用最洪亮、最坚决的声音宣布。

然后我戴上头盔，大步走向五号组的气垫登陆车。

七

我身后大乱。总指挥声嘶力竭叫嚷着。爆炸的冲击波热辣辣地撞击我的头盔。棕红头发倒在地上。人群拥挤成一团。我推开他们，从他们中间钻过。登陆车的门已经打开，一个穿警备服的人在门口眺望。“快！”他冲我喊。我跳上去，奔向驾驶座，把身份牌插入识别器。蓝灯亮了。我坐下来设定目标。

“好了吗？”有人急切地问。“可以。”我回答，掏出一只发夹把遮住眼睛的发帘别在一起。“走！”那声音命令。我便启动车子。开气垫车是委员会分配给我的任务之一，但他们并不知道我会给谁开车。

车厢里这时已经塞满了人。总指挥也在其中。“你们会后悔的！”他严厉威胁：“没有一个避难所会收留你们。除了地面，你们哪儿也去不了！”“我们当然回地下去。”发命令的人无畏地笑，“谁也阻拦不了。”他是第三组的，仅仅比我大一岁。

车子动起来。“带我走！”杨柳忽然出现，扒住车门恳求。人们赶快把他拉进车厢。

我发现惊惶中的杨柳非常像丹青。我没有告诉海涛丹青真实的死因，当时并没有什么政府调查员跟踪他，丹青是失足掉进熔岩洞的。熔岩洞里每年都有旅游者不慎跌出防护网葬身于炙热沸腾的岩浆中，这实在是件平常的事。那时对“退出地面”的大调查正在进行，所有“退出地面”的人都相信丹青是为了保护组织秘密而英勇跳进熔岩的。多么可爱的一个传说啊，虽然丹青知道后肯定会嘲笑这种荣誉。他很活泼开朗，认识我后就不停地逗我开心。只有在坠入那可怕的死亡之渊时他才惊惶地大叫，但只是一瞬间，随即他大笑，笑声回荡于山洞四壁，久久都不消失，像他这样的人真是少见。

可惜这个细节却被从丹青的死亡报告中删除了。“退出地面”需要英雄。海涛后来告诉我，他怎么也没想到接头的人会是一个返回者。我自己也没想到会扮演这个角色，那完全是在整理丹青遗物时心血来潮的结果。海涛问我为什么要这么做。“好玩呗。”我笑，十四岁的眸子晶亮得没有一丝滓渣。

这也算是真话。整天在虚拟世界里游戏，我已经有些腻烦了。

八

最后一缕阳光消失在窗外，犹如将昨日的情景倒放。追击者被二十一号避难所的厚重大门拒之于外。总指挥的脸越来越苍白。“这个避难所早就报废了！”他指着墙上鲜红的标记,“这是鼠疫符号！鼠疫！你们闯进了死亡之城！”他惊惧，试图拉住我们。

但我们已经进了电梯。接应我们的人留在上层摆弄炸药。

电梯悄然向地心坠落。我闭上眼睛。忽然一个头颅靠在了我的肩上。我听见他“嘤嘤”的哭声。“不要紧，鼠疫过了二十年了。”我安慰他。“他们要走了！他们,”那家伙哽咽着，“我的朋友都要坐飞船走了。”“你从太空来？”“是的。”“太空站飞不走。”“但是我们有飞船,学校里没人愿意守着这个破烂地球。”

我后退两步,那人险些摔倒。我瞪他:“你要再说‘破烂’这两个字,迟早会有人杀了你。”

那家伙一脸委屈。我懒得理他。

电梯停了。半明半暗的走廊里有一群人，海涛站在最前面。他拥抱我,说我在电视里的表现好极了。虽然我并没有按照他的指示发言。

“你是头领？你怎么能拿这些孩子的生命冒险？”总指挥冲上来质问。

“他们都是自愿的。”海涛笑，“没人能强迫他们。”

总指挥扫视我们。我们七个返回者坦然接受了他的目光。

“这就是我们的希望吗？”总指挥凄然苦笑，他额头的皱纹猛然密集了。我这才注意到他有些像父亲，当然是遗传意义上的父亲。政府没有隐瞒我的父母情况，甚至允许他们看望我。我没有任何像他们的地方，这让我们双方都很尴尬。后来父母也就不再关心我了。我取得“民间论坛”演讲金牌后，父亲突然来找我，他满嘴酒气。我不知道他怎么弄到这种节日供给品的。“孩子，”他摩挲着我的脸，“孩子，你这辈子能见到月亮吗？江心月，注册局尽是这种烂名字，这样就能记住地面的生活吗？”他被拉走了，后来我再也没有他的消息。他并不姓江，委员会给他的名字是蓝天。

九

大厅中堆满武器，摩拳擦掌的士兵看见我们都欢呼起来。他们立刻拿来制服要我们换上。

“你不会后悔跟着我的。”海涛拍我的肩膀，“小丫头，今天你改变了历史。”我却想到另外的事：“我看见了三个月亮。”“小行星撞的嘛，你应该知道。”“是，我知道。只是它们和资料里说的不一样。”“当然。”他刮我的鼻子，“地面上的事谁也说不准。这里才是我们的家。我们不需要月亮。”海涛还是老观点。

“海涛！都准备好了！”那边有人叫。“我得去和总指挥谈话了。”海涛给我一个调皮的笑容，转身走了。他的背影矫健而强壮，这样的人怎么会畏惧地面的生活？

忽然一群摩迪莱鼠从通风口闯进来，士兵们立刻散开投入战斗。这可是一场真正的战斗，我当然不能置身事外。匆忙间我的发夹掉在地上，被不知谁的脚踩得粉碎，里面的微型零件全部化为粉末。这下子委员会什么消息也得不到了，他们的表情一定很沮丧，这可是没办法的事。我顾不上可怜那发夹，抓起喷枪追过去。

三十七分钟后老鼠被赶跑了。

我换上海涛穿的那种灰绿制服。全是汗味的连身衣应该清洗了，我摘下衣服领口镶嵌的微型摄像器。这摄像器里记录了柔软的白云、繁星的天空，还有湖心间金色的月影。

我紧紧地握住它，有朝一日我将重返地面。我是江心的月，我应该在真正的江河里生长。而那一天，海涛，那一天我要你同行。你会与我一起走出这地底世界，我相信。

央金

SHE·赵海虹

——米玛！米玛！

他向同胞们张开双臂，脸上露出了不再生硬的地球人的笑容。米玛，就是“火星”。

他深深地吸了一口气。这仍是地球的空气，虽然混合着砂粒与尘土，依然含有丰富的氮与适量的氧，少量的氩和二氧化碳。

大风在山谷中呼号，他似乎看到风神在空中飞舞的身姿，那面孔有几分熟悉。啊，想起来了，那是波蒂切利在《维纳斯之诞生》中描绘的画面，在女神波浪般翻涌的金发左上方，那个噘着嘴、鼓起腮，吹起西风的男人。看见这幅画已经是很多年前的事了，现在想来仿若隔世。

如果当初将登陆点选在意大利，在那靴子形的半岛上找个落脚之处，那就不会有后来所有的故事，也不会遇到央金。

这会儿如果央金在这里，一定会说，“好大的妖风啊，就像是黑风老妖来了。”他似乎能看到她兴奋的眼神，还有她本来就带着一抹高原赭、激动时像熟透的红苹果般的双颊。顿时，他头脑中某处像被锥子扎了一下。

远远地，他看到了他们的车队已经驶入了俄博梁雅丹，他们还没有进入沙暴的中心，但已接近了边缘地带。忽然他们停下了，下车步行在周边查看地形，兴奋地拍照。大风还没有让他们警惕。但是快了，快了，他们很快就会发现这片土地不欢迎他们，然后狼狈地撤离。

他真想靠近一些，听听他们说了什么。他们也许会抱怨自己的运气，也许会感叹为什么之前的几个小队没有享受同样的沙暴待遇。

那是因为他不敢冒这个险，他不敢让这群人深入腹地，在这里安营扎寨，看到夜晚的星空。

他不敢，他怕他们会发现那个秘密。

因为这群人，是科幻作家。

来去匆匆的沙尘暴将车队赶出了雅丹。一路上，那群采风的作家们却兴致勃勃地讨论起来，关于这片土地的过去与未来，关于这场沙暴的起因和遗憾。他们回到一百多公里外的冷湖镇，把整个起伏绵延的土丘之海留给了他。

风暴停歇，但漫天的沙尘遮蔽了星光。这荒凉的世界原本于他是多么亲切的所在，忽然寂寞就如之前席卷一切的狂风，扑上来将他完全包裹，这由于你的离去而更加荒凉的夜。

一切开始于地球纪元 1959 年 9 月 14 日 22 时 02 分 24 秒，“月球 2 号”撞上了月面。这是地球人类大国苏联发射的无人登月器，也是第一个登上地外星体的人造物。

地球上的科学家为之欢呼，他们没有想到，有其他智慧生命比他们更早获得了这次降落的消息——常年在月球开发氦-3资源的火星人。火星人不但如临大敌，而且立刻进入了紧急状态，通知火星本土的人民，尽快找出对策，以防地球人将他们的文明圈扩大到月球，乃至火星。

虽然地球人现有的科技还无法对火星人造成巨大的威胁，但一旦他们大量移民月球和火星，势必对后者宁静的生活造成巨大的冲击。更何况，几千年来火星人曾多次小规模考察过地球人类文明，非常了解这个种族的各种劣根性。他们完全不期待地球人能处理好星际文明之间的关系，看看他们现在国与国之间的关系吧！

按照地球人的标准，火星人当算爱好和平的种族。他们对现在的生存状况非常满意。

火星也曾有过与地球晚近时候相似的大气层，而且在同一个彗星撞击特别频繁的时期，与地球接受了同一批外星生命的洗礼。

“胚种论”——这是地球科学家的生命起源假设，虽然并非一致公论，但它其实是真实发生过的历史。证据就是，火星人这些十二光分之外的邻居，与地球人源自同一批四十亿年前的宇宙微生物。它们搭乘彗星“飞船”，伴随陨石雨点般降落到早期的火星，并在这颗星球还享有丰富的大气与表层水资源的古老时代，催生了各种生命形态，包括火星人的祖先。

先代火星人身材轻盈而颀长，相当于五分之二地球引力的火星重力使得它们先辈们的身高远远超越了地球智人。他们还有一种智人无法企及的能力，得以直接进行思维的沟通，通过连接对方的脑电思维波，完成几乎所有的交流需要。

火星人在进化中依然保留了一些原始的发声功能，用来应对一些他们不愿意使用脑力应对的情况。比如火星昆虫和鸟类，它们过于简单的大脑结构对于一般的脑电指令无动于衷，只有“警报”级的脑电释放才能使它们有所反应，对火星人来说，这属于不必要的大脑消耗，远不如直接发声来得简便。但他们的身体为此保留的声带功能甚为简单，对精微的声音表达无能为力。这也成为火星人几次地球探险时，遭遇的最大困难。

距今四百多万火星年之前，火星进入最近的一次冰封期，整个星球坠入酷寒。但其实，早在此前的很多代，因为太阳风导致的大气流失，火星人已早早转入地下世界生活。他们在火星浅表地层的巨大空洞里，营造出有正常空气与压力的世界。通过从月球采集的氦 -3 转换的核聚变能源，他们在地穴里建造了许多“小太阳”，以它们的光照维持了一个中等的植物系统。同时，表层一片荒凉的火星，在地下世界却有丰富的河流与湖泊，滋润着生命繁茂生长。

火星人虽然曾经多次考察过地球环境，但却并没起意大规模移民地球。在这个问题上，他们很早就取得了一致。

由于火星取得文明的进程远远早于地球智人，他们亲眼见证了地球生命在几次重大灾难时，几近灭绝的惨痛遭遇。相比之下，火星巨穴的生活比地球地表的生活要安全得多。而相当于二点五倍火星重力的沉重地球现实会让他们轻盈的身躯变得滞重无力，原本美妙的步态也会笨拙不堪。地球人眼中美丽的家园，对于火星人来说并无多少吸引力。

直到“月球 2 号”的惊天一撞。

其实那只是一次微不足道的撞击，比起月球日常承受的陨石和彗星的亲密接触，仅勉强算得上一个轻吻。但常年将月球当成能源仓库的火星人，此刻陡然警醒。更重要的是，他们看到了地球人类冲出母星，探索、登陆周边行星，甚至向月球与火星移民的可能性。

防患于未然，火星人大会在三个火星日后召开，几乎所有在火星地层中保持活动的成年火星人都加入了这场浩大的思维讨论。最后，大会决议，尽快派遣火星人潜入地球，在地球开发中转站和移民据点，未来小批量移民地球。

但移民本身并不是目的，火星人依旧对地球不感兴趣，但他们已经意识到，要保护自身的生活形态不受干扰，就必须掌握地球人行星拓展计划的各项进程，想办法干扰、甚至中断他们的计划。

由于地球文明已迈入新阶段，潜入地球而不被发现的难度已不比当年，需要做更多的准备，比如了解地球文明、接受地球语言训练，并为掩盖火星穴居人白得发蓝的肤色，用人造阳光进行皮肤黑化处理。

第一批飞船进入地球大气层后，释放了十三只单人飞艇到人迹罕至之处，开始实施火星保卫战的第一步。

这第一批登陆者，只是“先遣队”，在落地后尽量打探当地的地理人文状况，找到潜入当地社会、长期潜伏的合理方法。但这第一批冒险者们对地球全无直观知识，所有信息来自火星人与古代人类的几次交往和截获的地球电波中发送的人类信息，主要是广播、电视中承载的信息。因此，他们与现代地球人的第一次接触并不顺利，他们的伪装也从一开始就破绽百出。而火星人在制订行动计划时早就预见到了这一点，将先遣队的停留时间预设为四分之一个火星年，大约相当于一百七十二个地球日。如遇危险还可以提前结束任务。

“德吉”赶到地球时，接替的就是这样一位提前撤离的先遣队员。

他们在东经93° 18’ 31’’，北纬38° 43’ 32’’的荒漠上接头，四面是粗粝而蛮荒的风蚀土林群，也即“陡峭的土丘”群——雅丹。它形成于两亿年前青藏高原的隆起，历经远古海床干涸后的持续风蚀，将海床或极度干旱的湖床因干旱出现的裂缝越吹越大，形成错落的千姿百态的土丘。

“德吉”停下飞船，设置好隐蔽系统，于是飞船收拢机翼，外形酷似一座中等高度的土丘，模拟器瞬间将飞船外壳切换成与邻近土丘一模一样的土黄色，表层还呈现出砂砾般凹凸不平的质感。此时，即使有人偶然撞进这里，也很难发现飞船的存在。

约定的时间到了，先遣队队员仍未赶来。“德吉”在观测窗里观望许久。黄沙漫天，也许是这沙尘暴拖延了对方的行程。这无声的风暴让他感到亲切，眼前的一切都如此酷似火星。

在出发前，所有“遣地使”都接受了关于地球人类文明的基本学习，对地球智人的历史、科学、哲学、文学、艺术、音乐、医学都有了简约的通盘了解。虽然学习时间不长，但由于得以和老师进行直接的思维交流，他们对知识的领会速度颇为可观。每位“遣地使”都可以在学习的基础上，从几十个备选地区中，挑选自己想要潜伏的人类社会。当然每一个目的地都是人烟稀少之处，以尽量避免被当地人类目击飞船降落的情景，以防惹出麻烦。但每一个目的地背后，依然有着不同的人类文化：“德吉”曾经被意大利的艺术深深吸引，也对美国的航天技术发展情况颇为好奇——虽然苏联在许多宇航项目上放了头炮，可美国在这一领域的实力更加强劲。作为火星人，非常明白这个事实。

但是，那个位于中国青海的备选登陆地图像深深地吸引了他——那里太像火星了！

作为已在地下穴居无数个世代的火星人，每次登上火星表面都需要穿戴能提供可呼吸气体、调节气压的“登陆服”，或是驾驶封闭的登陆车，才能在他们赭红色的母星地表，观看一次蓝色的日出。

稀薄的火星大气中，粗粝的大颗粒尘埃散射了波长较长的红光，让辽阔的天宇变成深深浅浅的蓝色，而那东升西落的太阳如一只亮白色的卵，像刚刚出生的火星婴儿，那是光，那是生命，那是希望……

于是“德吉”选择了那里。

那个青海省冷湖市附近，被叫作俄博梁雅丹的登陆点，酷似火星，却可以让他不穿登陆服，就用自己的双足去踩踏、用双手去触摸、用鼻孔直接呼吸！

这里是地球的高海拔地区，氧气稀薄，平地空气百分之二十一的含氧量在这里下降了三到四成，比火星地穴中百分之十七的氧气相比要差一些，但也可以直接呼吸了。气压依然比地穴要高，但是经历了亿万年演化的火星人，在从地上转入穴居的漫长繁衍中，进化出对气压变化的高度适应能力。他们真的可以不穿登陆服就可以直接在地表生活。只不过，对于大多数火星人来说，这并不是值得羡慕的生活，他们看到了这种生活的脆弱，主宰地球的几代生物如恐龙的灭绝就是例证。

然而在所有思维可以被对方一览无余的火星地穴，依然有一部分穴居火星人，期望走出地穴，即使要穿登陆服，或者不能脱离火星车营造的安全小环境，也希望能在火星地表漫游，看日出日落，看漫天星光。他们在火星人群体中也许只占不到百分之一，可“遣地使”中的大多数人，都是这样的“穴外旅行爱好者”。

于是，“德吉”选择了地球上的冷湖市长期潜伏。他穴居多年最大的梦想，可以用这种婉转的方式来实现。

“德吉”的前任先遣员不到六十个地球日就提前撤退了。他发出的求救信号称，冷湖现在所在的国家，对于身份的查证非常严格，没有任何“群众基础”的他无力再隐藏下去了。

总部对于何为“群众基础”不明所以，他也觉得这个词高深莫测，好像隐藏着巨大的风险。但出于对冷湖火星地貌的热爱，他依然要求在此着陆，与撤离的先遣队队员接头。

黄沙漫漫中，一个模糊的身影越来越近，他手中握着信号仪，与飞船控制台呼应。“德吉”兴奋地跃下控制台，为安全起见，还是先穿上了登陆服，出舱迎接他的同事。

一落地，“德吉”的身体陡然滞重，提醒他一个事实——这里虽然酷似红火星的表面，但仍然是另一颗行星的地表。黄沙中影影绰绰的土丘是如此亲切，让他情不自禁地释放出兴奋的思维波，如水流般荡漾的欢乐。而对方的思绪却像喷射般猛烈，带着得救的狂喜与归家的急切。

几个地球秒的时间内，他们已经交换了主要的信息。“德吉”摘下了登陆服的头盔，深吸了一口气，风沙扑面而来，沙砾混在地球空气中钻进他的鼻孔，让他几乎睁不开眼睛。他只好再次戴上头盔。虽然时间短暂，他已感到地球空气与火星地穴的空气成分有别，但依然足以维持火星人的基本生存。未来大规模移民地球是可能的。

先遣员带来的信息却并不乐观。当地人的生存方式与生活状态，让他难以适应。更糟糕的是，火星人的外貌与地球人有一定的差异，由于在低重力环境下养成的肢体特别纤长，眼睛更大，皮肤通过出行前的黑化处理虽有一定改善，但其整体面貌在多移民、多种族混杂居住的欧美地区相对便于隐蔽，却很难在黄种人、黑种人为主体生存的区域融入芸芸众生。因此先遣员进入这一区域遭遇了极大的困难，虽然他勉强生活了一段时间，并尽最大可能为继任者搜集了可用的信息，但他的建议是：更换一个登陆点。技术上这也很简单，冷湖先遣员驾先遣飞船返回还在地球轨道上的母舰，“德吉”则驾自己的飞船改去一个北美登陆点。

“德吉”犹豫了片刻，拒绝了先遣员的提议。

遣地使之所以需要先遣员，正是为后来者铺路。火星人拥有被地球人称之为“读心术”的能力。由于地球人大脑的细微构造与火星人并不一致，理解地球人的思想比火星人之间的直接思维沟通要困难得多，但是，接受他们的即时思维活动比较容易。火星人的语言能力很弱，要开口直接说话，不论是哪一种地球语言，都表达得不够流畅，只能借助刺探对方所思所想，提供暗示性的话语，来获取对方的信任。对于某一些容易受到心理暗示的地球人，火星人还能发出特殊的思维波，直接在对方的大脑层面发声。这种做法会引起一部分地球人的警惕，因此不能随意使用，必须谨慎地挑选合适的对象。冷湖先遣员的行动并没有失败，因为他已经为“德吉”积累了大量与地球人交往的第一手资料，并且对渗透该地区的方式做出了合理建议。

必须拥有“群众基础”。先遣员反复提醒。他为“德吉”列出了几个容易接受火星人思维投射诱导的人选，建议他通过这些人，为自己建立一个初步的人际关系网络，获取合法的身份。想伪装成中国人并不容易，因为地球在公元一九五八年之后，全中国开始实行户口制度，每一个中国公民，无论城乡，都有对应的户口，自由迁移受到严格的控制。火星科技虽然先进，要伪造一份户籍证明却没有那么容易，而且即使解决了户籍问题，但一份户籍还会产生大量形式上的乡里乡亲，这些人中的每一个都可能戳穿“遣地使”的伪装。但不能解决好户籍和相关问题，要在这里长期潜伏几乎是不可能的。

所以先遣员的建议是，以一个容易被诱导的地球人为突破口，诱导他或她相信“德吉”是其亲朋好友，同时“德吉”还要准备合理的解释，为何没有携带当地公函就离开了户籍地，这样才可能找到在冷湖合法居留的途径。相对于一般的中国城镇，冷湖市有很大的特殊性。一九五四年，地质勘探队在柴达木盆地发现了可能的石油构造，来自五湖四海的中国人涌入柴达木。地处盆地深处的冷湖地区在一九五五年开始勘探，一九五八年九月，五号构造的地中四井出现井喷，好消息让青海石油人齐聚冷湖，找到多处石油构造，揭起了一轮石油大会战。一九五九年，冷湖建市，先遣员正是在一九六〇年七月进入冷湖市的。这个戈壁上的新兴工业城市人口流动量大，人员来源丰富，一定程度上易于隐蔽。不过轰轰烈烈的“大会战”刚刚结束，冷湖的开发趋于平缓，先遣员就是趁着他们精简人员时悄悄离开的。

你为什么要提前离开呢？“德吉”很奇怪。

因为一开始没有选对合适的“关系人”。先遣员很是遗憾。

先遣员选择的关系人在心理诱导之下，将他认成了老乡，并热心地为他提供居留当地的帮助。可是，先遣员无法提供离开户口地时应当持有的介绍信，也无法给出合理解释。虽然借助读心术，他在单位主管部门的几次盘查下一拖再拖，但单位终于向他自称的户籍地发函调查。他自知难以敷衍，就借矿场收缩战线，精简人员的关头，匆匆申请离职了。

如果可以重来一次，我会选择央金。先遣员如是推荐。

这次碰头后，“德吉”又在俄博梁雅丹地区停留了一周时间。根据先遣员的建议，将自己直接暴露在高海拔的地球表面，接受紫外线的洗礼。期间发生过多次沙尘暴，他稍加躲避，只要能够勉强呼吸，就会走出飞船，在饱含沙砾的大风中，感受近似火星表面的自然环境。

效果非常明显。“德吉”在火星地穴经过人工阳光黑化照射的皮肤原本过于光滑，黑得不太自然。经过这七日，皮肤表面晒伤、脱皮，经治疗后恢复，再晒、再脱，略微接近本地人常年受高强度紫外线照射的皮肤效果。虽然是新晒的皮肤，晒伤严重，但一般人看到这样一张脸，是不敢细看的。

先遣员的背包里，给他带来不少隐蔽需要的装备。比如一件他费尽周折才搞到的藏袍，一件冷湖油田中最常见的工作服和里面穿的布裤头。经过深层沟通，他们确定了“德吉”进入冷湖市的路径，如何融入人类社会，以及与央金建立关系的方式。

央金是乌兰县藏族牧民的女儿，也是当地藏民中少有的读过中专的女孩儿，护校毕业后她在德令哈的卫生所当护士，二十世纪五十年代末调到冷湖的卫生所。她父母双亡，只有一个哥哥留在老家放牧，现在不知所终，很可能是在一九五八年当地牧区的暴力事件中丧身了。在那次事件之后，牧区的人口信息混乱，还未能彻底清理。央金去过几次信，回过一趟老家，却一直没有得到她哥哥的准确消息。先遣员建议“德吉”以央金为联系人，让她相信这位火星遣地使是她哥哥的朋友。

——那如果她真的哥哥出现了怎么办？

——根据现在掌握的事实，我判断她的哥哥已经死了。只是没有完全确定之前，她拒绝相信。也是一种心理上的自我保护吧。

——那为什么不直接冒充她的哥哥呢？

——我其实也考虑过。本来这想法不错，冒充一个死人，而且认识他的老家人都是本地的牧民，基本不会到冷湖来。但是地球人的人际关系不是我们可以轻易理解的。兄妹关系太亲近，即使央金是个容易接受心理暗示的人，会被你的思维波直接引导，但要说这样就能让她把你当成哥哥……可不能这么冒险！

好像央金的哥哥也曾经在州里上过学，还在工地里误打误撞地学过开拖拉机，曾经在牧区借过别人的卡车开。这些信息你都可以在和她搭话时提到，证明你真的认识她哥，甚至和他哥一起开过车。

我来做给你做个设计程序。你在飞船模拟器上学开车。和实际驾驶还有些距离，但只要上手就能很快适应。如果能开车，你就可能找到合适的工作，也才能长期留下来。再说，你的工作必须有一定的活动自由，且还不引起怀疑，司机这工作合适。

不过，首先你要补学一点藏语。

从那一天起，火星派驻地球冷湖地区的第一位“遣地使”就成了“德吉”。在先遣员的建议下，他做好了所有关于这个身份的背景了解，还在控制台的模拟程序上学习了驾驶。然后他穿上先遣员为他准备的袍子和靴子，带上了干粮、满满一大壶军用水壶的饮用水和微型信号接收器，步行出发了。接收器可以收到飞船为他发送的指引信息。而先遣员驾驶他两个多月前着陆时的那艘“探路号”飞船，回到停留在地球轨道上的火星母舰。再过几个月，所有回返的先遣员到齐之后，母舰将把他们一起送回火星，向火星大会直接汇报所有的情况。

下一轮的遣地使预计在一个火星年后抵达，具体计划会根据所有“遣地使”发回的情报进行综合判断，也可能延期。但有一点是肯定的，他们不会孤单，还会有越来越多的火星人进入地球，在“德吉”们的接应下，悄无声息地潜入人类社会。

从这里到冷湖市，要穿越茫茫戈壁，步行危险重重，地球人一般需要骑骆驼来辅助交通。火星人对气压变化与干旱的耐受性远远高于一般地球生物，又有信号仪为他提供精确的导航，因此能独自在戈壁沙漠长途步行。但“德吉”尚未适应地球的重力，那又是另一种艰苦。

意识恍惚中，“德吉”仍在反复咀嚼着先遣员提供的信息——那是他冒着危险，在冷湖人类生活区停留一百多个地球日获得的宝贵信息。其中最重要的，是与地球人的交往方式。

身体，好像已经不是自己的了，那么的沉重，重得要沉入脚下的戈壁滩，重得让他不愿挪动，想要坐下来，变成这大地上的一块石头。

今天早晨的一场沙暴已经平息，空气中依然浮着未完全沉降的沙尘，远方的冷湖市就是在这样的背景下渐渐呈现出来。已经走出了俄博梁雅丹，视线所及，是黄色的荒漠和赛什腾山上白色的雪峰。这些图景在“德吉”的眼前渐渐扭曲，在酷烈的阳光下随着空气的蒸腾微微颤动。

他脑海中浮现出先遣员曾经熟悉的冷湖市，几年前那里还是一片荒无人烟的戈壁，却因为发现了石油，迅速涌入了几万工业人口。刚建起几年的油井、厂房和几次石油大会战时建起的一排排干打垒平房和帐篷群，与其说像一个城市，不如说是个巨大的油田和汽油加工厂。这荒滩上的新世界让他暗自惊叹，地球人类是多么顽强，才能在寸草不生的荒滩上建起这样热火朝天的工厂。

近了，更近了，他看到了油田的一排排井架，在高温的空气中微微晃动的井架与先遣员大脑中的图像重合，这就是他要找的冷湖市！他高兴极了，情不自禁地释放出喜悦的思维波，口中念叨着几天来一直在操练的几句藏语和汉语的词句，在兴奋中把它们全混到了一起。

但就在这时，多日的艰辛与干渴冲破了他身体的极限。他突然失去了意识。

最先钻入脑海的，是一片混乱的思维波。地球人会不自觉地释放思维波，但却没有解读它的能力。

一般情况下，思维的解读不需要语言的帮助。

然后他听到了他们的语言，带着各自不同的口音的汉语，与他学习的版本不同，并不容易听懂。

不管他们说的是什么，“德吉”已经通过他们的思维波，知道他们正在向一位医务人员解释是如何发现了自己。由于他晒伤的面孔和身上的藏袍，他们已经把他当成一个附近的藏族牧民，不知为了什么缘故，跑到这里来了。

其中有一组思维波显然来自医务人员，他正打算用听诊器为“德吉”做初步诊断。

“水……水！”“德吉”颤抖着吐出了两个词。第一个“水”是藏语，第二个水是汉语。这是深思熟虑的结果。谁知这现场有没有会藏语的人呢。他从此刻开始，扮演两年多前在海西州牧区失踪的藏族牧民德吉才让。

“给他水，他醒了！”

“我说嘛，就是累的嘛。给杯水，给点吃的，管好。”

“看样子是海西来的藏民，谁去通知一下派出所的同志？”

身边的几个地球人七嘴八舌地说着，“德吉”已经完全清醒了，他凝神静气，控制自己的血压和心跳——火星人可以用意志小范围调节自己的血压和心跳，让它们靠近人类的正常指标。

“血压有点低，估计是饿的，心跳六十八，慢了一点。你一直这样吗？”卫生员一边收拾听诊器和血压计，一边问。

“德吉”探测到了他的思维波：*高原地区心率高，他怎么还是平原的心跳？看样子有点像牧民，大概已经习惯了。要不是常年放牧，运动量很大，和运动员一样心跳偏低？*

高原地带地球人的心率更高。我忘了这一条差点弄巧成拙。“我以前放羊……放羊！”“德吉”斟酌着吐出这几句汉语。表达和音调的生涩在周围的汉人听来恰是藏族人不熟悉汉话的表现。

“那就对了！”医生的猜测得到了印证，满意地点点头。

这就是先遣员教授给“德吉”的方法，地球人大多主观，顺着他们自己的猜测说话，可以取得事半功倍的效果。

刚才搭救他的热心人们已经送来了满满一大搪瓷缸的水，“德吉”觉得自己应当大口大口地喝，才能贴近角色，于是猛灌了一口，却发现味道怪异，“扑——”地喷出了一大半。

太可惜了，特地给他加了那么多白糖呢！

接收到了对方的思维波，“德吉”才意识到水中怪味的原因。这是他第一次尝到甜味。但他不能表现出来，于是马上大声咳嗽起来，好让人们以为他吐水的原因是喝得太猛，呛到的缘故。

“不好喝吗？”那人问。

“好甜，好甜！”“德吉”连连点头，露出感激的表情。

“脱水情况下不能给病人喝糖水，”医生皱起眉头，“这个同志，你是好心办坏事。”

“德吉”还是一直笑着点头。他偷偷观察这些地球人的表情。一直用思维交流的火星人不需要表情。为了能做出笑容等各种地球人的特有表情，他已经在前期准备时做了大量练习，但现在做来，还是僵硬而不自然。幸亏这些地球人好像一直回避直视他的面孔，因此并未留意。

“保卫科的同志来了！”

旁边有人喊了一声。冷湖市是荒滩上建起的工厂城市，工厂的保卫科和人事科就能处理大部分派出所管理的问题。

一个穿着制服的地球人走进了卫生所。

“德吉”在脑海中搜寻到了先遣员的记忆，立刻警惕地坐直身子。

乌兰来的，得好好问问。

“德吉”搜到了来人的想法。

“同志，你叫什么名字？从哪里来？有介绍信吗？”保卫科副科长老李表情温和地问。面对少数民族兄弟，态度要和蔼。

“德吉。德吉才让。我从乌兰来。”“德吉”慢慢地用汉语吐字，所幸他说得慢并不会引起怀疑。“我是两年前，乱的时候，逃出来的，没有，没有介绍信。”

乌兰县前两年的情况很复杂，要问清楚。“两年前，具体是什么时候？你这些年又在哪里？”老李拿出一个小本子和一支圆珠笔，打开做起了记录。

“两年前，那个……叛乱的时候……”“德吉”小心翼翼地说，一边说一边刺探对方的想法。

对于这个叛乱，上级已经定了性，不是公开武装叛乱。当时确实有牧民逃离了牧场。当然还要搞清他是挑事的，还是被波及迫害的，要和乌兰方面联系一下。

“我很害怕，就逃了……到处停停走走。给人做点工。后来工，没了。想起有老乡……在冷湖。我来找。路不好走。迷路了，差点不出来。”

*是出不来吧。这倒说得通。*老李点点头。“你老乡叫什么名字，在哪个单位工作？”

“叫央金卓玛，是个护士。”

“央金，哦，就是杨金啊，我知道她。”老李“啪——”地合上小本。*倒是听说她有个哥哥在海西乌兰的牧场，好像两年前就生死不明了。现在又冒出来个老乡。*

老李的笑容更深了：“德吉才让同志，我这就带你去找她。”

没想到央金就在这个医疗站。

这里都是连成一排的干打垒的土房，“德吉”扶着土墙，脚步轻飘地跨出门，老李指着出门左手第三间房说：“她就在这儿。”他扬声喊：“杨金，有老乡找你！”

屋里一阵风似的冲出来一个姑娘。她穿着白色的工作服。“德吉”

隐约记起那是护士服。

姑娘中等个子，圆圆的脸，脸色有点发棕，受高原紫外线照射格外厉害的两颊带着两抹赭红色。她的眼睛按地球人的标准非常大，简直有点接近火星人的比例，乌溜溜的眼珠一转，目光已经把“德吉”从头到脚扫了一遍。*老李带来的这个人好奇怪。明明穿着藏袍，可是不像是藏族！*

“德吉”一凛，出乎意外，先遣员推荐的联系人居然不好对付。他有些慌了神。

可是，我好像在哪里见过他？

“德吉”陡然明白，央金见过的人其实是先遣员。虽然自己经过了柴达木的日光与沙尘的洗礼，换来了一张晒伤严重的脸，但他与先遣员属于同一种群的生命，而火星穴人经过百万年演化后的外形相似度很高，不像智人有不同人种的差别。

——*我在老家见过他？*

央金直勾勾地望着“德吉”。让他一阵阵地发虚。旁边的老李已经开始生疑。

——桑吉。

德吉慌乱中向她发出思维波。

——除了我告诉你的这几个人，千万不要轻易对别人使用思维波。探测是一回事，影响又是另一回事。比如说派出所老李这样的人吧，如果你对他发射思维波，是不会影响他的判断的，他不会接受突然出现在自己脑海里的另一个声音，会非常排斥。最终的结果你可能会影响他，但更可能让他相信自己得了精神病。

——子不语怪力乱神。

——有点那个意思，他会非常排斥超自然的东西。

——那什么人会比较接受？

——比如央金。她生活在草原，七岁时新中国才建国，她童年时没有接触过唯物主义。相反，她的父亲还曾是草原有名的说唱《格萨尔王》的艺人。我相信童年的印记，会让她不排斥脑海里的声音。

央金的眼睛瞪得更大了。

“德吉”知道自己犯了大错。桑吉是央金哥哥的名字，他应当发的信息是：“桑吉的朋友。”要弥补还不算晚，但这时，他感受到了央金巨大的情绪变化。

——桑吉？他难道是桑吉？桑吉没有死！我就知道桑吉没有死！

央金的脑海中浮现出哥哥的样子，和他对她亲切的呼唤，一遍又一遍。

“德吉”愣住了，还未适应她巨大的心理转变。

——根据现在掌握的事实，我判断她的哥哥已经死了。只是没有完全确定之前，她拒绝相信。也是一种心理上的自我保护吧！

是因为这个原因吗？是因为她自我保护的心理才让如此轻微的试探引起了她如此强烈的反应？当他被介绍成老乡时她如此警惕，脑海中的一声“桑吉”却让她陡然投入一个夸张得多的假想。而且，对于思维波投射到她脑海中的名字，她在激动之下，居然没有意识到它并非自己本身的想法，就直接接受了。

“央金……”“德吉”试着模仿她记忆中哥哥的语调呼唤了一声。

央金的大眼睛里“噼里啪啦”掉下了一串串泪珠子，她张开嘴，却什么也没说。

“杨金，这位老乡你应该是认识的？”老李看出点端倪，但派出所登记可是要句准话的。

正在这时，忽然传来大卡车在泥地上急行的轰轰声，一部运送物资的苏制吉斯150颠簸而来，猛地停在了医疗所前。车上跳下来四个黑漆漆的油人，七手八脚地前后抬下五位伤员。

带头的“黑人”说：“十四井射孔求产，压力太大，高压气流冲出井口，有好几位同志受伤了。有一位重伤员！”

央金一抬手，把眼泪抹了，回头高喊一声：“吴医生，有重伤员！”一边先扑到重伤员身边听他的心跳。鲜血不停地从他的胸口涌出来，和黑色的黏糊糊的石油混在一起，令人心悸。这是“德吉”第一次亲眼见到人类的鲜血，颜色居然与火星人的体液如此相似。

——也许地球生命与火星生命之间，差别并没有那么巨大。“德吉”心中一动。他的目光一路追随着她，看着她和医生用担架将重伤员转移进干打垒的病房。站在门外，透过并不密封的门窗，他仍然可以探测到她激烈的思想活动，与其他医务人员的想法混在一起。在她再度开始自我怀疑时继续追加影响。

——我在想什么？我刚才居然以为他是桑吉。

——他是桑吉。

——我不能再胡思乱想了。清洗消毒！这么多油没法做手术！剪刀！

——这不是胡思乱想。

——钳子。我哥哥已经死了，我不能见到一个穿藏袍的男人就叫哥哥。

——哥哥。

——纱布。不行，还要更多更多的纱布！

——央金。

——天哪，可是他叫我的语调！剪刀！

——央金。

——只有哥哥会那样叫我！就算声音变了，声音是多么容易变啊，咽炎、感冒、声带损伤，可声调不会……手术刀！

——央金。

——不行了，我醒醒吧，我听到桑吉的声音不断在我的头里面叫。外头来的声音。不是我想出来的。不，可能就是我想出来的，我想他活都要想发疯了。我还戴着他送给我的手珠，可他再也不会回来了，他在乌兰的一个山洼洼里被杀他的人埋了。扎西告诉我的，可扎西也没见过，是次仁和他说的，可次仁自己也死了。盘子！

——央金。

——啊，那个声音又叫我了。我该不是想他想疯了吧。纱布，得快点把血吸干。

——桑吉还活着。

——我不相信。我多希望我能相信。不，其实我想相信的。更多的纱布！

——桑吉还活着。

——真的？真的吗？找到出血点了！吴医生真厉害！

——桑吉还活着。

——伤员有救了！太好了！针线来了！

——桑吉还活着！

——为什么这个声音还停不下来？

——央金。

——桑吉还活着。天哪，桑吉还活着！阿爸阿妈，哥哥还活着！

央金再次推门走出来的时候，跟在医生的身后，似乎要把自己的面容都隐藏起来。吴医生挥挥手，向门外焦急的工友们说："已经抢救过来了，再观察一段时间。"他疲惫的脸上露出了微笑。

手术期间一直消失的老李又闻风而来。"杨金同志，辛苦了，记录还没做完，你是不是了解这位老乡的情况啊？"

央金斜着迈出一步，之前的爽利性儿忽然无影无踪，像是换了一个人。她抬起泪汪汪的眼睛看着"德吉"，还是不说话。火星人这次反复尝试，却感觉不到她任何即时思维活动。

——我们对地球人的了解还是太简单。我们自以为可以读到他们的想法，而且除非我们刻意要把思维波传递给他们，地球人根本看不透我们。但是，真的有这么容易吗？很多时候他们什么都不想。我们可以轻易了解的都是他们呈现在外部的思考，有时甚至是他们在心里对自己说的话。可是地球人也会欺骗自己，更多时候，他们根本不了解自己真正的内心。连他们自己都搞不清的事情，我们真的有把握知道吗？

——那你的建议是……

——两个地球月，还不足以让我想明白这么难的问题。

"央金，我送你的手珠还在吗？""德吉"一横心，张口问出这一句。之前的思维拉扯简直比戈壁的行程更令他疲累。如果这次还不奏效，他的潜伏计划大约也就不会长久了。

央金像是被定住了，嘴却越张越大，大到可以看到里面的两粒坏牙，然后她嗷呜地哭叫了一声，扑到火星人身边，抱住他大哭起来。

"桑吉！桑吉啊！"

"杨金，这到底是怎么回事啊？"老李有些着急地问。

"这是我哥哥——"央金呜咽着答。

明明是哥哥，为什么之前他只说是老乡呢？老李脑子里转了个圈。啊，是了，他是在乌兰县出事的时候逃出来的，怕连累妹妹，也不知道她方不方便认他，所以先说是老乡嘞。“你哥哥的事记得县里给你写过证明那。”

“是的，证明哥哥没有参与暴动，都是被别人连累的嘞。”央金抬起泪眼说，边说边笑了起来，然后看一眼身边这个男人的脸。那一刻，桑吉，是的，此刻起他就成了桑吉，他感到一种阴郁的思维波的起伏，但却抓不到姑娘任何具体的想法。——那并不是她哥哥的脸，她理智的那个部分还是明白的吧？

“那你呢，刚才为什么不说是妹妹，还支吾说是老乡？”老李转问桑吉。

“我，我怕连累她嘛。”桑吉喏喏。

“啪——”老李满意地合上笔记本，把钢笔别在本子上，连着本子插进衣服口袋里，“这件事就先到这里。你哥哥的情况有点特殊，你们先跟我去开个证明，也好找个临时的住处。”

半个月以后，桑吉就开上了吉斯 150，在矿上往来运输。因为石油工业部组织的大庆会战，冷湖油田刚刚抽调了大批精兵强将和优良设备参加大庆会战，桑吉稍加熟悉，就把 63 格士、51 格士和吉斯 150 开得非常顺溜，朝鲜战场缴获的大道奇客车也能开，矿上来了一批长春一汽新出厂的解放牌卡车，司机里头也属他上手快。

因为是少数民族兄弟，矿上没有让他住帐篷，而是和另外几个职工合住一间干打垒的宿舍。他换衣时尽量避人，同屋的其他人也不在意。

柴达木寸草不生，食物大多从内地长途转运而来，最近的也要从兰州火车站运来。生活用水和饮用水也基本依靠外运，洗澡的机会很少，公共澡堂这样的地方，本来最容易暴露火星穴人的异常之处，却因为油田条件艰苦，大家都享受不了这样的待遇，让他潜伏的最大难关得以轻易渡过。

二十世纪五十年代末至六十年代初，中国的国民经济正处于高度困难的时期，物资副食品匮乏，全中国人都在挨饿。生活物资依赖外界的冷湖地区就更为匮乏。先遣员出逃时，油田一线职工的粮食定量已经从四十五斤降到了三十斤，蔬菜、油和肉基本停供。先遣员待不下去的原因，和极度艰苦的物质环境也有关系。

桑吉在油田生活的时间越长，就越能理解先遣员的许多想法。其实火星来客是不怕挨饿的。他们随身带了浓缩营养丸，保证六个月到一年的核心营养没有问题，单纯能量补给略低对健康的影响不大。但长时间在地球人类的思维中生活，多少产生了带入感，这种感同身受，使他看到日益消瘦、因为营养不良而身体浮肿的同事们，会产生负疚感。

——有时候，在他们中间，我会忘了自己是谁，甚至觉得自己是他们的一分子。当我再想到现实，想到我对他们而言其实是间谍一样的人物，就感到深深的难过。这样的日子，我不想再过下去了。

幸运的是，桑吉来到的时候，冷湖的物质供应开始改善。青海石油管理局抽调了一千多名职工，去周边省份开荒办农场；组织打猎队到昆仑山打猎；捕鱼队到青海湖捉鱼；周边还有海西州调来的羊、大庆拨来的大米，支援了柴达木盆地的生活。

不过，物质条件依然艰苦。桑吉有时想，在所有登陆地中，冷湖也许是生存难度最高的地方。“南昆仑，北祁连，山下瀚海八百里，八百里瀚海无人烟。天山不飞鸟，地上不长草，风吹石头跑……”虽然有可以呼吸的空气与适度的气压，但这里也像火星表面一样不适宜生命生存。

但他却总是能看到人们的笑脸。

在油田的钻井台上，在井架下的帐篷里，在运输车队的搬运现场，那一张张黑乎乎、沾满油斑的脸膛，由内而外透出光亮。他们仿佛都不害怕困难，总相信以后的日子会好起来。每次打出一口新钻井，出油的时候简直就是工人们的节日。他被他们喷涌的思维波裹挟，和他们一起真诚地欢乐、感动，和他们一起欢呼，甚至放声高唱。

——听，这哗哗的油气流在歌唱。

大家都知道桑吉是央金的哥哥。这让桑吉很容易就获得了人们的好感。后来他意识到，整个冷湖的女同志少而又少。这里有五十八年后石油会战转来的复员转业军人、有高校石油专业的大学毕业生、有附近州县招工来的青壮年；大多数都是男性。医疗站里的女护士们在工人们眼里，可都是稀罕的戈壁上的花朵。

桑吉隔三岔五去一次医疗站，每次都能收获同事们羡慕的表情。央金大多很忙，偶尔能和他一起吃饭。他一点点从她的头脑里探测到更多桑吉的生活习惯和过往故事。也反过来用这些信息一点点向她印证自己这个哥哥身份的真实性。

愧疚一日日加深。他很少再直接向她发射思维波。但他也知道自己的地位并不安全。他在外界获得的所有身份保障，不管多么妥帖，其实都来自这个地球女孩与他之间的单线关系。一旦她不承认自己是她哥哥，那么他这惊险的走钢索式的潜伏也就到了头。

有时他甚至会产生非常邪恶的想法。只要她出了事，自己就安全了。他会作为央金的哥哥被社会同情、接纳。只要唯一可能质疑他的“妹妹”不再存在。

这样的想法令他产生极大的自我怀疑，让火星穴人面对地球智人的黑暗历史时产生的道德优势荡然无存。

——可这不是为了我自己。是为了整个遣地使计划。

不，这就是为了你自己，为了你自己的安全和方便。

他在自责中深深愧疚。

但是他时常会不寒而栗，想起自己现在的所有其实都建筑在沙堡之上，寄希望于一个有心理问题的女孩为了回避强大的悲伤，一直把他当成自己的哥哥。

她的理智总有一天会觉醒。而每一天都可能是那一天。

他常常这样痛苦地挣扎，直到那日——

桑吉带央金去了冷湖，不是冷湖市，而是阿尔金山的雪山融水在这戈壁荒滩上汇成的湖泊，蒙古语叫作“奎屯诺尔”——寒冷的湖泊。这正是冷湖油田和整个地区的得名。

央金和他说过，虽然在冷湖工作，她却连个水洼都没有见过，只见过黑色的油洼。

——好想去看看“奎屯诺尔”啊！

于是桑吉记住了。他也说不清楚，自己带她来到这片沼泽遍布的湿地湖泊，是真想满足她的愿望，还是想乘机让她永远消失。

一路走了两个多小时，又渴又累，他们终于见到了传说中的奎屯诺尔。

那是一片草地沼泽中围绕的湖泊，碧绿的湖水波光粼粼，芦苇摇曳。赤麻鸭、灰鹤与白鹭在湖上栖息，时而会腾起鸟儿展翅飞翔的影子。远远的湿地草丛中有几个身影闪动。“是黄羊！”央金脱口而出。

桑吉无法表达内心的震撼。他洋溢的思维波自由倾泻而出，如波涛般在四周翻滚、震荡，在湖面上空追随着飞鸟、在草场深处，追逐着黄羊。可是却没有能与他回应的人。

这一刻他寂寞极了。他强烈思念自己的火星同胞。

——真想让他们看一看，在生命禁区的戈壁滩上，居然有这样充满生命的湖泊！

是的，这也是他第一次，亲眼见到地面上的湖泊。

然后他感到了央金的幸福。

她的幸福平静、舒缓、好像终于放下了一个背负已久的重担。

回转头，她在流泪微笑。她的目光穿过了他的身体，望向不远处的湖泊和飞鸟。

——桑吉。桑吉。

他突然洞若观火。她一直都明白。此刻，她已经放下。

他沉静地等待她的审判。

——是谁把你送来安慰我的？是菩萨吗？你明明不是桑吉，却知道他所有的事。

央金默默抬头望着他，黑色的大眼睛如两个深不见底的湖，瞳仁里荡漾着他微缩的影子。她伸手轻轻去触摸他的脸。指尖碰到他皮肤的刹那，他感觉像触电一般，一个激灵。

——谢谢。

“谢谢。”她说。

桑吉想起自己曾经打算做的事情。他愧疚得不能自拔。此刻，如果有其他火星穴人在，就会感受到他喷涌而出的羞惭像晚霞般染红了湖上的天空。

自那以后，桑吉在冷湖一直生活了下去，很久，很久。两年多后他接到了进入冷湖的第二位“遣地使”，并想尽办法为他安排了一个合理的身份。

央金一直没有结婚。他们时常见面。像兄妹那样一起吃饭，谈天。

他在她脸上和头脑中越来越多地读到幸福。他知道，她喜欢和他在一起。但是慢慢地，有一些更深的东西，他读不到，也摸索不到了。

二十世纪六十年代末，开始有更多家属进入冷湖。火星派来了一位女性遣地使，作为桑吉的妻子。火星人不能与地球人通婚，太容易暴露。但如果一直不结婚，在当年又显得过于引人注目。与自己人结婚，是最好的隐蔽方法。

桑吉对这个指派来的妻子并不排斥，自从接受了“遣地使”的重任，他就明白自己的生命已无多少自由可言。而且有一个可以用火星方式直接交流的伴侣，对在人类世界封闭已久的他来说是一种巨大的解放。

表面上看，央金对这个消息没有什么反应。她温和地接受，礼貌地恭喜，一切都是这么合情合理。——*桑吉要结婚了！桑吉要结婚了！桑吉要结婚了！*

他在她头脑的浅层思维中，只读到这样不断反复的信息。然后，在那他一直难以突破的人类头脑的深处，忽然像地震般裂开一条血红的缝隙，涌出岩浆般滚烫的情绪：——*他要结婚了！他要结婚了！他要结婚了！*

桑吉浑身颤抖。这是怎么一回事？不，他知道这是怎么一回事。他其实一直知道。

——央金。

时隔多年，他再次直接向她的大脑发声，将他在现实中无法表达的情绪，用思维波传递给她。

——央金。

那思维波温柔而缠绵，像奎屯诺尔湖上的波光和涟漪。他从不来敢用这样的语调和她说话。可现在他却毫无阻隔地，用中等强度的思维波，刻意穿透了她的头脑，把他所有的情感释放出来。

如此而已。

当央金满脸震惊地仰头望向他，他却扭头避开了她的眼神。

他知道，地球人把这种人，叫作懦夫。

他感到央金的情绪越来越冷。然后，他听到她说："恭喜你啊。"话音未落，她已扭头走了。

央金依然来参加了桑吉的婚礼。仪式简单热闹，车队领导和两方家属发言，吃了顿晚饭发了些糖，两个新人一起住进一间新分的干打垒平房，就算礼成。都是新社会了，不必依旧俗，藏俗汉俗都不需要。但央金还是为新娘做了一块藏式的帮典（围裙），还包裹了几样父母留下的首饰，并不昂贵，仅为纪念。

没过几个月，央金就调走了。听说是她主动要求的。以前不走是为了照料哥哥。哥哥结了婚，她的心事已了，也就可以离开了。

她为桑吉留下了哥哥送他的手珠，一粒粒经常被抚摸的木珠光滑圆润，还带着她身上的气息。

央金离去之后，越来越多的"遣地使"进入了冷湖。七十年代末到八十年代初，这里经历了多次大发展，城市人口一度扩充到十万人。改革开放后，全中国的人口流动加大，解决新来火星人的身份问题也越来越容易。以冷湖为起点，已经有上百名"遣地使"进入中国。

但是用飞船运送的方式还是太慢了。火星穴人在这几十年间，集中开发了"星际之门"技术，计划以俄伯梁雅丹常规登陆点为中心，借用核聚变动力，建立小范围的超空间路径——一道"星际之门"，直接向地球运送火星移民者。而此时，冷湖地区体量巨大的油矿与工厂和十万人口，反而又成了可能的阻碍。因此"遣地使"们使用高能动力源，深入冷湖地区的地下石油构造，以貌似轻度地震的方式，破坏了地层中储存的石油，使之流向更加遥远的花土沟一带。九十年代开始，因油而兴的冷湖在青海石油管理局搬迁、大量人口净流出之后，老基地、四号、五号基地相继被弃，已经撤市的冷湖镇再次沉静下来，渐渐远离了世人的目光。而冷湖，则悄无声息地变成了真正意义上的火星小镇，成为火星人进入地球的第一站。

终于又回到了这里，虽然已是衰老之躯。

桑吉的背脊依然挺直，但第一次在这里登陆至今，已经过了近五十八个地球年了。

黄沙漫漫的俄伯梁总能安抚他思乡的心情，回到这里，就像是回家了。

在这片三面被雅丹林环绕的平原地带，高压硼化温泉潺潺流过。这是二〇〇八年，石油地质队在这个地区做的最后一次探油尝试。探井钻入地下一千七百米的深处，没有找到石油，却打出了一口温泉，泉水流溢成长长的溪沟，流出这极旱之地难得的蜿蜒水景。

这千奇百怪的风蚀土丘中，有许多是隐蔽状态的火星飞船。两座面面相对的“山丘飞船”共同构成“星际之门”的基座。半月前开始测试时，溢出的超强光波冲出了大气层，引起了天文观测者的警觉。两个天文台台长据说都赶到了冷湖。桑吉多次调试了设置，终于能够让这道直通火星与地球的空间通道，几乎悄无声息地进入运行。只要离开这个雅丹中的平原，完全不可能察觉。所以那两位在附近山顶上观测的天文台台长，只能看到壮美的星空，却不会发现任何的异样。

没想到，却有文化公司组织了一群科幻作家，浩浩荡荡地冲进来考察。桑吉对他们有几分兴趣，却不能冒险让他们留在这里。因为越过几乎透明的星际之门，他们就能毫无防护地从地球上的冷湖地区，一脚跨进严寒、低压、大气极度稀薄的火星表面。此外，从一个特定的角度，还能在这平原上直接观测到火星的夜空，那些星星的坐标会泄露这个巨大的秘密。

启动的星际之门，无法临时关闭，因为每次启动都需要相当长的运行时间才能安全地进行穿越。而第一批通过星际之门进入地球的火星人，今晚就要来临。

桑吉只得使用其他隐蔽飞船中的装备，制造了一场雅丹地区的小型沙尘暴。忽然袭来的漫天沙暴，将采风队赶出了桑吉的领地。直到确定采风队已经明确返回冷湖，他这才松了一口气，准备迎接新一批同胞的到来。

天色渐暗。无边无际的山丘，绵延在火星表面。

然后透过星际之门，他忽然看到了一片蓝色的苍穹，看到火星人出生时的卵膜那样明亮的火星落日。

米玛。

他听到自己轻轻地说。

那是五十多年前，他和一位叫央金的地球姑娘，一起眺望星空时，她教给他的词。自从她离开了冷湖，他就再也没有见过她。

当他望着浩瀚星海和那条扑面而来的银河，感动得不能呼吸时，央金忽然指着那颗室女座边上明亮的星对他说："米玛。"

他这才发现，刚才自己不知不觉间，释放了过于强大的思维波，呼唤火星家园。这并不是能进入地球人大脑发声的波形，但不知为何，她好像感应到了。

米玛。她指着那颗星星对他说，双眼莹莹。

她早已离开了他，但她又好像一直还在他的头脑里。就像她留给他的手珠，一直戴在他的手腕上。

忽然，空气中的星际之门微光闪烁，火星的山丘中打开一扇门，从中走出一群穿着防护的火星穴人。他们向他走来了，越来越近。

他迎向他们，释放出欢乐的思维波，像歌曲般欢快地跳跃。如果是地球人，会听出那是一首叫作《我为祖国献石油》的歌，可他本人，其实毫无知觉。

——米玛！米玛！

他向同胞们张开双臂，脸上露出了不再生硬的地球人的笑容。

米玛，就是“火星”。